SUSANNE AYOUB

# *Rondo Veneziano*

SUSANNE AYOUB

# Rondo Veneziano

KRIMINALROMAN

GMEINER

Immer informiert

NEWSLETTER

Spannung pur – mit unserem Newsletter informieren wir Sie regelmäßig über Wissenswertes aus unserer Bücherwelt.

Gefällt mir!

Facebook: @Gmeiner.Verlag
Instagram: @gmeinerverlag
Twitter: @GmeinerVerlag

MIX
Papier | Fördert gute Waldnutzung
FSC® C083411
FSC www.fsc.org

Besuchen Sie uns im Internet:
www.gmeiner-verlag.de


Im Ehnried 5, 88605 Meßkirch
Telefon 07575/2095-0
info@gmeiner-verlag.de

1. Auflage 2023

Lektorat: Claudia Senghaas, Kirchardt
Herstellung: Mirjam Hecht
Umschlaggestaltung: U.O.R.G. Lutz Eberle, Stuttgart
unter Verwendung eines Fotos von: © Serge / stock.adobe.com
Druck: CPI books GmbH, Leck
Printed in Germany
ISBN 978-3-8392-0405-4

Personen und Handlung sind frei erfunden.
Ähnlichkeiten mit lebenden oder toten Personen
sind rein zufällig und nicht beabsichtigt.

# PROLOG

*Durch meine geschlossenen Augenlider dringt Licht, grün, Wasserlicht, das helle Wasser des Canal Grande. Ich bin in der Tiefe, ganz unten. Doch ich spüre keine Nässe, unter meinen Händen nur Stein. Das Ende, ist das mein Ende? Jede Stelle des Körpers schmerzt. Ich bin an einem kalten Ort. Meine Lippen erstarrt. Ich kann nicht um Hilfe rufen. Hilfe gibt es hier nicht. Ich höre Schritte, sie steigen über die Treppe, Marmorstufen. Ich liege dort unten am Fuß, wo mich niemand sieht. Nur wenn ich die Augen öffnen könnte. Ich wäre geblendet vom Licht. Da ist Lauro, mein Laurin. Er trägt ein langes weißes Hemd mit Spitzenmanschetten, es schlottert an ihm. Er trug es an seinem letzten Tag auf Erden, es ist sein Totenhemd. Er blickt auf mich herunter, er lächelt und schüttelt den Kopf. Er sagt etwas, ich verstehe seine Worte nicht. Der Schmerz zerrt an mir. Absätze klappern metallisch, dicht neben meinem Ohr machen sie Halt. Eine Stimme ruft, so laut, dass seine Worte darin untergehen. Es ist eine Frauenstimme. Ich erkenne sie.*

# 1. TEIL

# 1.

Gerade als Adele Origano ins Sugo streute, begann das Telefon zu läuten. Sie zuckte zusammen und würzte mehr als nötig. Egal, sie würde es sich trotzdem schmecken lassen, vor allem aber das Telefon nicht abheben. Es gab immer wieder Patienten, die mit List ihre private Nummer herausfanden. Eine Riesenportion Spaghetti mit viel Parmesan war genau das, was sie nach einem Tag in der Ordination trösten konnte. Das Telefon hörte auf zu läuten, fing aber gleich darauf wieder an. Am Festnetztelefon kamen meist Angebote für Zeitungsabos und für undurchsichtige Investmentgeschäfte. Und ihre Mutter. Aber die konnte sie später zurückrufen. Adele probierte eine Nudel, genau al dente. Sie goss das Kochwasser ab. Fünf Minuten noch, dann begannen die Abendnachrichten im Fernsehen. Alles im Zeitplan. Doch nun begann das Haustelefon zu läuten. Adele seufzte. Vor drei Jahren, als die Wohnung im Erdgeschoss gegenüber ihrer Zahnarztpraxis freigeworden war, hatte sie nicht lange überlegt und sie gekauft. Sie war genau richtig für einen gehbehinderten Menschen und groß genug, damit auch eine Pflegerin dort wohnen konnte. »Was für eine Pflegerin? Du glaubst doch nicht, dass ich mit einer fremden Person unter einem Dach lebe?« Margareta hatte getobt und sich geweigert einzuziehen. Doch dann war sie gestürzt, im Spital gelegen, und mit einem Mal sah die Sache anders aus. Sie hatte nicht mehr Kraft genug, sich in ihrer Wohnung allein zu versorgen. Widerwillig stimmte sie der Übersiedlung zu. Nun wohnte sie gegenüber von Adeles Arbeitsplatz und einen Stock unter deren Wohnung. Viel Freiraum gab es nicht dazwischen. Doch Adele liebte Margareta. Ihre Mutter war über neunzig, und sie wollte, dass es ihr gut ging. Mit Joseph wäre es unmöglich gewesen. Und wie geht es dir dabei? Ist das Leben deiner Mutter wichtiger als dein eigenes, hätte er gefragt und nicht zugelassen, dass Margareta ihr Opfer annahm. Doch Joseph durfte seine Fragen nicht mehr stellen, er war aus ihrem Leben gegangen, und sie sollte keine weiteren Gedanken an ihn verschwenden. Adele drehte das Fleischragout ab und ging zum Telefon. Mirza klang entschuldigend: »Frau Margareta sagt, es ist dringend. Können Sie bitte kommen?«

Der Hörer wurde ihr weggenommen, dann war Margareta selbst daran. »Dilly, warum hebst du nicht ab? Pauline versucht dich schon seit Stunden zu erreichen. Ich mache mir Sorgen um sie.«

Das ließ Adele aufhorchen. Margareta sorgte sich nicht um andere, sie war seit Langem nur mehr mit sich beschäftigt, mit ihren Schmerzen und ihrem ständigen Ärger über den Körper, der sich ihrem Willen nicht beugte und sie zwang, die Hilfe einer fremden Person anzunehmen.

»Ich rufe sie an.«

»Aber gleich, versprich es mir. In unserem Alter hat man keine Zeit zu warten.«

Wider ihren Willen musste Adele lachen. Margareta war immer schon ungeduldig gewesen, Pauline dagegen langmütig und freundlich. In Adeles Kindheit war Tante Pauline ihre Lieblingserwachsene gewesen, die sie ernst nahm, ihr zuhörte und auf alle Fragen Antwort gab. Sie war nicht ihre leibliche Tante, sondern die älteste und vor allem einzige Freundin ihrer Mutter. Jeden Sommer hatten sie Pauline in ihrem Haus in Venedig besucht, und auch später als Erwachsene, war Adele immer wieder zu ihr gefahren. Doch in den letzten Jahren war der Kontakt abgerissen. Adele hatte einfach zu viel zu tun, Margareta konnte nicht mehr verreisen, und Pauline hatte es stets abgelehnt, nach Wien zu kommen. Während Adele mit dem Teller auf dem Bauch in die Sofakissen gelehnt saß, Spaghetti wickelte und mit einem Auge in den Fernseher sah, versuchte sie, sich an ihre letzte Reise zu erinnern. Pauline hatte sie zur Eröffnung der *Biennale* eingeladen, und sie waren miteinander durch die Giardini von einem Pavillon zum anderen gewandert. Pauline kannte sich mit moderner Kunst aus und erklärte Adele vieles, das ihr von allein nicht aufgefallen wäre. Es waren herrliche Tage gewesen, prall gefüllt mit Genuss und Freude. Joseph hatte Pauline auch sehr geschätzt, aber damals war er nicht dabei gewesen, sie erinnerte sich nicht mehr, warum. Nur dass es das Ende einer schönen Zeit gewesen war. Bald darauf wurden sie krank, zuerst die ein Jahr ältere Pauline, dann Margareta, beide konnten sich immer schlechter bewegen. Adele verreiste nur mehr selten. Um acht Uhr abends, nach den Nachrichten, rief sie in Venedig an. Pauline hob nach dem ersten Läuten ab.

»Pronto?«

»Tante Pauline, wie geht es dir?«

Die Stimme klang schwach, wie geborsten, nur ihr Tonfall wie früher, Pauline, eine Frau, die wusste, was sie wollte. »Ich bitte dich zu kommen, gleich«, sagte sie.

»Nach Venedig? Aber …«

»Ich muss hier einiges ordnen. Ich habe die zwei Bilder weggegeben. Aber da ist noch so vieles.«

Welche Bilder? Paulines ganzes Haus war voll davon.

»Das schaffe ich allein nicht.«

Adele konnte die Ordination nicht so einfach schließen, ihr Praxisterminkalender war die nächsten Wochen voll.

»Ich hätte nicht angerufen, wenn es nicht dringend wäre. Verstehst du das, *carina*?«

Wer sollte sich um die Patienten kümmern? Und dazu um ihre Mutter?

»Warum so plötzlich? Ist etwas passiert?«

Pauline stieß ein Schnauben aus. »Das Alter, das ist passiert. Diese Burg, in der ich hause, ist nichts für eine klapprige Greisin. Ich werde mir auf diesen Stiegen die Haxen brechen oder gar den Hals. Ich muss hier weg!«

Adele wollte widersprechen, doch sie kam nicht zu Wort. »Ich gebe das Haus auf, das habe ich schon entschieden. Nur die Details, da stecken die Widerhaken. Ich besitze zu viel, ja, das klingt komisch, ist aber so. Ich kann es dir nicht am Telefon erklären.«

Was meinte sie? Adele sah sie vor sich in ihrem Palazzo, umgeben von ihren Schätzen. Unter ihren Fenstern der Campiello del Sol, der hübsche stille Platz mit dem Marmorbrunnen, der Hinterausgang auf den schmalen Kanal, wo ihr Boot lag. Zu viel Besitz. Adele musste lächeln.

»Du lachst, Dilly, du kommst. Du musst kommen, und dann erfährst du die ganze Geschichte. Es ist unglaublich, ich sollte einen Roman darüber schreiben.«

U

Der Flug von Wien nach Venedig dauerte nur eine Stunde. Adele hatte das erste Flugzeug genommen, das sie bekommen konnte, bevor sie oder ihre Mutter es sich überlegten. Margareta hatte überraschend reagiert, sie geradezu bestärkt.

»Du musst fahren. Es tut mir so leid, dass ich nicht dabei sein kann. Wie gern würde ich sie wiedersehen.« Sie gab ihr ein Medaillon mit einem Bild darin, es war ein Foto von Pauline und Margareta aus ihrer Kinderzeit. »Sie hat es mir geschenkt, als sie wegging. Und jetzt gebe ich es ihr zurück, damit sie wiederkommt.« Ihre Worte klangen beunruhigend, denn Margareta war niemals sentimental, doch Adele ließ sich auf kein Gespräch dazu ein, sie war froh, dass ihre Mutter nicht Schwierigkeiten machte wie sonst. Sie versprach auch, nicht mit Mirza zu streiten, ihre Medikamente zu nehmen und genug zu trinken. Adeles Assistentin Julia bekam den Auftrag, die Ordination zu hüten, die Patienten mit neuen Terminen, wenn nötig mit Schmerzmitteln zu versorgen und kleinere Arbeiten wie Zahnsteinentfernung oder Röntgen selbstständig zu erledigen. Danach war nur mehr Zeit zu packen und ein Taxi zum Flughafen zu bestellen. Adele fühlte sich wie aus einem Gefängnis befreit. Warum, fragte sie sich, hatte sie sich vom Alltag, von ihrer Arbeit und allen anderen Pflichten verschlingen lassen und es nicht einmal bemerkt? Sie nahm den Flughafenbus zur Piazzale Roma, wo sie sich in die Trolleys ziehende Menge, die sich Richtung Vaporettostation bewegte, einreihte, und stieg in die Linie 1. Venedig sah wie frisch gewaschen aus. Der Canal Grande leuchtete aquamarinblau, perlweiß schimmerten die Marmorfassaden, auf den Wassern schaukelten die Gondeln in ihrem prunkvollen Schwarz und der roten Polsterung. Die Postkartenschönheit Venedig sah in Wirklichkeit noch schöner aus als jedes Bild von ihr. Seit Adeles letztem Besuch waren einige Jahre ins Land gegangen. Die Vaporetto-Tickets wurden inzwischen elektronisch entwertet, die verfallenen Schönheiten am Kanal langsam eine nach der anderen renoviert. Es sah nicht nur ordentlicher aus, es war tatsächlich sauberer, von dem Modergeruch der schmalen Seitenkanäle spürte man nichts mehr. Auch sie selbst, nicht mehr dieselbe. Seit ihre Mutter krank geworden war, hatte sie Wien meist nur zu beruflichen Reisen verlassen, nicht zum Vergnügen.

Das Vaporetto legte bei der Station Rialto-Mercato an. Auf der Rialtobrücke standen die Touristen dicht gedrängt, mit ihren Fotoapparaten, Tablets und Videokameras mehr beschäftigt als mit dem Schauen. Venedig war immer ein beliebtes Reiseziel gewesen, doch solche Menschenansammlungen hatte sie noch nie vorher gesehen. Wer den Canal Grande trockenen Fußes überqueren wollte, musste über die Rialtobrücke und sich zwischen den Touristen durchzwängen. Sie stieg bei der Haltestelle San Silvestro aus und passierte den schmalen Portego zum Campo San Silvestro. Das von den Zeitläufen verwaschene und halb abgeblätterte Fresko über dem Torbogen war unverändert.

»Niemand kann sich um so viel Kunst kümmern«, hatte Pauline einmal festgestellt, oder war das Joseph gewesen, bei seiner letzten Reise mit ihr? Sie schob den Gedanken rasch wieder fort. Vor der Fassade der Kirche San Silvestro blähten sich die grünen Netze vor dem Baugerüst im Wind. Die Glocken begannen zu läuten, während sie über den Platz ging, abbog, kurz den Touristentrampelpfad querte und den Campiello erreichte. Auch hier stand sie vor einer Baustelle. Auf der anderen Seite, hinter dem schmalen, niedrigen Steintor, war ihr Ziel, der Palazzo Agassian, Paulines Haus. Die grünen Fensterläden waren geschlossen. Schlief sie um diese Zeit? Oder war sie gar nicht zu Hause? Am Telefon hatte sie gesagt, dass sie nicht ohne Hilfe ausgehen könne. Wie überwand sie mit Krücken die steilen Treppen im Haus? Adele überquerte den Platz. Den kleinen Schuhmacher auf dem Campiello gab es seit hundert Jahren, Clarissa hatte das Handwerk von ihrem Großvater in Meran gelernt und nähte nun Maßschuhe für die bessere venezianische Gesellschaft. Joseph hatte sich ein Paar machen lassen wollen, doch das ging nicht so schnell, wie er von Clarissa erfuhr. Zuerst wurden die Leisten angefertigt, dann ein Paar Probeschuhe gemacht, mit dem man einen Monat lang herumging, erst dann bekam der Kunde die eigentlichen Schuhe, die ein Leben lang halten sollten, dafür zahlte man auch einen gewaltigen Preis. Joseph hatte den Kopf in die Hand gestützt und dann entschieden, dass sich das für ihn wohl nicht mehr auszahle. Worauf die freundliche Clarissa rot geworden war und rasch den Blick gesenkt hatte, damit man nicht sah, was darin zu lesen war.

Adele läutete und hörte drinnen im Haus die Glocke anschlagen. Ein Weilchen blieb es still, dann ging im ersten Stock ein Fenster auf. Ein lockiges dunkles Haupt beugte sich heraus.

»Hello!« Ein junger Mann winkte zu ihr herunter.

Sie kannte ihn nicht.

»Signora Agassian!«, rief sie hinauf.

Er nickte und zog den Kopf zurück. Gleich darauf hörte sie seine Schritte auf der Treppe. Er öffnete ihr.

»Sono Marlon. Mia zia è … mia zia è sorella di Pauline«, erklärte er in langsamem, schwerfälligem Italienisch.

»Wo ist Pauline?«

Er wechselte ins Deutsche. »Sind Sie Adele? Ich habe viel von Ihnen gehört.« Er streckte ihr die Hand hin. »Es tut mir leid. Sie ist …«

Adele nahm seine Hand nicht. »Was …« Ihr Mund war so trocken, dass sie nicht schlucken konnte. »Was ist passiert?« Die Geräusche auf dem Platz, das Hämmern der Bauarbeiter, die ratternden Räder eines Transportwägelchens, die Stimme eines Mannes auf dem kleinen Kanal jenseits des Durchgangs verschwammen zu einem dumpfen Ton. »Wo ist Pauline?«

»Kommen Sie herein.« Marlon wollte ihr die Hand um die

Schulter legen, aber sie machte einen schnellen Schritt vorwärts, um ihm auszuweichen, und trat ein.

Drinnen empfing sie die gemessene Kühle der jahrhundertealten Mauern, das Draußen trat zurück. Ein ferner Klang von Kirchenglocken, mehr war nicht zu vernehmen. Nur Adeles Atem, die Schritte auf den steinernen steilen Stufen, die zu Paulines Salon im ersten Stock führten. Das Wandtelefon war aus der Halterung gerissen und baumelte herunter. Adele deutete fragend darauf, Marlon hob nur stumm die Schultern. Der Salon umfasste das ganze erste Geschoss, durch einen offenen Mauerbogen gelangte man zur Küche und den Sanitärräumen, dahinter gab es einen zweiten Aufgang, die Dienstbotentreppe. Adele folgte Marlon zu den mächtigen kastanienbraunen Chesterfield-Sofas auf der Fensterseite, die auf den Kanal blickte. Dort war Paulines Lieblingsplatz. Ihr Rollstuhl stand da, schief, die Achse war gebrochen und eines der Hinterräder 90 Grad verdreht. Ein Druck legte sich auf Adeles Brust, sie konnte nichts sagen, kaum Atem holen. Sie sah die Lesebrille, das Handy, das altmodische Taschentuchtäschchen, das Pauline immer bei sich gehabt hatte. »Alte Weiber sind Rotznasen«, hatte sie einmal bemerkt. »Warte nur ab, Adele, du wirst einmal an mich denken.«

Doch da fehlte noch etwas, eine winzige Hoffnung, denn das Büchlein und die Feder, die unzertrennlichen Begleiter der ewigen Schreiberin, entdeckte Adele nirgends. Marlon ließ ihr Zeit, brachte Mineralwasser, stellte Tassen und einen kleinen Teller Kekse auf den Tisch. Die Espressomaschine begann zu zischen, er holte zwei Tassen und schenkte ungefragt den Kaffee ein. Er benahm sich wie zu Hause, stellte Adele fest. Pauline hatte nie von einem Sohn der Schwester – nein, nicht Sohn, Enkel – gesprochen. Nicht von ihrer Schwester und ihrem Schwager, überhaupt nicht gern von ihrer Familie. »Das Fortgehen war eine schlimme Sache, und wir sind davon keine besseren Menschen geworden. Als Erwachsene habe ich mir eine angenehmere Gesellschaft ausgesucht.«

Pauline hatte eine abenteuerliche Lebensgeschichte hinter sich und vorgehabt, irgendwann einen Roman darüber zu schreiben. Ob sie es schließlich getan hatte? Schon die Geschichte des Esstisches aus Teakholz, in dessen Mitte die Rosette eines großen Murano-Lusters in den Farben Rosa, Blau und Gold wie eine Intarsie eingelassen war, war spannend genug dazu.

»Was ist passiert?«, wiederholte Adele.

»Die genauen Umstände werden wir wohl nicht erfahren, sie war allein hier«, sagte Marlon. »Sie ist mit dem Rollstuhl die Stufen hinuntergestürzt. Das Hausmädchen hat sie erst am nächsten Tag gefunden.«

»Sie ist …« Adele konnte es nicht aussprechen.

»Da war sie bereits einige Stunden tot«, setzte er fort. »Ich bin erst zwei Tage später hier angekommen. Ich war seit Anfang des Monats in Europa und hatte die Absicht, meine Großtante Pauline zu besuchen. Leider zu spät.«

Adele saß stumm da. Zu Hause. Pauline, die lebendigste Person auf Erden. Die Geschichte, die sie Adele so dringend hatte erzählen wollen. Wo war sie nun? In den Lüften, *un pensiero*. Sie spürte die Tränen kommen. Sie wollte nicht vor diesem Fremden weinen. Paulines Fleisch und Blut, er konnte nichts dafür, dass er gerade zur Stelle gewesen war, warum war sie ihm böse, warum misstraute sie ihm?

»Ich bin müde. Pauline hat mich in ihr Haus eingeladen, ich war nicht darauf vorbereitet, mir ein Hotel zu suchen.«

Ein Ausdruck flog über seine Miene, Unmut oder was immer, vielleicht misstraute er ihr auch. Er bot ihr nicht an zu bleiben.

»Ich kann das für Sie erledigen. Ich rufe das Hotel an, in dem ich zuerst ein Zimmer für mich reserviert habe.« Er stand auf und stieg in den zweiten Stock hinauf, wo die Schlafzimmer lagen. Kaum war er verschwunden, sprang Adele auf. Sie erinnerte sich genau, wo sie suchen musste, in der Kommode neben dem Stiegenaufgang, erste Lade. Außer, Pauline hätte umgeräumt, unwahrscheinlich. Mit einem raschen Ruck öffnete sie die Kommode, da waren die Muschelschalen, mit allem möglichen gefüllt, unter Büroklammern, Reißzwecken, einem vergessenen Ohrring und dergleichen mehr Krimskrams verborgen – »Gibt es ein besseres Versteck als diese Unordnung?«, hörte sie Pauline sagen und lachen – lagen die Schlüssel. Adele nahm sie an sich, schloss die Lade und ging, ein Taschentuch an ihr Gesicht gedrückt, im Salon herum, bis Marlon wieder erschien.

»*Hotel Rossetti*, das ist gleich hinter Accademia, ich habe angerufen, das Zimmer ist für Sie bereit. Sagen Sie nur meinen Namen: Marlon Waterman.«

Adele zog ihren Trolley durch die Gassen. Sie erreichte die Vaporetto-Station San Silvestro unter Umgehung des Touristenpfades, ein Schleichweg, den ihr Pauline vor vielen Jahren gezeigt hatte. Die Linie 1 legte gerade an, als Adele durch den düsteren Sotoportego ging. Sie musste sich beeilen, die Schiffer handelten rasch und energisch. Wer nicht rechtzeitig auf den Bootssteg trat, wurde nicht mitgenommen. Sie ging an Bord und blickte zurück. Nie wieder würde Pauline da stehen und ihr zum Abschied nachwinken.

»Komm bald wieder, carina. Wir müssen einmal zu den Filmfestspielen gehen. Du weißt, ich bekomme Einladungen für die Empfänge, aber allein macht es mir keinen Spaß.«

So oft hatte Pauline sie eingeladen. Auch jetzt, nach ihrem letzten Anruf, hatte sie zu lange zugewartet. In ihrem Alter hatte man nicht mehr viel Zeit – Margaretas Worte. Adele schluckte an ihren Tränen. Niemand außer ihr war zugestiegen, der Schiffer schloss das Eingangsgitter rasch wieder. Am Rande ihres Gesichtsfelds bewegten sich zwei Frauen mit ihrem Gepäck eilig Richtung Ausgang.

»Verdammt!«, sagte eine Stimme auf Wienerisch. »Jetzt haben wir unsere Station versäumt!«

U

*Meine Sprache ist immer Deutsch geblieben, obwohl ich so jung war, als ich Wien verließ. Englisch ist für mich die Sprache des Überlebens, Italienisch die Sprache der Liebe. Aber meine Seele, mein Fühlen und Denken sind deutsch. Die Sprache ist die einzige Heimat, die mir blieb.*

*Die Geschichte der Demütigung ist so oft erzählt worden, doch für jedes Kind, das sie erlebte, war sie der zentrale Augenblick, die Wendung, die Erkenntnis. Nichts wurde danach je wieder heil. Greti hatte so viel Angst wie alle anderen und hat sich trotzdem an meine Seite gestellt. »Wenn du ein Judenkind bist, werde ich auch eines«, sagte sie. Sie nähte sich einen gelben Stern an die Jacke. Ihre Mutter ohrfeigte sie und sperrte sie zu Hause ein, bis ich heimlich kam und ihr den Unsinn ausredete. »Du hilfst mir nicht damit. Im Gegenteil, dann hassen sie mich noch mehr. Und du bringst damit deine ganze Familie in Schwierigkeiten.« Ich verstand nicht, welche Schwierigkeiten damit gemeint waren. Ich redete nach, was bei uns zu Hause diskutiert wurde. Dann kam ich noch einmal, um mich von Greti zu verabschieden. Wir hatten Visa für Amerika bekommen. »Ich werde nie vergessen, was du für mich getan hast«, sagte ich zu ihr. Sie umarmte mich. »Ich hab' dich lieb. Schreib mir aus Neu York.« Sie sprach es deutsch aus.*

# 2.

Chris fühlte sich noch immer wie in Trance, ein Traum, der sie nicht losließ, seit das Telefon den Sonntagabendkrimi unterbrochen hatte und ihre Freundin Biggi ihr mitgeteilt hatte, dass sie nach Venedig fahren würden. Wann? Sofort. Drei Tage vorher hatte sie ihre Abschiedsfeier als Erste verlassen, obwohl ihre Kollegen sie nicht gehen lassen wollten. »Warum, Chris? Kannst du es nicht erwarten, uns auf immer los zu sein? Bleib doch, ein Glas noch.« Sie hatte einen Knödel im Hals, die Tränen saßen locker und flossen, kaum dass die Tür hinter ihr zufiel. Sie war in die Praterstraße gefahren, zu der kleinen Boutique ihrer Freundin. »This is the evening of the day«, sang Marianne Faithfull. »I sit and watch the children play …« Und die Abendsonne spiegelte sich blassrosa in den Fenstern. Biggi befand sich etwa in der gleichen Gemütslage wie Chris. Zwei Anläufe hatte sie schon genommen, alles zu verkaufen, und dann doch weitergemacht. Aber nun war die Entscheidung gefallen. Die linke Seite des Geschäftes mit den Kostümen und Hosenanzügen war schon leer geräumt.

»Hallo, ist da jemand?«, fragte Chris.

Zwei Schritte, Marianne Faithfull hörte auf zu singen, und Biggi streckte ihren Kopf aus dem Hinterzimmer.

»Dieser rote Mantel in der Auslage …« Chris nahm ihre

Kappe ab, schüttelte ihr Haar und lachte. »Mir scheint, du kennst deine alte Freundin nicht mehr.«

Biggi kam nach vorne. »Wir sind doch gar nicht verabredet.«

»Nein, aber heute schließt du dein Geschäft, und ich hab' mir gedacht, ich mache noch schnell ein Schnäppchen.«

Biggi deutete auf die gefüllten Kartons. »Such dir aus, was du magst.«

Chris wandte sich um und griff in die Auslage, wo der rote Mantel hing. »Der hat es mir schon lange angetan.«

Einmal war er links gehangen, dann rechts, dann hatte Biggi ihn ins Geschäft geholt und schließlich wieder zurück in die Auslage. »Der ist nicht verkäuflich. Den hat längst die Sonne verschossen.«

»Ist mir wurscht. Den wünsche ich mir zur Pensionierung.«

Biggi sah sie groß an. »Was?«

Chris zog den Mantel an und betrachtete sich im Spiegel. Sie hatte Biggi nichts erzählt. Bis zuletzt hatte sie nicht daran denken wollen. Das neue Leben, der Anfang vom Ende. Sie hätte gern noch gearbeitet, doch sie hatte die Altersgrenze erreicht, und die Arbeitsplätze in den *Städtischen Büchereien* waren begehrt, da warteten schon viele Junge darauf nachzurücken. Biggi umarmte sie.

Chris schnupperte. »Rieche ich Alkohol?«

Biggi nickte. »Wer Sorgen hat, hat auch Likör.«

Chris spazierte in ihrem neuen roten Mantel zu ihrer großen Tasche und packte aus: die Gänseleber, den Lachskaviar und den Shrimpscocktail, einen Karton mit Punschkrapferln, Pariser Spitzln, Pistazientörtchen, lauter kleine Köstlichkeiten, die sie von ihrer Abschiedsfeier abgezweigt hatte. Sie hielt den Prosecco hoch. »Sektgläser hast du aber?«

»Na sicher, für Stammkundinnen.«

Sie stießen an.

Sie hatte fast zu viel gefeiert am Abend, das spürte sie, als sie am nächsten Tag mit ihrem Kaffee am Fenster stand und den Wolken zusah. Es war Samstagvormittag. Keine gute Zeit für Singles, einkaufen zu gehen. Nun trafen die Familien in den Supermärkten ein, füllten ihre Einkaufswagen bis zum Rand und sorgten an den Kassen für lange Schlangen, strafverschärfend mit quengelndem Nachwuchs im Gefolge.

Pfui, sagte sie zu sich, eine alte Hexe war sie geworden, scharfzüngig und übellaunig, doch was sollte sie machen, sich auf ewig verstellen?

In ihrem Einkaufskorb brummte das Handy. Sie stellte die Tasse aufs Fensterbrett. Eigentlich wollte sie gar nicht abheben, nicht freundlich plaudern, nicht so tun, als ginge es ihr gut als frischgebackene Pensionistin. Es war der erste Tag, und sie hatte schon genug davon. Wie würde sie sich erst am Montag fühlen, wenn der Wecker läutete, sie aber gar nicht aufstehen musste? Eine Pflicht, dachte sie auf dem Weg zum Korb, ohne eine Pflicht ist der Mensch ein Nichts. Das Handy schnappte ab. Sie wollte zu ihrer Kaffeetasse zurückkehren, da läutete es von Neuem. Diesmal war sie rechtzeitig zur Stelle.

»Bin ich froh, dass ich dich erreiche.« Biggi sprach mit Grabesstimme. »Ich fühle mich schrecklich. Gestern haben wir noch so schön gefeiert!«

Chris lauschte stirnrunzelnd. »Was ist passiert?« Sie hörte nur ein tiefes Seufzen. »Biggi?«

»... Ich wollte dir nur sagen, ich habe den Laden geschlossen.«

»Ja?« Das war nichts Neues, Biggi sprach schon seit Jahren davon und machte dann doch immer wieder weiter.

»Ich habe alles ausgeräumt. Gestern nach unserem Umtrunk ging nichts mehr, aber heute war ich schon um sechs Uhr wieder da. Es ist vorbei.«

Chris suchte nach Worten. Nichts, was ihr einfiel, klang überzeugend. Da sprach Biggi schon weiter.

»Ich bin einfach nur eine alte Tante, die niemanden hat und die niemand braucht. Meine Tochter, ich bin ja froh, dass es ihr gut geht und dem Kleinen, aber mit ihr zu tun hab' ich nichts, das ist die Wahrheit. Und so geht's mir mit so ziemlich allem aus der Vergangenheit. Ich habe dreißig Jahre nur für das Geschäft gelebt und jetzt …«

Da endlich war er, der Gedanke, den Chris den ganzen Morgen, während sie am Fenster gestanden war, nicht in ihren Kopf lassen wollte.

»Ich sehe meinen Sohn nur, wenn er was braucht«, unterbrach sie Biggis Klage. »Und außer ihm gibt es überhaupt keine Familie. Das hat mir nie was ausgemacht, daran hat sich auch nichts geändert. Aber was fang ich jetzt an, ich habe nicht die geringste Idee.«

Tränen stiegen Chris in die Augen. Schon wieder! »Wir beenden das jetzt augenblicklich!«, rief sie mit zitternder Stimme in den Hörer. »Wenn uns was Gescheiteres eingefallen ist, setzen wir fort, sonst …«

»Aber, aber, Chris, warte, häng nicht auf!«

Chris achtete nicht auf die Stimme ihrer Freundin. Sie drückte »Ende« und warf das Handy in den Korb. Leuchtender Reis, dachte sie, Okonomiyaki, Yakitori Don und dazu Matcha! Heute konnte sie nur japanische Hausmannskost trösten.

Draußen blies der Wind. Das Handy läutete schon wieder.

»Du hast mich nicht ausreden lassen, ich will dir einen Vorschlag machen«, sagte Biggi.

»Ich gehe jetzt einkaufen, und dann hole ich mir japanische Lebenshilfe vom kleinen Beisl um die Ecke.«

»Darf ich dich begleiten?«

Zögernd willigte Chris ein. Später dachte sie, dass es ein

wichtiger Moment gewesen war. Japanische Hühnerspieße mit grünem Tee und dazu die rot verheulte misstrauische Schnüffelnase ihrer alten Freundin Biggi, die fragte, was dies war und wie jenes schmeckte. Eigentlich wollte sie mit ihr streiten, weil sie ihr das Lieblingsessen bei ihrem Lieblingsjapaner vermieste. Doch bevor sie zu giften anfangen konnte, hob Biggi den Kopf und sah ihr in die Augen.

»Ich sag dir jetzt meinen Vorschlag, und du sagst nicht gleich Nein, versprich es!«

Und dann hatte sie von ihrem Plan, mit Chris nach Venedig zu fahren, erzählt. Und Chris hatte zugehört und nicht Nein gesagt. Sie hatte sich gedacht, dass Biggi sie und auch sich selbst damit trösten wollte, und, ja, irgendwann würden sie zusammen eine Reise machen, und warum nicht Venedig, Biggi kannte sich in Italien durch die Modemessen und Fahrten zu ihren Großhändlern gut aus. Dass Biggi nach Hause gehen und noch am selben Wochenende buchen würde, hatte sie nicht erwartet. Doch da waren sie nun, Seite an Seite in einem Motorboot, das sie vom Flughafen *Marco Polo* zum Canal Grande brachte. Am Himmel stand die grellrote Sonnenkugel in einem violetten Wolkenbett, direkt über dem Wasser. Tausende, nein, Zehntausende Finger drückten auf den Auslöser und hielten den Sonnenuntergang fest.

»Was sagst du dazu?«, fragte Biggi, als nur mehr ein flamingorosa Schein am Himmel zu sehen war. Sie näherten sich der Station San Zaccaria.

»Danke, liebe Biggi!«

»Ich meine doch, gefällt es dir?«

»Grazie! Molto grazie, amica!«

Biggi beschrieb ihr das Hotel. Es lag in San Polo, einem ruhigeren Teil der Stadt. Sie mussten mit dem Vaporetto bis zur Station San Silvestro. »Gleich dahinter liegt es.« Biggi zeigte ihr den Weg auf dem Stadtplan.

Sie fanden die Linie 1. Die Plattform war voller Leute, nirgends konnte man sich anhalten. Die blonde Schifferin zeigte ihnen, wo sie das Gepäck deponieren sollten, um den anderen Fahrgästen nicht im Weg zu sein. Accademia, Ca'Rezzonico, San Tomà zügig tuckerte das Vaporetto von Station zu Station den Canal Grande entlang, auf dem sich außer Wassertaxis, Warentransporten, einem wild blinkenden und hupenden Polizeiboot noch Gondeln mit Touristen bewegten.

»Touristen sind nicht zu beneiden. Kennst du die Geschichte von Ephraim Kishon, als er in Erinnerung an Shakespeares *Kaufmann von Venedig* eine Gondelfahrt überlegt und sich nach dem Preis erkundigt? Schneller als er Shylock sagen kann, umringt ihn eine Schar geldgieriger Gondolieri und lässt ihn nicht mehr entkommen. Für das ›O Sole Mio‹ muss er dann noch extra den doppelten Tarif zahlen.«

Sie sahen einer Gondel mit einer Gruppe Japaner zu, die im Kielwasser der Polizei heftig auf und ab schwankte. Die Japaner quietschten. Im letzten Licht legte das Vaporetto bei der nächsten Station an. In einem Lokal am Ufer saßen die Gäste bei Kerzenschein. Ein Geruch von gebratenem Fisch wehte zu ihnen herüber.

»Verdammt, das war San Silvestro! Jetzt haben wir unsere Station versäumt!«, rief Biggi aus.

Eine Frau drehte sich nach ihr um. Sie hatte helles kurzes Haar, modisch geschnitten, und trug eine dunkle Sonnenbrille. Ihre Kleidung war auffallend chic, Designerstücke. Bestimmt eine Italienerin, dachte Chris und fragte sich zugleich, warum sie ihr so bekannt vorkam. Eine Schauspielerin? Biggi reagierte schneller.

»Diltsch!«

Die Frau zuckte zusammen und nahm ihre Sonnenbrille ab. Sie sah verweint aus.

»Ich bin die Biggi.«

»Brigitte Dietrich?«

»Inzwischen geschiedene Holzmann.«

Adele musterte sie.

»Ja, wirklich. Ich hätte dich fast nicht erkannt. Du bist nie zum Maturatreffen gekommen. Ach ja, du hast ja nicht … weil du …«

Biggi nickte. »Genau. Mir hat die Reife gefehlt.« Sie lachte halbherzig. »Und die erkennst du auch nicht?«

Adele wandte sich zu Chris. »Christina?«

Chris nickte. »Lang ist's her.« Sie kniff die Augen zusammen, um den Namen der nächsten Station zu entziffern. »Sollen wir da jetzt aussteigen? Wie kommen wir zu San Silvestro zurück?«

Auf Adeles Rat fuhren sie weiter bis zur Station San Stae, und Adele stieg mit ihnen aus. Sie kannte den Stadtteil, weil ihre Tante nicht weit von hier wohnte. Eine Tante in Venedig, beneidenswert. Obwohl sie nicht zu beneiden aussah. Schlank und elegant, das war sie immer gewesen. Sie hielt sich nicht mehr aufrecht, die Schultern waren vorgesunken, als täte ihr der Rücken weh. Was wahrscheinlich auch der Fall war. Die Haarfarbe stand ihr gut, Silberblond. Von Natur aus hatte sie kastanienbraunes Haar, Chris, die dunkelblond gewesen war, färbte sich nun rot, die dunkelhaarige Biggi hatte Strähnchen in Blond und Aschfarben. Oder war das ihr natürliches Grau? Eigentlich sahen sie alle drei interessanter aus als in der Schulzeit. Viel Künstliches, aber gerade das gefiel Chris nun. Sie konnten sich neu gestalten.

Nur Adeles Miene war trübselig. Das kannte Chris zur Genüge, dieses Gefühl von Überdruss. Ob sie einfach fragen sollte? Sie hatte ihre Schulkameradin nie besonders gemocht. Nachdenklich befühlte sie das Loch in ihrem Backenzahn. Jetzt, wo sie sich zufällig über den Weg gelaufen waren, konnte es auch ganz gut weitergehen. Sie könnte zum Beispiel zur Behandlung zu ihr kommen. Adele sagte etwas, das Chris, in ihre Gedanken versunken, nicht verstand, erst Biggis Antwort.

»Das muss ein Schock sein.«

Adele schwieg dazu, und Biggis Blick senkte sich wieder in die Hotelinformation. Die Gasse, durch die sie gingen, war so schmal, dass man die Wände links und rechts mit ausgestreckten Armen berühren konnte. Der Boden lag schwarz unter ihnen, nur von vorn fiel ein wenig Licht herein, und Chris hoffte, dass sie ihren Trolley nicht durch Unrat und Hundekot zog. Es roch nicht besonders, dafür war Venedig ja bekannt. Dann stieß Biggi einen Jauchzer aus. »Ecco, l'albergo!«

Sie standen auf einem dreieckigen Platz, eine Seite von einem Kanal begrenzt. Eine Brücke führte über das Wasser, daneben zwängte sich ein winziges Restaurant und darüber, im ersten Stock, hing ein Schild: *Hotel Storto.*

»Sieht nett aus«, bemerkte Adele höflich.

»Nichts wie rein, bevor alles schläft.«

Sie hoben ihr Gepäck über die Eingangsstufen. Adele blieb stehen.

»Wo wohnst du, sehen wir uns bald?«, fragte Chris.

Sie schien zu zögern. Dann hob sie die Hand zum Abschied. »Ich komme euch besuchen.«

An der Rezeption erwartete sie ein junger Mann, der sich als Andrea vorstellte. Die Zimmerschlüssel lagen schon auf einem dunkelgrün tapezierten Tablett bereit, die Löwenanhänger aus Messing waren auf Hochglanz poliert, die roten Marmorfliesen schimmerten. Alles strahlte Geschmack, Harmonie und Ordnung aus. Biggi plauderte in ihrem fehlerhaften, aber lebhaften Italienisch mit Andrea, der ihre Koffer vor ihnen her in den ersten Stock trug.

»Es ist ein Doppelzimmer, macht es dir was?«, fragte Biggi. »Wir könnten aber auch zwei Einzelzimmer haben.« Biggi bemerkte ihr Zögern. »Okay, ich sag es ihm.«

Andrea nickte und führte sie einen Stock höher hinauf, dort waren zwei Zimmer in den ehemaligen Dachboden eingebaut, klein aber mit Bad und WC und einem romantischen Blick auf das Wasser, den Platz und die kleine Brücke. Dort stand immer noch Adele.

Chris öffnete das Fenster und beugte sich hinaus. »Was ist mit dir?«

Adele wandte sich aufgeschreckt um. Sie stieg die Brückenstufen hinunter.

Wortlos blickte sie zu Chris hinauf.

Jetzt erst bemerkte Chris, dass Adele ein Gepäckstück bei sich hatte. Biggi trat neben sie ans Fenster. »Sollen wir sie hereinholen?«

»Du meinst, sie will? Wird es ihr nicht zu bescheiden sein?«

Das klang skeptisch. Chris kannte ihre Empfindlichkeit. Biggi hatte sich diese Reise ausgedacht und nicht mit einer Dritten im Bund gerechnet.

»Kann es denn sein, dass sie gar kein Hotel hat? Warum bleibt sie nicht im Haus der Tante?«

Sie sahen zu Adele hinunter, die aussah, als wüsste sie nicht, wohin.

»Tante Pauline.« Chris' Erinnerung kam plötzlich. »Diltschs venezianische Tante. Sie hat sie öfters besucht.«

»Jetzt nicht mehr, sie ist tot.«

»Deshalb ist Diltsch so geknickt.«

Biggi seufzte. »Ich geh jetzt runter und sag ihr ...« Sie sah Chris von der Seite an. »Wenn's dir recht ist ...«

»Mir ist es recht.«

Biggis Blick forschte in ihrem Gesicht. Chris lächelte. »Du bist lieb, amica. Sehr lieb. Und dein Italienisch: grandios!«

Biggi winkte Andrea, der noch immer wartend hinter ihnen stand, und stieg mit ihm die Treppen hinunter. Chris blieb, wo sie war. Sie sah zu, wie Biggi zu Adele auf den Platz trat, sah Adeles Überraschung und ihr erleichtertes Lächeln. Ohne Diskussion folgte sie Biggi ins Hotel. Kurz darauf knarrten die Treppenstufen. Andrea brachte das dritte Gepäckstück.

»Vorrebbe bere un prosecco o un *Aperol* con le amiche?«

So weit reichte ihr Italienisch. »Grazie, Signor Andrea!« Sie ging zum Spiegel und betrachtete sich darin. Warum hatte sie für Adeles Bleiben plädiert, sie mochte sie doch nicht einmal? Das Deckenlicht warf Schatten in ihr Gesicht, ließ die Falten links und rechts der Nase, die Runzel zwischen ihren Augenbrauen, die herabgesunkenen Mundwinkel scharf hervortreten. Eine Dame mittleren Alters. Na und? Sie zog das dunkelblaue Plisseekleid mit den weißen Tupfen an, das sie sich für den Besuch in *Harry's Bar* eingepackt hatte, und parfümierte sich reichlich mit *Miss Dior*. Als sie hinunterkam, saßen Biggi und Adele schon in der Hotelbar und hoben prostend ihre Gläser.

»Du hast ausgesehen wie *Sterntaler* oder das *Mädchen mit den Schwefelhölzern*, also nicht gar so hungrig und erfroren, aber so, als ob du nicht aus noch ein wüsstest«, sagte Biggi. Sie reichte Chris den dritten *Aperol*-Cocktail, und sie stießen miteinander an.

»Ich habe ein Hotelzimmer, dieser Marlon hat es mir besorgt. Aber ich hab mich in dem Moment wirklich genauso gefühlt, wie du sagst, ich wusste nicht, wohin. Nur eines sicher nicht, in dieses Hotel gehen. Denn mit diesem Mann, ich weiß nicht …«

Chris und Biggi hörten ihrem Bericht aufmerksam und mit ernster Miene zu. »Ich kann es nicht fassen, dass sie tot ist. Sie war alt, aber wenn ihr sie gekannt hättet, so lebendig, so sprühend!« Adeles Stimme zitterte. »Und dieser Marlon, mit dem stimmt etwas nicht.«

Biggi winkte Andrea, ihre Gläser wieder zu füllen. »Cin cin, Adele. Überschlafe das einmal, morgen sieht die Welt anders aus.«

Wie oft trösten sich die Menschen mit diesem Spruch, und ein bisschen half er doch immer. Sie tranken. Der Mond stand über dem Kanal, eine Gondel trug ein Touristenpärchen langsam vorüber, der Gondoliere sang für sie. Es klang wie Vivaldi. Die Luft roch nach Fisch und ein wenig nach Flieder, doch das war nur eine romantische Fantasie.

U.

*Nach dem Verständnis unserer Eltern waren wir gar keine Juden. Sie hatten ihr religiöses Bekenntnis abgelegt, und wir bekamen keine religiöse Erziehung. Bevor wir in die Schule kamen, beschlossen sie, uns taufen zu lassen. Das half uns nicht, als Hitler kam. Die Familie Landauer, gläubige Juden, die jede Woche in ihre Synagoge in der 42. Straße beten gingen, nahm meine Schwester und mich auf, mit ihren fünf eigenen Kindern wuchsen wir auf. Sie betonten, dass sie keinen Unterschied zwischen ihnen und uns machten. Doch während Elisa sich anpasste – heucheln nannte ich es –, konnte ich zwischen Glauben und Aberglauben keinen Unterschied erkennen. Millionen von Juden wurden verfolgt und getötet, und Gott schaute zu. Ich las den Spruch: Im Angesicht des Todes gibt es keinen Atheisten. Kein gutes Argument, fand ich. Ich sehnte mich danach, mit meiner Mutter und meinem Vater darüber zu diskutieren. Sie waren nie einer Antwort, sei sie auch noch so unbequem gewesen, ausgewichen, sie hatten uns nie belogen. Es war ein Schock gewesen, als sie uns mitteilten, dass sie keine Visa nach Amerika bekommen hatten und wir allein auf uns gestellt mit dem Zug durch halb Europa fahren und dann in Lissabon auf das Schiff gehen mussten. Elisa weinte und flehte, dass sie, egal, wohin, mit ihnen gehen würde. Ich stieß sie so fest, dass sie beinahe niederfiel und aufschrie vor Schmerzen. Musste sie es ihnen noch schwerer machen? Sie hätten uns niemals gehen lassen, wenn es nicht unumgänglich gewesen wäre. Ein Brief erreichte uns, mit großer Verspätung. Mein Vater schrieb, sie seien in einer Schule in der Karajangasse und warteten auf die Abreise. Damals wussten wir nicht, dass in der Karajangasse im 20. Bezirk einer der Sammelplätze gewesen war, von dem die Wiener jüdische Bevölkerung zum Aspangbahnhof gebracht und von dort in die Vernichtungslager transportiert wurde. Weitere Nachrichten kamen nicht, und wir erfuhren nicht, wo sie sich befanden. Das kam erst viel später, Jahre nach dem Krieg.*

*Mit achtzehn, nach dem College, verließ ich die gute Familie Landauer und Elisa. »Du bist so hart«, sagte sie zum Abschied zu mir. »Liebst du die Pflegeeltern gar nicht, obwohl sie so viel für uns getan haben? Und ich, deine einzige Schwester, bedeute ich dir nichts?« Ich fragte zurück, was ich denn ihr bedeutete, und sie weinte. Ich ging zurück nach Europa. Dort war ich zu Hause.*

*Doch zu Hause, das war ein Sehnsuchtsort, nicht das Wien, das ich 1945 wiedersah. Eine zerstörte Stadt voll verängstigter, hasserfüllter Menschen. Nazis. Hatten sie ihre Gesinnung über Nacht abgelegt, hatten die Bombenangriffe, die ihre Heimat zerstörten, sie zur Vernunft gebracht? Ich suchte nach Greti. Jemand erzählte mir, dass man viele Kinder und Jugendliche auf dem Land bei Bauern untergebracht hatte. Die letzten Monate des Krieges forderten die höchsten Opferzahlen, jeder, der die Gelegenheit bekam, die Großstadt zu verlassen, hatte Glück gehabt. Es war Juni, heiß und sonnig, die Welt ein Wunder, funkelnd in neu erwachter Schönheit.*

*Die Zukunft hatte begonnen. Doch ich stieß nur auf Trümmerfrauen und verbitterte Heimkehrer. Nach langem Herumirren gelang es mir, eine amtliche Anfrage über den Verbleib meiner Eltern zu stellen. Greti fand ich nicht.*

*Ich stieg in den Zug nach Süden. Italien, dort war der Faschismus groß geworden, aber dort hatte das Volk ihn auch wieder besiegt. Mussolini und seine Freundin Claretta Petacci wurden exekutiert und auf der Straße zur Schau gestellt, ihre Leichen bespuckt und geschändet. Ich reiste in ein anderes Italien, zu Tizian und Michelangelo, Donatello und Caravaggio.*

# 3.

Baustellenlärm weckte Adele. Heftige Hammerschläge, die auf Metall dröhnten. Weiterschlafen kam nicht infrage. Warum begannen die Arbeiter ihr Tagwerk immer so lautstark? Den ganz Tag machten sie nicht so viel Krach wie um sieben Uhr früh. War es Rache an denen, die um die Zeit noch in den Federn liegen konnten? Sie öffnete das Fenster. Der Himmel war silbergrau, die Luft lau und weich, beinahe schwül. Still wie ein See lag der Kanal, das Wasser schillernd grün. Sie wendete den Kopf, sah links wie rechts weiße steinerne Brücken, menschenleer. Vom Gästezimmer in Paulines Haus hatte sie auch so einen Blick gehabt, und auf der anderen Seite in ihren Garten mit den in den prächtigsten Farben blühenden Rhododendronbüschen und dem Magnolienbaum, der bis zu den Fenstern im ersten Stock gewachsen war. Ein Kopf tauchte über ihr auf, die zerstrubbelte, noch schlaftrunkene Chris. Ungeschminkt und mit dem Haarschopf, der in die Höhe stand, sah sie genauso aus wie vor 50 Jahren, in der ersten Klasse Gymnasium. Am Fenster daneben erschien gleich darauf die zweite, die unzertrennlichen Freundinnen Seite an Seite. Sie sprachen nicht, sondern schauten sich wie Adele das Morgenwunder des touristenfreien Venedigs an, während die Hammerschläge weiter die Stille zerrissen. Dann entdeckte Biggi Adele am Fenster und winkte.

»Gehen wir frühstücken? Ich weiß eine kleine Bar beim Markt, dort gibt es herrliche Tramezzini.«

Rasch zogen sie sich an und gingen los. Das Hotel bot zwar ein kleines Frühstück an, doch das hatten sie schon am Vorabend geklärt, für Croissants und Milchkaffee war die Zeit in Venedig zu schade. Um die Zeit gehörten die Straßen den Schulkindern und den paar Hausfrauen, die so früh ihre Einkäufe machten. Am Canal Grande hatte gerade das Gemüseschiff angelegt, die Marktleute trugen Kisten mit frischen Waren zu ihren Ständen. Die drei Frauen sahen eine Weile zu. Üppig wuchernde Küchenkräuter, Zucchini und Melanzani in verschiedenen Farben, Größen und Formen, Bottiche mit eingelegten Artischockenböden, hoch aufgehäuft getrocknete Tomaten aus Sizilien.

»Wenn ihr erst den Fischmarkt seht ...«, sagte Adele.

»Aber nicht auf nüchternen Magen!« Biggi schüttelte sich.

Chris dagegen wollte unbedingt hin. »Einen Blick wenigstens, du wartest derweil hier und schaust dir das Obst an. Hast du schon solche prächtigen Melonen gesehen?«

Chris drehte mit Adele eine Runde über den in einer tempelartigen Säulenhalle untergebrachten Mercato di Pesche. Am Rande standen die Hilfskräfte und filetierten mit scharfen Messern und viel Geschick die großen Fische. Ein Mann, bis zu den Ellenbogen schwarz verschmiert, schnitt mit einem Hackebeil Tintenfische in handliche Portionen.

»Risotto con Nero di Seppie ist eine venezianische Spezialität, habe ich im Reiseführer gelesen. Aber ich mag so ein schwarzes Zeug nicht essen, glaub ich.«

»Einfach probieren, das gibt es in jedem Lokal.«

Chris entdeckte einen großen Fischkopf mit einer langen,

in die Höhe ragenden Spitze. »Ein Schwertfisch! Und dieser rote, wie heißt der auf Deutsch?«

»Testa di Drago, der Drachenkopf. Sie klingen alle so schön, diese Namen, wie ein Gedicht. Capesante – Salmone – Canestrelli – Vongole – Merluzzo!«

Chris lachte. Sie sah Biggi heftig herüberwinken. Sie hatte den Obststand verlassen und stand vor der Marktbar bei einem Tisch.

»Wisst ihr eh, wenn man sich setzt, zahlt man ein Drittel mehr«, sagte Adele, als sie bei Biggi ankamen. »Und wisst ihr noch was?« Adele warf sich in einen Stuhl. »Es zahlt sich aus!« Die anderen zwei folgten ihrem Beispiel. Mit einem Espresso macchiato und einem Teller mit verschieden gefüllten Tramezzini vor sich genossen sie jede Minute. Langsam füllte sich der Platz, unter die Leute, die auf dem Markt einkauften, mischten sich immer mehr Touristen, die alles abfotografierten. Dann wurde Adele unruhig.

»Ich muss noch einmal mit Marlon reden. Was eigentlich mit meiner Tante passiert ist, nachdem sie den Unfall hatte. Das klingt für mich alles so mysteriös.«

»In Österreich würde man sich an die Polizei wenden.« Chris steckte den letzten Rest ihres Ei-Shrimps-Brötchens in den Mund und gustierte, ob sie als Nächstes Thunfisch oder Sardinenpaste mit Rucola, Ei mit Pomodoro, Salami oder Lachs wählen sollte.

»Zuerst mit ihm reden, zur Polizei kann man immer noch«, meinte Biggi.

»Ich gehe jetzt hin. Es dauert sicher nicht lange. Und dann …« Gedankenverloren leerte Adele ihre Schale.

Biggi und Chris gingen an die Bar, um mehr Kaffee zu bestellen. Adele folgte ihnen.

»Herrlich, das Pensionistenleben. Nicht einmal ein geheimnisvoller Todesfall kann mir die Stimmung verderben.« Biggi sah Chris an. »Was sagst du?«

»Ich find's spannend!«, antwortete Chris.

»Und Adele?«

»Ist eben Diltsch. Wie sie immer war. Eine Mischung von …«

»Total nett und dann wieder das Gegenteil.«

»Sind wir doch alle, oder?«

Biggi kicherte. »Na ja, manche sind immer unausstehlich.«

Erst jetzt entdeckten sie Adele und starrten verlegen in die Vitrine mit den Brötchen. Adele gab nicht zu erkennen, ob sie mitgehört hatte.

»Ich möchte nicht drängen, aber ich muss jetzt dorthin.« Sie deutete dem Mann, der an der zischenden Espressomaschine arbeitete. »Il conto, per favore.«

»Wir könnten dich begleiten«, sagte Chris schnell. »Nicht wahr, Biggi?« Die nickte.

Auf dem Touristenpfad tummelten sich schon die ersten Gruppen, geführt von einem Schirm- oder Fahnenträger an der Spitze. Auch moderne Technik kam zum Einsatz. Chris zuckte zusammen, als eine Frau dicht neben ihr verkündete: »Wir nähern uns einem von Venedigs wichtigsten Bauwerken, der Rialtobrücke, erbaut in den Jahren 1588 bis 1591 von Antonio da Ponte.« Dann erst bemerkte sie das Headset der Sprecherin, ihre Gruppe trug Kopfhörer und lauschte brav den Ausführungen. In einer Auslage sah sie Weihnachtsbäume aus Glas in verschiedenen Größen und blieb stehen. »Die sind hübsch, Muranoglas.«

»Nicht Murano, Hongkong! Den Glaskitsch findest du an jeder Ecke«, wurde sie von Biggi belehrt.

Auf dem Campiello del Sol zeigte ihnen Adele Paulines Haus. Ein schüchterner Sonnenstrahl stahl sich durch das Grau.

»Trinkt etwas in der Osteria. Es dauert bestimmt nicht lange.«

Sie überquerte den Platz und hob gerade die Hand zur Glocke, als sich das Haustor vor ihr öffnete. Der Mann, der eilig an ihr vorbei wollte, war Marlon.

»Moment, warten Sie.«

Er erkannte sie und blieb stehen.

»Ich bin immer noch fassungslos. Meine Tante war gesund und munter. Ich möchte wissen, woran sie eigentlich verstorben ist. An diesem Sturz? Zu Hause oder erst im Krankenhaus?«

»Ich habe Ihnen alles gesagt, was ich weiß.« Sein Ton klang ungehalten. »Mir bereitet das auch kein Vergnügen, das können Sie mir glauben.«

Marlon sprach mit einem kleinen amerikanischen Akzent, aber perfekt Deutsch. Selbst wenn er die Sprache von seinen Großeltern gelernt hatte, er lebte in den USA. Wo hatte er Gelegenheit, sein Deutsch zu praktizieren? Sie wusste so gut wie nichts über ihn. Ein fescher Taugenichts, so hatte Pauline ihren Neffen genannt. Das lag Jahre zurück. Pauline hatte Fotos ausgepackt und war, was selten vorkam, auf die Familie zu sprechen gekommen. Der Apfel fällt nicht weit vom Stamm, hatte sie das über den Neffen oder dessen Sohn gesagt? Zu dumm, dass sich Adele nicht mehr erinnerte.

»Sie haben sie kaum gekannt, erzählen Sie mir doch nicht, dass Sie um Pauline trauern.« Unbedachte Worte, die sie sogleich bedauerte.

Marlon sah sie böse an. »Was wollen Sie?«

»Ich werde herausfinden, was mit ihr geschehen ist.«

»Nur zu. Jetzt lassen Sie mich vorbei, ich bin in Eile.«

Er schob sie zur Seite und ging davon.

»Wann ist das Begräbnis, wo wird sie bestattet?«, rief sie ihm nach.

Er wandte sich nicht mehr um. Adele folgte ihm, bis er in die nächste Gasse einbog. Dort verschluckte ihn die Menge.

Rasch ging sie den Weg zurück. Selbst wenn Marlon nur einkaufen gehen wollte, eine halbe Stunde blieb ihr, um in der Wohnung noch einmal Nachschau zu halten. Sie holte Paulines Ersatzschlüssel hervor und steckte ihn ins Schloss.

»Du willst hinein?«, sagte eine leise Stimme hinter ihr. Es war Biggi.

»Dauert nur einen Augenblick.«

Der Schlüssel ließ sich umdrehen, doch die Tür ging nicht auf. Was war das, verdammt. Sie versuchte es noch einmal, ohne Erfolg.

»Da ist ein zweites Schloss, oben.« Chris' Zeigefinger deutete über ihre Schulter auf die Tür.

Ein Sicherheitsschloss. Blinkend und neu. Das hatte Marlon einbauen lassen, war Adele überzeugt. Aber davon würde sie sich nicht abhalten lassen.

»Wir kommen mit. Sechs Augen sehen mehr als zwei.«

Adele wandte sich fragend nach Chris und Biggi um. Beide nickten.

»Na, dann los.« Sie ging ihnen voran durch den schmalen Torbogen an der Seite des Hauses. Dahinter lag ein enger Hof, von dem links und rechts geschlossene vergitterte Türen wegführten.

»Da werden wir kein Glück haben.« Biggi hatte ein Schild mit einem Totenkopf »Pericolo di morte« entdeckt.

Am anderen Ende des Hofes betraten sie einen finsteren Durchgang. Links lag verschiedenes Gerümpel herum, rechts gab es eine kleine Tür, so niedrig, dass nur ein Kind aufrecht hindurch konnte. Das einzige Licht kam vom Ausgang zum Kanal. Adele tastete das Mauerwerk neben dem Türstock ab, bis sie die Vertiefung fand. Triumphierend holte sie den Schlüssel aus dem Versteck.

»Schaut, das ist die Hinterseite des Hauses.« Adele trat durch den zweiten Torbogen. Nur ein paar grünliche feuchte Stufen trennten sie vom Wasser. Rechts und links war die Fassade so weit vorgebaut, dass sie einen Steig bildete, nicht breiter als ein Fuß, darüber war ein Seil gespannt, an dem man sich festhalten konnte. So kam man trockenen Fußes bis zum Portego des nächsten Hauses.

»Ich nicht, nein danke!«, sagte Chris energisch.

»Wo ist eigentlich das Boot?«, fragte Adele, mehr an sich selbst gewandt.

»Wenn wir ins Haus wollen, sollten wir gleich gehen«, ließ sich Chris vernehmen. Sie wandte sich zu dem Seitentürchen. Adele drehte den rostigen Schlüssel, er knirschte, aber die Tür sprang auf. Vor ihnen führte eine steile Treppe in die Eingangshalle hinauf. Ein wenig bangte Adele, dass der Zugang versperrt sein könnte, doch da er unter der Treppe zum Obergeschoss versteckt lag, hatte ihn Marlon hoffentlich gar nicht entdeckt. Sie drückte die Klinke hinunter. Sachte, beinahe lautlos öffnete sich die Tür. Sie ließ Biggi und Chris den Vortritt. Die beiden schauten sich beeindruckt um. Die zwei Etagen von Paulines Haus waren durch eine offene Treppe verbunden. Man hatte einen freien Blick vom Eingang bis in die Dachsparren. Sie stiegen in den ersten Stock, wo sich die Wohnräume befanden.

»Dieser Leuchter, unfassbar, die Farben!« Chris flüsterte vor Ehrfurcht.

Adele deutete auf ein weiß geätztes Zeichen auf einem Glastropfen. »Jedes Stück Glas trägt eine Signatur.«

Chris sah es aus der Nähe an. »Sieht aus wie ein verkehrtes N.«

Biggi unterbrach sie leicht nervös. »Wonach suchen wir eigentlich?«

Wonach suchten sie? Nach etwas, das mit Paulines Tod zu tun hatte.

»Du glaubst wirklich, sie ist umgebracht worden?«

Da war der kaputte Rollstuhl. Man sah, dass Pauline damit gestürzt war. Doch konnte nicht auch jemand nachgeholfen haben?

»Wer hat ein Interesse daran?« Die Frage hatten sich die drei schon am Abend zuvor gestellt. Marlon war vermutlich der einzige Erbe. Doch Pauline hatte früher schon von ihrem Testament gesprochen. Sie hatte verschiedene Ideen gehabt, eine davon war zum Beispiel die Einrichtung einer Stiftung, mit der Stipendien für alleinerziehende Schriftstellerinnen finanziert wurden. Marlon konnte das Testament vernichtet haben, um an ihr Geld zu kommen. Gesetzt den Fall, sie hätte es nicht bei ihrem Notar hinterlegt. Da es um ein großes Vermögen ging, war das wohl anzunehmen. Doch hatte er von einem Testament gewusst? Falls es überhaupt ein Testament gab – Pauline hatte am Telefon nur eine Andeutung gemacht, es aber vielleicht noch gar nicht verfasst. Das waren alles Fragen, Annahmen, nicht ein einziger Beweis, für und wider gar nichts.

Sie fingen mit der Suche an. Biggi im Wohnzimmer, Chris als Bibliothekarin und Expertin für alles Schriftliche nahm sich den Schreibtisch vor, Adele stieg in den zweiten Stock, wo die Garderobe und das Schlafzimmer, die Gästezimmer, Bad und Toilette lagen, sogar eine zweite kleine Küche. Der Anblick von Paulines Kleiderschrank deprimierte Adele. Sie musste sich zwingen, den Nachttisch, das Bett, die Schlafzimmerkommode zu untersuchen. Schnell war ihr klar, dass Pauline sich hier oben schon lange nicht mehr aufgehalten hatte. Vermutlich, seit sie den Rollstuhl benötigte, denn wie wäre sie die Treppe hochgekommen? Wer hatte sich eigentlich um sie gekümmert und sie versorgt? Wieder etwas, das Adele in Erfahrung bringen musste. Pauline war nicht mehr imstande gewesen, allein das Haus zu verlassen.

Eines der Gästezimmer hatte Marlon bezogen. Sein Tramperrucksack lag offen auf dem Boden. Er reiste wie ein Jugendlicher. Das passte nicht zu dem Bild, das Adele von ihm hatte. Kurz sah sie sich um. Sie fand nichts Persönliches, seine Dokumente trug er anscheinend bei sich. Sie kehrte zurück zu den anderen.

»Ich habe was«, sagte Chris. »Pauline war eine Schreiberin, sie führte ein Tagebuch. Sie hatte verschiedene Schriften in Arbeit.«

»Sie sprach immer wieder davon, einen Roman zu schreiben.« Adele erinnerte sich an das letzte Telefonat mit Pauline. »Über die interessanten Erlebnisse, die sie mir bei meinem Besuch alle erzählen wollte. Sie machte es spannend. Stattdessen ist sie tot.«

Chris zeigte ihren Fund, ein Blatt mit einer Handschrift in violetter Tinte. Es stand nur ein kurzer Satz darauf:

»Die Spur führt nach Amb... Ich kann das nicht entziffern«, sagte Adele.

Alle drei beugten sich über den Zettel.

»Ambrosia, das heißt Ambrosia«, meinte Chris schließlich.

»Die Spur führt nach Ambrosia«, wiederholte Adele.

»Hm.« Biggi blieb skeptisch.

Rundherum war eine Girlande aus Rosen und Ranken, wie auf vielen Blättern Paulines. Ihre Gedankenmalerei, hatte sie solche Zeichnungen genannt. Wahrscheinlich war es eine Notiz für diesen Roman.

»Vielleicht«, meinte Chris. »Aber nur ein Satz? Das wirkt wie etwas Besonderes, Bedeutungsvolles. Nicht wie eine Notiz.«

Ambrosia. Was sollte das bedeuten, Götterspeise, die Spur, die dorthin führt ... In den Himmel? Ins Jenseits? Oder war ein Ort gemeint? Es fiel ihnen nichts dazu ein.

»Das nehmen wir mit.« Adele steckte das Papier in ihre Handtasche.

»Ich habe auch etwas entdeckt, weiß aber nicht, was man damit anfangen kann«, sagte Biggi. »Im Wohnzimmer, zwischen den Sofakissen.«

Plötzlich hörten sie ein Geräusch von unten. Der Schlüssel, der in die Eingangstür geschoben wurde.

»Schnell hinauf in den zweiten Stock. Auf der anderen Seite gibt es noch eine Dienstbotentreppe, sie führt hinaus.«

Doch es war schon zu spät, die Tür ging auf, bevor Adele sich aus dem Blickfeld zurückziehen konnte. Entgeistert starrte Marlon zu ihr hinauf. Sie ging ihm entgegen. Hinter sich hörte sie Chris und Biggi eilig die Treppe hinaufsteigen und begann laut zu sprechen, um sie zu übertönen:

»Ich habe Ihnen gesagt, ich werde Paulines Tod nicht auf sich beruhen lassen. Sollte Ihre Geschichte nicht wahr sein, verständige ich die Polizei.«

Die Verblüffung hatte ihm die Rede verschlagen. Er rührte sich nicht. Erst als sie vor ihm stand, wich er einen Schritt zurück.

»Das ist … Hausfriedensbruch. *Ich* sollte die Polizei rufen.«

Adele lächelte kühl. »Wohl kaum.«

»Sie glauben, ich hätte Tante Pauline umgebracht? Sie sind verrückt!«

»Jedenfalls haben Sie einen Vorteil von Ihrem Tod.«

Marlon schüttelte den Kopf. »Ich werde mich nicht gegen so einen unsinnigen Vorwurf verteidigen. Wie sind Sie überhaupt hereingekommen?«

Adele zeigte ihm den Schlüssel. »Tante Pauline vertraute mir. Im Gegensatz zu Ihnen hatte ich eine wirkliche Beziehung zu ihr. Sie war immer liebevoll zu mir, und ich bin es ihr schuldig herauszufinden, was passiert ist.«

Marlon nahm den Schlüssel aus ihrer Hand. »Damit sind Sie nicht ins Haus gekommen. Ich habe ein Sicherheitsschloss einbauen lassen.«

»Aha, und warum das?«

Er zögerte. »Weil jemand hier war und alles durchwühlt hat. Jemand, der etwas Bestimmtes suchte.«

Sie glaubte ihm nicht. »Was sollte das sein?«

»Keine Ahnung.« Er warf ihr einen Blick zu. »Vielleicht waren es ja Sie. Die angeblich so gute Freundin. Vielleicht hatten Sie ein Interesse an ihrem Tod.«

Adeles Herz begann zu pochen. Sie konnte ihn nicht anfahren, sondern musste die Hand ausstrecken, um sich anzuhalten. Seine Stütze war das Letzte, was sie sich wünschte, doch sie hatte keine Wahl. Er hielt ihre Arme umfasst, bis das Schwächegefühl wich. Sie sank auf die Treppenstufen.

»Ich bringe Ihnen ein Glas Wasser.« Leichtfüßig lief er hinauf.

Sie hörte das Blut in ihren Ohren rauschen. Der Blutdruck. Sie hatte ihre Tabletten nicht eingenommen. Du bist auch nicht mehr die Jüngste, meine Liebe, sagte Josephs leicht vorwurfsvolle Stimme in ihrem Kopf. Dann war Marlon wieder da und hielt ihr ein Glas an die Lippen.

»Danke, das schaffe ich gerade noch.«

Er musterte sie. »Sie sind nicht in das Hotel gegangen, das ich Ihnen bestellt habe. Ich habe vorhin angerufen, als ich von der Friedhofsverwaltung verständigt wurde.« Er wartete, aber sie äußerte sich nicht dazu. »Cimitero San Michele, das Begräbnis ist morgen um elf Uhr.«

Sie stand auf, mit zitternden Knien, aber die Hand, die er ihr hinstreckte, ignorierte sie. »Ich werde da sein.«

»Wir auch!«, ertönte eine Stimme von oben. Biggi kam die Treppe herunter, dicht hinter ihr Chris. »Sie sollten sich darum kümmern, den Hintereingang und den Nebeneingang des Hauses zu kontrollieren.«

Adele öffnete ihnen die Tür. Marlon ließ sie gehen, er schüttelte nur den Kopf, als er Adeles Blick begegnete. Sie verließen eine nach der anderen das Haus. Er knallte die Tür hinter ihrem Rücken zu und sperrte die Schlösser doppelt ab.

Adele atmete erleichtert aus. Dann sah sie die anklagenden Mienen der zwei Frauen.

»Was ist denn los?«

»Das fragst du? Du hast uns fast in den Tod gejagt!«

Chris und Biggi hatten die von Adele beschriebene Treppe gefunden und waren auf ihr bis zum Ausgang an der Kanalseite gelangt. Ein alter rostiger Riegel schloss das Haus ab, unglaublich leichtsinnig in einer Stadt, die für ihre fantasievollen Diebe bekannt war. Es gab nicht mehr Verbrecher als in anderen Städten, meinte Adele, doch wie immer setzten sich die Vorurteile durch. Chris beharrte darauf, dass sie das gelesen habe. »Außerdem ist es wahr«, ergänzte Biggi.

Sie erzählten, wie sie das Tor ohne Anstrengung geöffnet hatten und unvermittelt am Wasser gestanden waren, die Stufen überspült, der schmale Steig, über den man bis zum Portego gelangen konnte, ebenfalls. Biggi überlegte, es zu wagen, doch Chris war keinesfalls dazu bereit.

»Nur mit einem nassen Strick als Sicherheit, der womöglich reißt, wenn ich mich anhalte. Niemals!«

Biggi bestätigte. Chris wäre in den Kanal gefallen, Biggi hätte sie nicht retten können, der Ärger wäre also viel schlimmer geworden, als wenn sie umkehrten. Adele sah das genauso, die Stimmung entspannte sich. Sie mussten alle drei lachen, aus Erleichterung und weil Marlon so verdutzt dreingeschaut hatte.

»Ich muss mich jetzt hinsetzen und rasten.«

»Meine Knie wackeln noch immer.«

»Mir knurrt der Magen.«

Sie schlugen den Weg durch die Calle Donzella an. Inzwischen war alles, was Tourist hieß, auf den Trampelpfaden unterwegs. Vorbei an Schaufenstern voll Muranoglas, venezianischen Masken und Läden, die Schuhe, Taschen, Kleider, Hüte, Strümpfe verkauften, bewegte sich ein stockender Zug von Menschen, der immer wieder zum Stillstand kam. Entweder man fügte sich in das Tempo oder schlängelte sich zwischen den Gruppen durch. Chris deutete auf ein Lokal:

»Das habe ich schon beim ersten Vorbeigehen entdeckt. Menu turistico mit Spaghetti – Fritto misto – Dolci.«

»Und was willst du da?«, fragte Adele.

»Ist gar nicht teuer. Wir könnten reingehen.«

Ein Kellner näherte sich ihnen mit begehrlichem Blick. Chris nickte ihm zu, aber Adele winkte energisch ab. »No, grazie!«, rief sie aus und schob Chris weiter. »In so eine Touristenfalle, wo sie einen von der Straße reinziehen, gehen wir nicht!«

»Aber das machen doch die meisten.« Biggi war viel in Italien herumgekommen. In kleineren Orten passierte das kaum, aber in den Städten war diese Unsitte eingerissen. »Auch in Wien, in Budapest, nicht nur in Venedig.«

»Ist mir egal, in so eine Bude gehe ich nicht. Kommt, wir spazieren ein paar Gassen weiter, ich weiß ganz in der Nähe ein entzückendes Platzerl.« Adele ging voran, und nach einmal links, zweimal rechts, geradeaus, dann wieder links und über eine kleine Brücke waren sie am Ziel. ›No Pizza! No Lasagne! No Menu turistico!‹, stand auf einem Schild neben dem Eingang. Obwohl es kaum 50 Meter von der Touristenroute lag, bewegten sich hier nur wenige Leute. Auch im Lokal war nichts los.

»Sind wir die einzigen Gäste?« Biggi spähte durch die Scheibe. Sie sah in die Küche, wo zwei Männer an der Arbeit waren. Hinter der Bar räumte ein dritter Gläser ein. Sonst regte sich nichts.

Chris las die Speisekarte. »Ich kenne keine einzige Speise. Oh ja, Baccalà mantecato. Baccalà ist Stockfisch, den esse ich nicht.«

Adele holte ihre Lesebrille hervor. »Astice heißt Hummer. Canestrelli sind kleine Jakobsmuscheln, die schmecken sehr gut.«

»Aber die Preise!« Chris kniff die Augen zusammen. »Huh, das sind ja die Vorspeisen, die Hauptgerichte kosten noch mal so viel.«

Adele begann, sich zu ärgern. Es waren vielleicht etwas höhere Preise, dafür bekamen sie aber auch richtige italienische Küche!

»Ich habe gar nichts gegen ein Touristenmenu«, sagte Chris. »Du kannst dir halt was anderes leisten, wahrscheinlich hast du auch einen erleseneren Geschmack.«

Biggi mischte sich rasch ein: »Hoppala, das artet doch jetzt nicht in eine ideologische Debatte aus!« Sie stupste Chris und Adele freundschaftlich mit den Ellbogen an.

Sofort versöhnt, lächelte Adele. »Ihr seid jetzt eingeladen. Es ist wirklich teuer, ich war hier mit Pauline, sie hat gezahlt, deshalb ist es mir gar nicht aufgefallen. Aber es hat himmlisch geschmeckt.«

Chris sah noch immer bockig drein. Biggi stupste sie noch einmal, diesmal fester.

»Ich kann auch keinen Schritt weitergehen. Ich habe meine Tabletten immer noch nicht eingenommen, jetzt wird's schon bedenklich.«

Tabletten gegen hohen Blutdruck – oft sehr hohen. Das besänftigte Chris.

»Oje, schlimm, das ist sicher der Stress mit deinen Patienten.«

Sie traten ein. Als er der drei Damen ansichtig wurde, kam Leben in den Mann am Tresen. Er geleitete sie zu einem Tisch mit Blick in den Innengarten. Es war leider zu kühl, um draußen zu sitzen. Auf Kosten des Hauses bekamen sie einen *Aperol*-Wein-Cocktail, dazu stellte er eine Platte mit Cicchetti auf den Tisch und begann zu erklären.

Cicchetti waren kleine gemischte Vorspeisen, ähnlich wie die spanischen Tapas. Es gab frittierte und gebackene Bällchen mit Thunfisch, Gemüse oder Fleisch, Brotschnittchen, die mit würzigen Pasten bestrichen waren, mit gebratenem Radicchio, Creme aus Oliven oder Zucchini. Baccalà mantecato erwies sich als eine Art Salat aus weißen marinierten Fischstücken. Er schmeckte Chris am besten von allen Häppchen.

»Ist es ein großes Sakrileg, wenn ich dann trotzdem Spaghetti Bolognese bestelle?«, fragte sie kichernd und zwinkerte Biggi zu.

Ein blühender Rosenstock rankte sich an der Mauer hoch. An diesem Tisch war Adele damals auch mit Pauline gesessen. Man darf sich nichts aufheben, war eine von Paulines Devisen gewesen. Sie hatte es in ihrer Jugend auf die bitterste Weise gelernt.

»Du isst, was dir schmeckt«, antwortete Adele, ohne auf die Spöttelei einzugehen.

Der Kellner Michele erschien am Tisch. Er sprach nur wenig Englisch, die Speisen erläuterte er in eingelernten Sätzen. Die drei Freundinnen lauschten, seufzten und schauten unentschlossen in ihre Menükarten.

Biggi schlug vor zu bestellen, was der Kellner ihnen empfahl. »Che cosa consiglia?«

Michele lächelte und verbeugte sich. »Ecco, una sorpresa per le signore.« Er nahm ihnen die Speisekarten aus der Hand.

»Aber jetzt wird's wirklich teuer«, meinte Chris.

Biggi schaute sie mahnend an, sodass Chris sich verpflichtet fühlte zu ergänzen, dass es bestimmt köstlich schmecken würde. Adele holte ihre Blutdruckpillen und fand dabei das Blatt Papier von Paulines Schreibtisch in ihrer Tasche. Sie schluckte zwei Stück mit dem *Aperol*.

»Die Spur führt nach Ambrosia«, las sie vor. Wieder sinnierten alle drei, was es bedeuten sollte, und fanden keine Lösung.

»Ich habe euch noch nicht gezeigt, was ich gefunden habe. Das sind Paulines Medikamente.« Biggi kramte sie hervor.

»Gegen Diabetes, Arthrose, entzündungshemmend, das ist ein Betablocker«, zählte Adele auf. »Ganz normal für einen Menschen in diesem Alter.«

»Ja, das denke ich auch. Ich habe dann noch ein bisserl im Wohnzimmer herumgeschnüffelt, mich auf die Couch gesetzt, da herrscht so eine sagenhafte Ordnung, das ist mir aufgefallen. Denn es war doch angeblich ein Unfall im Haus. Aber das Wohnzimmer wirkt so picobello aufgeräumt.«

Adele ließ die Bilder ihrer Erinnerung Revue passieren. Bei Pauline war es immer gemütlich zugegangen, doch das Haus hielt sie in Schuss. Nicht sie selbst, das machte natürlich eine Haushaltshilfe. Aber Marlon hatte doch von einer großen Unordnung gesprochen, dass jemand Paulines Sachen durchwühlt hatte.

»Plötzlich hab ich unter dem Sofakissen etwas entdeckt.« Biggi hielt Adele die kleine Schachtel hin. »Leer. Ich habe mich einfach gewundert. Weil alle anderen Medikamente im Badezimmer aufbewahrt wurden.«

»*Novanaest*«, sagte Adele. »Das ist seltsam ...«

»Was ist so seltsam daran?«, fragte Chris.

»In der Schachtel waren fünf Ampullen. *Novanaest* ist ein Lokalanästhetikum, in der Zahnheilkunde wird es als Betäubungsmittel verwendet. Sie hat doch wohl kaum zu Hause eine Zahnbehandlung gehabt.«

Wieder dachten alle drei darüber nach, erneut ohne Resultat. Dann kam das Essen.

Primo piatto: Spaghetti. Nicht mit Chris' geliebtem Ragout, sondern mit Venusmuscheln, Knoblauch, Petersilie und Chili.

Secondo: Für jede wurde eine andere Speise auf einer Platte serviert, sodass sie von allem kosten konnten. Beiriedschnitte auf einem Bett aus Rucola und Kirschtomaten. Ausgelöste Lammkeule gespickt mit Rosmarinnadeln. Als Drittes kam eine Platte mit gebratenen Fischen, Sardinen, Wolfsbarsch, Coda di Rospo und dazu eine Jakobsmuschel. Es duftete verführerisch.

»Träumst du noch immer vom Touristenmenü?«, fragte Adele.

»Nein, das wäre gelogen«, antwortete Chris.

Sie griffen zu.

Während des Essens entspannte sich die Stimmung. Adele spürte Chris' Skepsis, oder war das nur Einbildung? Sie hatten sich schon in der Schule nicht verstanden. Doch es war Chris gewesen, die sie eingeladen hatte, in ihr Hotel zu ziehen, Chris, die gesagt hatte, sechs Augen sähen mehr als zwei. Das Dessert, Lampioni nel Gelato di Nocciole – »Himbeeren mit Nusseis«, übersetzte Biggi –, schmeckte ihr jedenfalls.

»Wenn's das öfters gäbe, könnte man glauben, man ist im Paradies.« Chris legte beide Hände über ihren Bauch.

Biggi beäugte sich in ihrem Taschenspiegel, ob die Köstlichkeiten rund um ihren Mund einen Rand hinterlassen hatten. »Für Pensionistinnen besteht da nur eine Chance: selbst köstlich kochen lernen!«, stellte sie fest.

Adele, die noch die letzten Reste ihres Desserts aus dem Schüsselchen schabte, schaute überrascht auf. »Aber ihr seid doch noch nicht in Pension?«

»Das ist der Grund, warum wir hier sind. Chris hatte am 30. ihren letzten Arbeitstag, und ich habe meine Boutique geschlossen – entweder ich finde einen Käufer, oder es ist eben vorbei.«

»Aber …« Adele schüttelte den Kopf.

»Was?«, fragte Chris beinahe schroff. »Wir befinden uns im gesetzlichen Pensionsalter, und bekanntlich sind wir gleich alt, worüber wunderst du dich denn eigentlich, gehst du nicht in Pension?«

Adele hörte auf, den Kopf zu schütteln. »Ein Leben ohne Arbeit, was ist das für ein Leben? Was hat man dann noch vor sich? Nein, das kann ich mir nicht vorstellen. Was ist denn der Mensch ohne seine Arbeit. Pensionist, das klingt schon so nach absteigendem Ast …«

Sie sprach nicht weiter, weil ihr bewusst wurde, wie ihre Worte auf die zwei Frauen wirken mussten.

Biggi war rot geworden. Schweigend musterte sie ihren leeren Dessertteller. Der Kellner trat an den Tisch und begann abzuräumen.

»Ich bin froh! Jetzt gibt es Seniorentickets, Senioreneintritt, Seniorenteller, Seniorenzimmer. Österreich ist das Seniorenparadies! Ich verdiene weniger, aber ich gebe auch weniger aus.«

Adele lächelte in dem Glauben, Chris mache einen Scherz. Ihre Blicke trafen sich, und sie senkte ihren wieder, zum zweiten Mal beschämt.

»Ich bin so gern Zahnärztin, mein Leben ist mein Beruf.« Es klang wie eine lahme Entschuldigung, aber etwas anderes fiel ihr nicht ein. Sie verlangte die Rechnung und erhob sich mit dem Mäppchen, das der Kellner brachte, um allein an der Bar zu zahlen. Aus dem Augenwinkel verfolgte sie, wie die zwei ihre Köpfe zusammensteckten. Bei ihrer Rückkehr war der Misston vorbei.

Biggi bedankte sich. »Danke, Dilly! Das war einmalig gut.«

»Der schönste Venedig-Einstand, den ich mir vorstellen kann – kulinarisch!«, fügte Chris hinzu.

Danach trennten sie sich. Die beiden wollten die *Akademie*, das berühmte Museum am Canal Grande, besichtigen. Adele kehrte auf den Campiello del Sol zurück.

*Die letzten Collegejahre hatte ich gejobbt und jeden Cent gespart, damit ich mir die Fahrt nach Europa leisten konnte. Nun reiste ich von Stadt zu Stadt, von Landschaft zu Landschaft, und überall suchte ich die schönsten Kunstwerke und sah, was ich nur von Schwarz-Weiß-Fotos in Büchern abgebildet kannte, mit eigenen Augen. Die Mosaiken in Ravenna, den David in Florenz, den Ponte Vecchio, die Engelsburg, die Pietà im Petersdom, die Sixtinische Kapelle und weiter im Süden Trulli und etruskische Gräber, Schloss Castel del Monte, das Alexandermosaik, die Ausgrabungen von Pompeji. In der schlimmsten Hitze des Augusts schleppte ich mich durch Palermo, den südlichsten Punkt meiner Reise, und suchte das Oratorio di San Lorenzo. Dort hing über dem Altar ein Gemälde meines Lieblingsmalers Caravaggio, die »Geburt Christi«.*

*Mit Dollars in der Tasche war Italien nach dem Krieg unglaublich billig. Dennoch, irgendwann ist auch die vollste Börse leer, wenn man nicht nachfüllt. Auf dem Rückweg nach Norden machte ich in Padua, einer der schönsten Städte Venetiens, Station. Ich übernachtete in einem Hotel mit Blick auf die Basilika mit dem gewaltigen Reiterstandbild des* Gattamelata *davor. Am nächsten Morgen saß ich ganz allein auf einer wackeligen Holzbank in der Scrovegni-Kapelle, versunken in Giottos in den nassen Verputz gemalte Vorstellung von Himmel und Hölle. Fresken, die vor siebenhundert Jahren entstanden waren. Männer mit großen, leicht hervortretenden grünen und blauen Augen blickten auf mich herunter, so ausdrucksvoll und lebendig, als wüssten sie von meiner Ratlosigkeit. Ich vermied es für gewöhnlich, an die Vergangenheit zu denken. Meine Eltern, würde ich sie je wiedersehen? Wie sah meine Zukunft aus? Ich hatte vor, Kunst zu studieren, aber nach New York wollte ich nicht zurück. Doch auch nach Wien zog es mich nicht. Ich befand mich zwischen zwei Welten. In welche Richtung sollte ich mich bewegen? Als Höhepunkt und Abschluss meiner Reise hatte ich Venedig vorgesehen. Ich hatte in meinem Führer von einer besonderen Schifffahrt mit dem »Burchiello« gelesen. Auf dem Fluss Brenta konnte man mit dem Dampfer »Burchiello« in einer beschaulichen, mehrstündigen Fahrt Venedig erreichen und auf dem Weg die Villen der reichen Venezianer von einst besichtigen, viele davon erbaut von dem berühmten Renaissance-Architekten Palladio. Am Ticketschalter stellte sich heraus, dass das Boot schon ausgelaufen war und das nächste erst drei Tage später ging. So lange wollte ich nicht warten. Ich nahm den Zug. Er war schneller und billiger, tröstete ich mich. Außerdem ersparte ich mir die in dieser Jahreszeit auf dem Wasser unvermeidliche Moskitoplage. Der Zug war beinahe leer. Ich setzte mich in den Speisewagen und labte mich an Granita di Limone, das ich in Sizilien kennengelernt hatte. Wenn ich nun nicht nach Österreich zurückging und studierte, sondern hier blieb und mir eine Arbeit suchte? Was konnte ich? Sprachen. Das war nicht gerade viel, aber immerhin. Ich könnte Führungen für Touristen machen. Noch stand Italien unter dem Eindruck des verlorenen Krieges, aber bald würde der Tourismus wieder erblühen. Ein Mann ging an mir vorbei durch den Speisewagen und setzte sich an einen Tisch auf der anderen Seite. Er bestellte Kaffee, zog einen Block he-*

*raus und begann zu zeichnen. Ich sah nur seinen Hinterkopf mit einem Schopf unglaublich schwarzen Haares, es schimmerte, wo das Licht darauf fiel, wie das Gefieder eines Raben. Blatt um Blatt füllte er mit schnell hingeworfenen Skizzen, schärfte dazwischen seinen Stift, blätterte weiter und blieb in seine Tätigkeit vertieft, bis wir in der Station Santa Lucia angekommen waren. Er steckte seinen Block ein, warf eine Münze auf den Tisch und erhob sich. Jetzt endlich wandte er sich um, und ich konnte sein Gesicht sehen. Ich starrte ihn an, so unverhohlen, dass er vor mir stehen blieb und fragend auf mich heruntersah.*

*»Entschuldigen Sie ...« Ich flüsterte vor Verlegenheit. »Ich bin ...« Ich spürte, wie die Röte in meine Wangen stieg.*

*Er lächelte. Es war lächerlich, peinlich, dumm. Doch mit einem Mal war es unwesentlich. Zwei Augen, wie ich sie noch vor wenigen Stunden auf Giottos Fresken in Padua bewundert hatte, blickten mich an, ebenso ausdrucksvoll und leuchtend und sanft. Und dann zwinkerten sie.*

*»Wollen wir nicht aussteigen?«, sagte er zu mir. »Ich lade Sie zu einem Aperitivo ein, und Sie erklären mir, was Ihr Interesse geweckt hat. Einverstanden?«*

*So lernte ich Lauro kennen.*

# 4.

Den ganzen Weg bis zur Vaporetto-Station wütete Chris. Sie war beinahe den Tränen nahe. Diese Adele, so eingebildet, so arrogant, so ihrer selbst sicher. Machte das nur der Wohlstand? Der Doktortitel? Sie liebte ihren Beruf. Ja, auch Chris hatte ihren Beruf geliebt, doch mit sechzig Jahren war es eben Zeit abzutreten, Platz zu machen für die Jüngeren. Galt das für Zahnärztinnen nicht? Wollte Adele mit zittriger Hand und weitsichtigen Augen Wurzelkanäle öffnen, Karieslöcher füllen und Weisheitszähne reißen bis ans Ende ihrer Tage? Biggi schwieg dazu. Sie kannte Chris lange genug, sie wusste, dass die Freundin leicht aufbrauste und sich schnell wieder beruhigte. Doch auch darüber ärgerte sich Chris, die wollte, dass Biggi ihr beipflichtete. Mehr als ein Achselzucken bekam sie nicht.

»Was ist eigentlich aus Herrn Hellberg geworden? Geschieden, gestorben – weißt du was?«

»Haben sie überhaupt geheiratet?«

»Den hat's sicher nicht lang gegeben, mit der Egoistin«, schnappte Chris.

»Dann hat sie noch die alte Mutter, um die sie sich kümmert, auch nicht gerade eine angenehme Vision für den Pensionsantritt.«

Die Linie 1 näherte sich rasch.

»Also, du verteidigst sie«, stellte Chris grantig fest.

Wie Adele war Chris vaterlos aufgewachsen. Die Mütter gingen arbeiten und hatten nicht viel Zeit für ihre Töchter. Damit endete die Ähnlichkeit der Verhältnisse. Dem Einzelkind Adele wurde kein Wunsch abgeschlagen, sie trug immer die modernsten Kleider, hatte ein Abonnement für *Mickey Maus*, später für *Bravo* und so viel Taschengeld, dass sie sich jeden Tag einen Abstecher ins Zuckerlgeschäft nahe der Schule leisten konnte. Wenn sie zu viel ausgab, verlangte sie einfach mehr Geld von ihrer Mutter. Chris' Mutter verdiente als Büroangestellte gerade so viel, dass sie über die Runden kamen. Chris' Vater zahlte wenig Alimente, schließlich hatte er noch eine zweite Familie zu versorgen. Chris kannte ihre beiden Halbgeschwister kaum. Zwar lud ihr Vater sie immer wieder ein, auf Besuch zu kommen, doch sie lehnte ab, um ihre Mutter nicht zu verletzen. Als Erwachsene war Chris zu ihnen allen auf Distanz gegangen. Ihre Mutter war früh an einem Herzinfarkt gestorben, vom Krebs ihres Vaters hatte sie erst auf seinem Totenbett erfahren. »Mir geht nichts ab«, sagte sie, wenn von Familie die Rede war. Und meinte es auch.

Biggi hielt die Tickets an das Elektronenauge, um sie zu entwerten. Ein lautes akustisches Signal ertönte dabei, in merkwürdigem Kontrast zu den Glocken von San Silvestro, die gerade zu läuten begannen. Das Vaporetto war voll mit Menschen, Anhalten war weder möglich noch nötig. Doch auch im dichtesten Gedränge fotografierten die Touristen unentwegt, die Hand mit dem Fotoapparat über die Köpfe der anderen erhoben. Sie drückten blind ab, irgendein brauchbares Motiv gab es in Venedig immer. Bei der Station Accademia bewegten sie sich mit einem Teil der Menge auf den Landungssteg. Das bedeutendste Museum der Stadt lag vor ihnen, die Fassade von einem Plakat gänzlich verhüllt.

»*L'Uomo Universale*«, las Biggi laut. Auf dem Plakat war Leonardo da Vincis berühmte Zeichnung »Der Vitruvianische Mensch« in riesenhafter Vergrößerung zu sehen. Die Baumkronen davor wogten. Ein Wind war aufgekommen, er roch nach Meer. Frisch.

Chris lachte. Sie deutete nach vorne. Auf dem Weg zum Eingang der *Galleria dell'Accademia* wartete eine lange Besucherschlange, ein Museumsbeamter ließ von Zeit zu Zeit eine kleine Gruppe ein.

»Ist doch schön«, sagte sie, mit einem Mal wieder gut gelaunt. »Sie wollen nicht nur den Canal Grande abfotografieren, sie wollen auch den Leonardo sehen.«

Adele durchquerte das schmale, wenige Schritte lange Gässchen zum Campiello del Sol. Durch die Fenster der alten Bottega fiel schwaches Licht. Vorher waren die Läden geschlossen gewesen, sonst hätte sie gleich an Clarissa gedacht. Sie stieg die zwei hölzernen Stufen zum Eingang hinauf und trat ein. Auf einem Regal standen mehrere Schuhmodelle ausgestellt. Ein Paar cremefarbene Damenpumps aus Wildleder, die denen an Adeles Füßen aufs Haar glichen, bis auf die Farbe, ihre waren rot. »Du willst in die Schuhe des Fischers steigen!«, hörte sie Paulines Stimme, als sei sie noch immer an ihrer Seite in dem kleinen Schuhmachergeschäft. Hatten die Päpste immer schon rotes Schuhwerk getragen?

In der Werkstatt saß eine Frau an ihrem Tisch und bearbeitete einen Streifen grauen Leders mit ihrem Werkzeug. Adele erkannte sie erst auf den zweiten Blick und verstand nicht, warum. Clarissa trug wie früher einen dicken braunen Zopf, sie hatte breite gerade Augenbrauen und ein blasses regelmäßiges Gesicht, beim ersten Hinsehen unscheinbar, erst wenn man sie näher ansah, die weich gerundeten Wangen, den vollen ungeschminkten Mund und die wasserhellen großen Augen, erkannte man ihre besondere Schönheit. Ihr Blick, darin lag die Veränderung, war gesammelt und von einer inneren Heiterkeit erfüllt. Sie hatte nichts Jugendliches mehr.

Clarissa kam zu Adele und umarmte sie ohne ein Wort. »Du weißt es schon.« Es war eine Feststellung, keine Frage. Sie sprach ein langsames, melodisches Deutsch. Adele nickte. Sie schluchzte auf, bevor sie es unterdrücken konnte. Clarissa bekam nasse Augen, sie wischte ihre Tränen nicht ab.

Pauline hatte Clarissa gleich am ersten Tag, als sie die kleine Bottega auf dem Platz eröffnet hatte, aufgesucht. »Eine Schuhmacherin, wie schön! Ich habe mir noch niemals Maßschuhe machen lassen, das werde ich jetzt tun.«

Clarissa hatte das Schuhmacherhandwerk von ihrem Großvater in Südtirol gelernt, doch als er starb, wollte sie sein Geschäft nicht weiterführen. Sie folgte der Liebe nach Venedig. Die alte Bottega war schnell gefunden, doch ein eigenes Geschäft bedeutete viel Risiko. Sie ließ sich darauf ein, lieber in Venedig scheitern als in Meran. Für Maßschuhe war auch das wohlhabende Meran ein hartes Pflaster. Die Liebe dauerte nicht an, die kleine Werkstatt aber entwickelte sich. Inzwischen konnte sie sich für die einfacheren Arbeiten – Reparaturen, besohlen und Absätze doppeln – sogar einen Angestellten leisten, wenn auch nur zwei Tage in der Woche.

Pauline war ihre mütterliche Freundin geblieben. Seit sie nicht mehr aus dem Haus gehen konnte, hatten sie fast jeden Tag telefoniert.

»Es ist ihr noch gut gegangen. Natürlich war sie erschöpft von dem ganzen Umräumen und Packen. Du weißt ja, dass sie das Haus aufgeben wollte.«

Adele erzählte, wie Pauline sie angerufen und um ihren Besuch gebeten hatte.

»Es ging leider nicht früher. Ich dachte doch nicht, dass sie so schnell …« Adele konnte nicht weitersprechen.

»Ich habe noch am letzten Tag mit ihr gesprochen. Sie sagte, dass sie Besuch erwartete.«

»Ihre amerikanische Verwandtschaft? Einen Großneffen namens Marlon?«

Clarissa überlegte. »Sie hat sich sehr auf dich gefreut, sie hat sogar gehofft, dass deine Mutter mitkommt, Greti ist doch ihre älteste Freundin gewesen. Beinahe jeden Tag hat sie von euch gesprochen. Aber nachher ist mir eingefallen, dass sie vielleicht doch etwas anderes gemeint hat, einen anderen Besuch.«

»Aber was ist denn eigentlich passiert?«, unterbrach Adele.

Ungeduldig ließ sie sich erzählen, was sie schon von Marlon wusste, der Unfall mit dem Rollstuhl und das Mädchen Antonella, das sie gefunden hatte.

»Ich will mit Antonella sprechen.«

»Sie wird morgen sicher dabei sein.«

»Du meinst das Begräbnis.« Adele begann wieder zu weinen. »Ich kann nicht glauben, dass Pauline fort ist. Die ganze Zeit höre ich sie mit mir sprechen.« Sie holte ein Taschentuch hervor. »Ich glaube nicht an diesen Unfall. Der Neffe, der genau zur Stelle ist, wenn die Erbtante verunglückt. So einen Zufall gibt es nicht.«

Ein hohes, zwitscherndes Rufen ließ sie zusammenfahren. Zwischen den Füßen von Clarissas Werkbank kroch ein Kind hervor.

»Das ist mein Giacomo.« Clarissa hatte einen Samtton in der Stimme.

»Du hast einen Sohn!«

Das Kind hob den braun gelockten Kopf. Die Augen, groß und schwarz, strahlten. Er glich seiner Mutter nur wenig, die

Lippen und die runde Stirn. Er hatte ein funkelndes, vergnügtes Lachen, nichts von Clarissas Ernst.

»Und der Vater?«

»Ah, der Vater, das ist immer noch die alte Geschichte. Aber er lebt nicht bei uns, nur ab und zu als ein flüchtiger Besucher.« Clarissa hob die Schultern, ein wenig bedauernd, aber vor allem entzückt von ihrem Sohn, den ihr die einstige Liebe beschert hatte.

Gebieterisch hob der Kleine die Arme, und seine Mutter beugte sich zu ihm und nahm ihn auf. Wange an Wange wiegten sie sich.

»Hey, du, kleiner Jakob.« Adele tätschelte seinen runden Schenkel, der sofort unwillig zu schlenkern begann. »Scusi, ich hatte kein permesso«, entschuldigte sie sich lächelnd, doch Giacomo wollte nichts davon wissen, er drehte den Kopf weg.

»Er ist noch schüchtern, warte nur, bis er auftaut.«

Adele schlenderte durch die Werkstatt. Ein schöner Platz zum Arbeiten, und jetzt noch mit einem Kind. Über den Campiello ging ein Paar. Clarissa stellte sich zu ihr, noch immer mit dem Kind auf dem Arm.

»Jetzt fällt mir etwas ein, das du noch nicht weißt. Pauline bekam Besuch, das war in den letzten Tagen, ich glaube sogar, es könnte der Montag gewesen sein, ihr letzter Tag. Ich war gerade in Eile, ich habe sie nur ganz kurz gesehen, eine junge Frau in Begleitung eines Mannes, der mir irgendwie bekannt vorkam. Antonella ist ihnen zwar nicht begegnet, doch hat sie mitbekommen, dass sie sich am Telefon auf Deutsch unterhielten.«

Das Paar draußen betrachtete den kleinen Portego einen Augenblick und verschwand dahinter.

»Du meinst, Pauline hatte Besuch aus Wien?«, fragte Adele.

In dem Moment mischte sich Giacomo ein. Er verlangte, auf den Boden gestellt zu werden. »Mamma! Palla! Giacomo palla!«

»Si, amor. Dein Ball. Tua palla, Giacomo.«

U

»Da kommt sie.« Chris packte Biggis Arm und zog sie in den Eingang des nächsten Geschäftes, in dem die venezianischen Masken golden, mit Strass, Federn, Flitter und den sonderbarsten Aufsätzen verziert angeboten wurden, alles original historisch, wie ein Schild in der Vitrine versicherte.

»Was ist los?« Biggi machte sich los.

»Na, Adele.«

Ein Verkäufer näherte sich ihnen und rieb sich dabei die Hände, eine Geste, die Biggi sofort in Bewegung brachte. »Du wirst dich doch wohl nicht vor Adele hier verstecken?«

Adele bemerkte sie nicht, mit gesenktem Kopf schritt sie durch die Menschenmenge vor der Rialtobrücke.

»Nein, natürlich nicht«, sagte Chris.

Sie drückten sich an dem Verkäufer vorbei aus dem Geschäft. Schon nach wenigen Minuten hatten sie Adele eingeholt, gerade als sie den Touristenpfad verließ.

»Ihr seid schon zurück?«

Chris und Biggi hatten sich nach der Leonardo-Ausstellung noch die Räume mit Tintorettos riesigen Altarbildern des Heiligen Markus angesehen. »Sie waren so eindrucksvoll, wir wollten dann nicht noch 300 andere Gemälde abklappern, wozu, man merkt sich das doch nicht auf einmal, lieber ein zweites Mal gehen.« Chris sah, dass Adele mit ihren Gedanken weit entfernt war. »Wir erzählen es dir später.«

Adele nickte, aber sie hatte nicht zugehört, denn gleich darauf sprach sie vom Markt, den sie mit ihren Freundinnen besuchen wollte. Sie schien vergessen zu haben, dass sie am Morgen miteinander dort gefrühstückt hatten. Sie sprach wie im Traum. Ihre Augen waren verweint, und Chris begann, sich zu schämen.

»Gehen wir ins Hotel. Ich glaube, wir brauchen alle eine Pause«, schlug sie vor.

Auch um diese Zeit, obwohl die meisten Touristen schon beim Abendessen saßen, war die Treppe zur Rialtobrücke voller Menschen, oben drängten sie sich zum Fotografieren, auf der anderen Seite wurde es mit einem Mal still. Adele führte sie über Brücken und an schmalen Seitenkanälen entlang, bog zu versteckten Plätze ab, die wie abgeschlossen wirkten, doch tat sich unvermutet ein Durchlass auf, führte ein Gässchen, so schmal, dass zwei Menschen nicht nebeneinander gehen konnten, zur nächsten Brücke, zum nächsten Platz. Biggi, die selten zu Fuß unterwegs war und überhaupt zu wenig Bewegung machte, konnte kaum Schritt halten, während Chris, je länger der Weg dauerte, immer vergnügter wurde. Wie hatte sie sich so ärgern können über eine Bemerkung von Adele? Sie war immer ein komplizierter Fall gewesen und Chris nicht minder. Beide klug und den meisten ihrer Mitschülerinnen geistig voraus. Doch Adele mit ihrem Chic und ihrem Geld hatte immer mehr Aufmerksamkeit und Anerkennung bekommen als Chris. Stimmt das überhaupt, fragte sich Chris. Konnte es sein, dass sie sich das damals nur eingeredet hatte?

Plötzlich änderte sich die Stimmung, das Wetter, das Licht. Wind blies ihnen ins Gesicht, das Wasser unter der Brücke hatte ein schäumendes Blau. Eine mächtige Kirchenmauer nahm ihnen die Sicht, bis sie fast am Ziel waren, da blieb Adele stehen.

»Das ist Santa Margherita, mein Lieblingsort in dieser Stadt.« Es sah aus wie ein eigenes Dorf in der Stadt, niedrige

Häuser, die sich um einen weit ausgedehnten Platz drängten, eigentlich waren es zwei Plätze. Am Ende des einen erhob sich ein merkwürdig kurzer, stumpfer Turm, das Fragment eines Turmes, las Chris aus dem Reiseführer vor. Er war einst als einsturzgefährdet abgetragen worden, die dazugehörige Kirche hatte man später zum Wohnhaus umfunktioniert.

Adele schlenderte mit ihnen herum, vorbei an Geschäften, Lokalen, einem kleinen Markt, auf der Suche nach der besten Gelateria von ganz Venedig.

»Sie kann doch wohl nicht geschlossen worden sein?« Adele fand sie nicht, obwohl sie sich genau erinnerte, wo das Eisgeschäft gewesen war, und mehrmals hin und her ging. Sie fragte einen Mann, der nur ratlos den Kopf schüttelte, er war selbst fremd hier.

Stattdessen tranken sie in einer Bar Caffè Corretto, schwarzen Kaffee mit einem Schuss Alkohol.

»*Sambuca*, ein köstlicher Anislikör, den müsst ihr probieren!«, schwärmte Adele, und nach dem ersten Schluck stimmten ihr die zwei Freundinnen zu.

Sie sahen auf den beschnittenen Turm, den nun das Abendlicht unwirklich verklärte. Es war unmöglich, das in einem Foto festzuhalten, darüber waren sie sich einig, obwohl Biggi dann doch heimlich die Kamera herauszog und ein paar Mal abdrückte. »Nur als eine Erinnerung«, entschuldigte sie sich. »Ich war noch nie auf so einer schönen Piazza.«

Worauf sie Chris belehrte, dass es in Venedig nur eine Piazza gab, die Piazza San Marco. »Alle anderen Plätze heißen Campo.«

»Aber Pizza gibt's dafür jede Menge«, erwiderte Biggi unbeeindruckt und bat eine Dame im gleichen Alter, von ihnen allen ein Foto zu machen.

Dann war das letzte Licht verschwunden, die Straßenlaternen flammten orange auf, der Rest vom *Sambuca* in den Tassen hinterließ einen süßscharfen Geschmack im Mund. Jeder Augenblick trug eine romantische Köstlichkeit, als wären sie in einem Theaterstück oder einem Film. In der nahen Kirche setzte die Orgel ein, und der Chor begann zu singen, ein Marienlied, das sie aus ihrer Kindheit kannten. Sie sprachen nicht, bis der Kellner kam, der fragte, ob sie noch etwas bestellen wollten, und den Zauber zerriss.

U

Adele überlegte so lange, ob sie ihre Mutter anrufen sollte, bis es zu spät geworden war. Nun schlief Margareta hoffentlich. Besser so, sie wollte ihr Paulines Tod nicht am Telefon mitteilen. Sie legte sich ins Bett, obwohl sie nicht müde war. Sie hatte ihren Roman in Wien auf dem Nachttisch vergessen. Sie sah das silberne Lesezeichen vor sich und stellte fest, dass sie sich weder an den Titel noch an den Inhalt des Buches erinnerte. Was war aus ihrem Leben geworden? Gab es noch irgendetwas, das sie genießen konnte? Der Spaziergang mit ihren Schulfreundinnen und der Sonnenuntergang auf dem Campo Santa Margherita war schön gewesen. Normalerweise hätte sie um diese Zeit den letzten Patienten hereingerufen. Stimmte denn, was sie heute zu Chris gesagt hatte, liebte sie ihren Beruf so, dass sie deshalb auf alle Annehmlichkeiten verzichtete? Oder war es ihr, nachdem sie sich für ihre Mutter und gegen Joseph entschieden hatte, ohnehin schon egal, fühlte sie sich nur als Opfer der Familienverhältnisse? Sie stand noch einmal auf, um eine Schlaftablette einzunehmen, doch fand sie in ihrer Toilettentasche nur eine leere Packung. Ob Chris oder Biggi solche kleinen Helferlein nötig hatten? Sie fragte lieber nicht, die beiden hielten sie schon für überkandidelt genug. Aber nett war es doch, dass sie mit ihr bei Pauline eingebrochen waren. Biggi hätte sie so eine Aktion nie zugetraut, Chris schon eher. Und dass sie Adele morgen zum Begräbnis begleiten würden, kam auch unerwartet. Es gab Vergnüglicheres in Venedig zu sehen. Adele drehte das Licht ab. Sie hatte vergessen, den Vorhang zuzuziehen. Der Mond schien auf ihre Bettdecke. Draußen plätscherte das Wasser träge gegen die Kanalmauer. *Die Frauen*, dachte Adele, bevor sie einschlief. So hieß das Buch auf ihrem Nachttisch.

*Lauro machte nicht viele Worte, das Reden besorgte vor allem ich. Gleich beim ersten Kaffee, den wir im* Caffè Lavena *auf dem Markusplatz mit Blick auf den Campanile tranken, erzählte ich ihm von mir, über meine Liebe zur Malerei und dass ich so gern in Italien bliebe. Er wollte wissen, was dagegenspräche, und als ich sagte, dass ich Geld verdienen müsse und nicht recht wisse, womit, fiel ihm gleich eine Lösung ein:*

*»Jemand, der perfekt Englisch kann, ist für unsere Firma wertvoll.«*

*»Auch mit so einem schlechten Italienisch wie meinem?«*

*»Das ist kein Problem. Sie werden es schnell erlernen.«*

*Die Firma, von der er sprach, war eine Manufaktur für Lampen, Luster und andere mundgeblasene Glaskunstwerke. Ein Vorfahre hatte sie schon im 18. Jahrhundert gegründet. Lauro reichte mir eine mit goldenen Lettern bedruckte Visitenkarte. Die Firma* Agassian *lag wie alle Glasfabriken auf der Insel Murano. Der Grund dafür, erzählte er mir, war die Brandgefahr bei der Herstellung von Glas. Nachdem immer wieder Feuersbrünste Venedig bedroht und zum Teil zerstört hatten, waren die Glasbläsereien aus der Stadt verbannt worden.*

*Nach dem Kaffee spazierten wir über den Markusplatz. Touristen sah man 1945 nur vereinzelt, da waren vor allem*

*Kunstliebhaber oder Studenten wie ich, auch viele Maler. Es gab keine Menschenschlangen vor dem Markusdom und dem Campanile. Wir fuhren mit dem Aufzug zur Aussichtsplattform hinauf. Mehr als vierzig Jahre zuvor war während des Einbaus eines Lifts der ursprüngliche Turm eingestürzt. »Am 14. Juli 1902 um neun Uhr fünfundvierzig. Am Jahrestag der französischen Revolution«, sagte Lauro. »Verschwörungstheoretiker glauben bis heute an einen Zusammenhang.«*

*Während er sprach, begannen am Turm die Glocken zu läuten. Fünf Glocken aus Bronze hingen im Campanile, sie läuteten zu verschiedenen Zeiten des Tages oder besonderen Anlässen. Morgen, Mittag und Mitternacht wurde von der* Nona *verkündet, das Tagesende von* Renghiera, Mezza Terza *und* Trottiera. *Die* Maragona *läutete zu Begräbnissen. Und wenn in früheren Zeiten* Malefico *ertönte, wussten die Venezianer, dass eine Hinrichtung bevorstand.*

*Ich lauschte Lauros melodischem Italienisch, und was ich nicht verstand, las ich später in meinem Reiseführer nach. Ich unterbrach ihn mit keiner Frage. Wenn er schon nicht über sich sprach, so doch wenigstens über Venedig. Der Canale della Giudecca lag unwirklich blau vor mir, am Ufer schaukelten die Boote und spiegelten das Sonnenlicht gleißend hell. Ein Gondoliere sang, weit entfernt, mit schmelzender Tenorstimme. Ich spürte mein Herz in der Brust, als Lauro meine Schulter berührte. Er zeigte mir einen Ballon, der drüben über dem Lido schwebte.*

*Das war unsere erste Begegnung. So romantisch, dass ich selbst heute, siebzig Jahre später, mit Rührung daran denke. Später fuhren wir mit einem Taxiboot nach San Polo. Dort kannte Lauro ein kleines, aber gut geführtes Hotel. Ich fürchtete, dass ich nicht genug Geld hatte, mir dort ein Zimmer zu leisten. Doch er beruhigte mich. Der Besitzer, ein Freund seiner Familie, würde nicht viel verlangen. Das Zimmer war entzückend, mit Blick auf einen Cortile, in dem Bougainvillea, Oleander und Engelstrompeten blühten. Bis in mein Bett dufteten die Blumen, und die Nacht war, anders als in allen Städten Italiens, still. Dennoch lag ich schlaflos bis zum Morgen. Immer wieder rief ich mir jeden Augenblick des Tages in Erinnerung, Lauros Worte, seine Gesten, sein Lächeln. Die Augen, in die ich mich verliebt hatte. Als ich schließlich im Morgengrauen aufstand, war ich nicht einmal müde. Ich zog meine besten Kleider an und fuhr mit dem Vaporetto nach Murano.*

# 5.

Adele klopfte fünf Minuten vor der verabredeten Zeit. Chris war schon fertig zum Weggehen und rauchte auf dem Fenstervorsprung, der Balkon genannt wurde, ihre Morgenzigarette. Biggi steckte halb in dem neuen Kleid aus ihrem Geschäft, das sie gerade wieder ausziehen wollte, weil die großen Mohnblumen darauf nicht zu einem Begräbnis passten. Adele sah blass aus.

»Gehen wir wieder ins Marktbeisl frühstücken?« Sie winkte ab, bevor Chris dazu kam zu protestieren. »War nur eine Idee.«

Sie waren die Ersten in dem kleinen Speisezimmer, in dem es nach den Küchendünsten des Vorabends roch. Die Tür stand zum Lüften offen, doch Adele fröstelte in der Morgenluft und machte sie zu.

»Unser Hotelfrühstück ist doch ganz nett. Der Cappuccino schmeckt herrlich, mehr brauche ich in der Früh nicht«, sagte Biggi.

Der Spaziergang am Abend hatte ihnen allen gefallen. Wenn Chris die Augen schloss, hatte sie das Bild von Santa Margherita vor sich. Es war das Italien, von dem sie immer geträumt hatte. Sie schaute hoch zur Decke des Frühstücksraums, wo eine Spinne emsig an ihrem Netz wob. »Mitten in der Touristenhochburg Venedig.«

Sie bissen in ihre Croissants, in Italien Cornici, wie Biggi erklärte. Lose Blätterteigstückchen flatterten über das weiße Tischtuch, die Adele stumm zu Mustern ordnete.

»Venedig ist eine Touristenhochburg, weil es hier so schön ist!« Biggi orderte drei weitere Cappuccini. Der schlaftrunkene Nachtportier wiederholte ihre Bestellung dem ebenfalls morgenmatten Kellner.

Chris holte den Block heraus, auf dem sie noch in der Nacht den Fahrplan aufgeschrieben hatte. Wenn sie um 10.31 Uhr das Vaporetto von Fondamente Nuove nahmen, kamen sie genau zur richtigen Zeit an.

»Danke, dass du dir die Mühe gemacht hast.« Adele klang, als wollte sie gleich in Tränen ausbrechen.

»Nana.« Sie klopfte auf Adeles Hand. »Trink deinen Kaffee. Du hast schon besser ausgesehen.«

»Du hast eine echte Gabe fürs Trösten.« Adele stieß einen widerwilligen Lacher aus. »Ist es wirklich so schlimm?« Sie fand ihren Handspiegel nicht.

»Wer im Glashaus sitzt, soll nicht mit Steinen werfen«, sagte Biggi warnend zu Chris.

Die schnitt ihr eine Grimasse. »Für uns alte Schachteln ist das Morgenlicht ungünstig.«

Adele hatte inzwischen ihren Spiegel gefunden. »Ich muss mich noch restaurieren.« Sie verließ den Raum.

»Du hast aber nicht viel Zeit!«, rief Chris ihr nach.

Kaum waren sie allein, stieß Biggis Ellbogen sie in die Seite. »Au! Was habe ich dir getan?«

»Hör mit den Sticheleien auf. Wenigstens bis nach dem Begräbnis.«

Chris nahm sich das Gebäck von Adeles Teller.

»Du bist doch sonst nicht so ein Grobian. Warum das?«

Chris murmelte mit vollem Mund eine unverständliche Antwort. Brösel flogen über den Tisch, und Biggi brachte sich in Sicherheit.

»Kindskopf. Alter Kindskopf. Pensionierter Kindskopf.«
Chris nickte.

Auf dem Vaporetto bekamen Adele und Biggi Sitzplätze. Chris blieb auf der Plattform stehen. Der Wind blies heftig hier draußen. Sie wickelte sich ihren Schal um den Hals und drückte sich in den windgeschützteren Winkel neben der Tür. Der Himmel war mit hellgrauen eiligen Wolken bedeckt, dazwischen schimmerten weiße Flecken von Licht. Das Wasser hatte dieselbe Farbe, alle Töne von grau und weiß, aber es sah nicht düster aus, sondern wie eine edle Schwarz-Weiß-Fotografie. Sie sah sich nach den beiden anderen um. Sie hatten den Kopf zum Fenster gewandt, sie sprachen nicht miteinander. Plötzlich tauchte eine Szene vor ihren Augen auf, wie ein Rückblick in einem Film.

Adele, unter der großen Linde im Schulhof. Es war Frühling oder schon bald Sommer, die Lindenblütenknospen brachen gerade auf, und wenn ein Windstoß durch die Baumkrone fuhr, rieselte feiner gelber Blütenstaub auf ihr dunkles Haar. Sie stand allein und hielt den Blick mit großer Aufmerksamkeit vor sich auf den Boden gerichtet. Chris, mit Biggi in ihrem Gefolge, näherte sich.

»Was gibt's zu schauen?«, verlangte sie zu erfahren.

Adele lächelte, schwieg und sah nicht auf. Doch Chris kam nicht dahinter, bis Adele mit dem Finger auf ihre Schuhe deutete. Es waren schwarze Lackschuhe, sie glänzten stark. Wie ein Spiegel warfen sie Adeles Gesicht zurück. Oben am Knöchel hatten sie eine kleine Strassschnalle. Wunderschöne Schuhe waren das. Chris beugte sich so weit vor, dass sie Adele die Sicht versperrte. Sie sah sich selbst in diesen Lackschuhen, die Chris' Mutter sich nie hätte leisten können, abgesehen davon, dass sie es unnötig gefunden hätte, so viel Geld in Kinderfüße zu investieren, die im nächsten Jahr schon wieder eine Nummer größer sein würden.

»Hey«, protestierte Adele. Sie wollte einen Schritt zurücktreten, doch da war Biggi und schubste sie vorwärts, Chris entgegen.

»Hey, was?« Sie stieß Adele weg, und Biggi trat beiseite.

Adele taumelte zurück, sie verlor das Gleichgewicht und fiel auf den Rücken. Ihr dunkelblauer Mantel wurde schmutzig, ihre Kniestrümpfe zerrissen auf den Steinplatten, und auf dem rechten Lackschuh war ein langer Kratzer. Wie er dorthin gekommen war, konnte Adele nicht verstehen.

Chris grinste. Adele war ja so dumm. Biggi tat sie ein bisschen leid, aber Chris flüsterte ihr ins Ohr: »Tu nicht so. Die eingebildete Gurke hat es verdient.«

Auf der Fahrt nach San Michele dachte sie zum ersten Mal wieder daran. Sie waren sieben Jahre alt gewesen. Nie hatten sie Adele gesagt, dass es ihnen leidtat, die vielen kleinen Boshaftigkeiten, mit denen sie ihre Mitschülerin gequält hatten. Erst im Gymnasium hörten sie damit auf, weil Adele ihnen in Mathe und später in Latein half, und weil sie im Sommer in ihr Ferienhaus am Attersee eingeladen waren. Chris kam nur einmal mit, danach verlangte sie, dass auch Biggi nicht mehr mitfuhr, doch das ließ sich Biggi nicht vorschreiben. Ihre Eltern hatten im Sommer nur eine Woche frei und blieben immer in Wien. Die Sommer am See waren Biggis schönste Ferien. Adele schien ihnen die Vergangenheit nicht nachgetragen zu haben, sie hatte nie ein Wort über die Volkschulzeit verloren. Doch das änderte nichts daran, dass sie gemein gewesen waren, ohne Grund, oder nur aus dem hässlichen Grund, weil sie Adele beneideten.

Cimitero hieß die Station auf der Insel San Michele. Venedigs Friedhof. Während sie über den Pier gingen, sah Adele zwei Frauen, die sich rasch Richtung Friedhofseingang bewegten. Sie folgte ihnen mit den Blicken. Die eine war Clarissa, die zweite ein Mädchen mit schwarzem lockigem Haar, das, in einen dicken Zopf geflochten, über ihren Rücken fiel.

Auf San Michele hatte eine Reihe von Berühmtheiten ihre letzte Ruhestätte. Eine Orientierungstafel zeigte die Lage ihrer Gräber an. Dichter, Komponisten, Künstler aus der ganzen Welt. »Ezra Pound«, las Chris vor. »Joseph Brodsky, Igor Stravinsky.«

Adele drängte zum Weitergehen. Es war fast elf Uhr.

Die Aufbahrungshalle befand sich nahe vom Eingang. Genau um fünf Minuten vor elf betraten sie den dunklen, feuchtkalten Raum, in dem sich die wenigen Trauergäste schon eingefunden hatten. Vorne Marlon allein, weiter hinten Clarissa und das Mädchen mit dem langen Zopf. Zwei alte Frauen saßen auf einer Bank an der Wand. Sie unterhielten sich im Flüsterton. Adele fragte sich, ob es Bekannte von Pauline waren. Oder sie ruhten sich nur aus, während sie auf das nächste Begräbnis warteten. Wo war der Sarg? Zwei Männer in wehenden schwarzen Paletots mit schwarzen Hüten erschienen. Sie trugen eine goldfarbene Vase mit Griffen auf beiden Seiten und stellten sie auf einem Podest vorne ab. Keine Vase, eine Urne!

Wer hatte entschieden, dass Pauline verbrannt wurde? Gab es ein Testament, in dem sie das verfügt hatte? Adele bezweifelte es. Dahinter steckte Marlon.

Draußen begann die Totenglocke zu läuten. Die zwei Männer stießen die Türen der Halle auf. Sie kehrten um und holten die Urne. Die kleine Gruppe setzte sich mit ihnen in Bewegung.

Der Friedhof bestand aus verschiedenen Abteilungen. Zuerst kamen mehrere Areale mit prunkvollen Gräbern, die Mausoleen des Adels und der reichsten Familien Venedigs, viele davon jahrhundertealt. Die Gruft der Agassians lag gleich im ersten dieser Rondeaus. Das Gittertor stand offen, der Raum dahinter war mit Skulpturen und Ikonen an den Seitenwänden geschmückt. Die Totengräber hatten die Bodenplatte aufgehoben, darunter führten Stufen in die eigentliche Grabstätte. Die zwei Männer stiegen hinunter und stellten die Urne ab. Damit war ihre Aufgabe erfüllt, mit einem Kopfnicken in die Runde verließen sie die Gruft. Es gab keinen Priester, auch sonst niemanden, der etwas sagte. Marlon bewegte unbehaglich die Schultern, als fühlte er Adeles Blick im Rücken. Ohne sich nach den anderen umzusehen, folgte er den Totengräbern.

»Das war's?«, fragte Biggi ungläubig.

»Schaut so aus.« Chris sah sich die Ikonen an der Wand an. »Ein katholisches Begräbnis ist das nicht.«

»War sie nicht Jüdin? Sie musste doch vor Hitler fliehen.« Biggi wandte sich an Adele, doch die gab keine Antwort, sondern bedeutete ihnen, dass sie mit Clarissa sprechen wollte.

»Das ist Antonella Valerian«, sagte Clarissa.

Das Mädchen wich Adeles Blick aus. In ihrem Gesicht erschienen vor Aufregung zwei rote Flecken, wie aufgemalt auf der blassen Haut. Sie flüsterte »Piacere« und beugte den Nacken vor Adele.

»Ich muss genau erfahren, was geschehen ist. Von dem Moment, als sie ins Haus kam.«

»Versuchen wir's, aber versprich dir nicht zu viel.« Clarissa übersetzte für Adele.

»La signora è morta.« Antonellas helle Stimme zitterte. Clarissa und Adele warteten, doch mehr kam nicht.

»Was hat sie? Clarissa, sie ist doch nicht … Ist sie zurückgeblieben?« Adele musterte Antonella irritiert.

Clarissa fasste sie tröstend am Arm. »Sie trauert. Sie hat vielleicht einen Schock, ich bekomme nichts aus ihr heraus. Sie kam schon als Kind zu Pauline, sie hat keine Eltern mehr, nur einen Bruder, er ist Mönch.«

Adele schüttelte enttäuscht den Kopf. »Aber du bleibst mit ihr in Kontakt, Clarissa, du wirst es weiter versuchen. Ich kann doch Pauline nicht so einfach zurücklassen, ich muss doch …«

Clarissa reichte ihr ein Taschentuch. Antonella nützte die Gelegenheit und trat vor die Ikone an der Stirnseite. Sie sprach ein Gebet.

»Ich muss morgen zurück nach Wien.« Adele schnäuzte sich. »Aber ich melde mich in den nächsten Tagen bei dir, und du befragst inzwischen noch einmal Antonella.« Sie warf dem ins Gebet vertieften Mädchen einen misstrauischen Blick zu. »Sie verschweigt etwas, hast du nicht auch das Gefühl?«

»Sie ist ein gutes Kind, das weiß ich«, erwiderte Clarissa. Sie drückte Adele zum Abschied die Hand.

Antonella war mit ihrem Gebet fertig. Sie machte einen Bogen um Adele und ihre Freundinnen und wartete ein Stück von der Gruft entfernt auf Clarissa. Seite an Seite gingen sie weg.

»Hast du deine Tante einmal gefragt, welche Religion sie hat?«, wandte sich Chris an Adele.

»Gar keine. Ihre Eltern haben sie taufen lassen, um sie vor den Nazis zu schützen. Das hat bekanntlich nicht geholfen.«

»Und der Mann, dieser reiche Glasfabrikant?«

Adele zuckte die Achseln. »Darüber hat sie nie gesprochen.«

»Diese Schrift, habt ihr euch das angesehen?« Chris runzelte die Stirn. »Das ist nicht kyrillisch.«

Alle drei studierten den in die Wand über der Gruft eingemeißelten Spruch.

»Die Sprache, in der das Mädchen gebetet hat, das war nicht Italienisch und nicht Latein und Griechisch auch nicht.«

»Armenisch!«, rief Biggi. »Ja, das ist Armenisch. Mein erster Freund war Armenier, aus Jerewan, er hieß Garlen.«

Da fiel Adele doch etwas ein: »Das Firmenzeichen auf den Gläsern, das ist das Ayb, das A im armenischen Alphabet.«

»Das verkehrte N«, erinnerte sich Biggi.

»A für Agassian«, ergänzte Chris.

»Pauline hat weder von Religion noch von Nation etwas gehalten, und Familiensinn fehlte ihr, sie hat so gut wie nie über ihre Familie gesprochen, und von der armenischen Familie weiß ich gar nichts. Es gab keinen Kontakt.« In ihrer Tasche fühlte Adele das Medaillon, das ihre Mutter ihr mitgegeben hatte. Sollte sie es Pauline zu ihrer Urne legen? Doch sie konnte sich nicht dazu entschließen.

Sie verließen die Grabstätte. Der Himmel war immer noch grau, aber der Wind hatte sich gelegt.

»Wollt ihr euch den Friedhof ansehen?«, fragte Adele.

Biggi war dagegen, Chris dafür. Sie stimmten ab. Adele enthielt sich der Stimme und machte stattdessen einen anderen Vorschlag:

»Oder fahren wir auf den Lido?«

Kaum hatte sie es ausgesprochen, kam die Sonne durch die Wolken. Auf dem Dachgiebel eines Mausoleums begann eine Amsel zu singen. Mit einem Mal gewann der Friedhof an Farbe, die Marmorstelen, die Metallkreuze, die Bronzeengel, die Blumen auf den Gräbern, die Bäume, das Gras, alles erstrahlte im Licht.

»Das ist die himmlische Entscheidung. Ergib dich, Chris!«, rief Biggi.

Adele enthielt sich noch immer der Stimme.

Sie sahen das Vaporetto kommen. Wenn sie sich beeilten, konnten sie es erreichen. Nur Adele warf einen Blick zurück zu Paulines Grab. Die zwei Männer, die die Urne getragen hatten, standen rauchend daneben und warteten darauf, ihr Werk fortsetzen zu können. »Auf Wiedersehen, Pauline, ich vergesse dich nicht«, flüsterte sie.

»Dilly, schau!« Chris packte ihren Arm.

»Was?« Sie folgte Chris' Blick. Ein Motorboot, schwarz mit einem goldenen Emblem an der Seite, fuhr gerade am Ufer vorbei. Zwei Leute waren an Bord, doch Adele konnte sie nur schemenhaft ausnehmen.

»Wenn wir jetzt ein Fernglas hätten! Ich könnte schwören, diese Antonella sitzt da drin«, sagte Chris.

Das Zeichen an der Seite, konnte es der Buchstabe »Ayb« sein? Doch das Boot war schon zu weit entfernt, nur mehr ein undeutlicher Fleck auf dem Wasser.

Ա

*Lauro glich seinem Vater nicht. Nur die großen, mandelförmigen Augen waren ähnlich, aber nicht ihr Blick. Elia Agassian unterzog mich einer aufmwerksamen Musterung, bevor er aufstand und mir die Hand reichte. Er hörte sich meine Geschichte an, er fragte nach meiner Ausbildung, nach meinen Kenntnissen und warum ich mich um die Stellung bei ihm bewerben wolle.*

*»Die Firma Agassian ist ein alteingesessenes Unternehmen. Wir sind nicht einfach Verkäufer von Glas. Jede Generation seit dem Gründer vor zweihundertfünfzig Jahren hat das Handwerk der Glasbläserei erlernt. Wer hier arbeitet, von dem erwarte ich, dass er wenigstens das elementarste Wissen darüber beherrscht.«*

*Er sah mich abwartend an. Ich wusste nicht, was ich erwidern sollte. Ich bewarb mich als Übersetzerin, und er wollte, dass ich mich mit der Herstellung von Muranoglas auskannte?*

*»Oder bereit ist, es sich anzueignen«, setzte er nach einem Augenblick hinzu.*

*Ich nickte eifrig.*

*Jetzt erst bot er mir einen Platz an. Er stellte mehr Fragen, als ich Antworten hatte. Ich war schon ziemlich sicher, dass er mich nicht beschäftigen würde, da sagte er: »Mein Sohn Davide ist gestorben. Im Krieg, aber nicht an der Front. Er …« Der alte Mann unterbrach sich. Die Pause schien mir unendlich lang, doch fiel mir kein Wort der Anteilnahme ein, das nicht verlogen geklungen hätte.*

*»Davide sollte die Firma übernehmen, Lauro auf die Universität gehen. Er interessiert sich für Kunst.« Er sprach es mit einem Fragezeichen aus, als wüsste er die Bedeutung des Wortes nicht. »Doch nun ist er mein Nachfolger, der einzige Erbe.« Sein Blick las prüfend, fast drohend in meiner Miene. Was wollte er, was ging es mich an?*

*»Sie fragen sich, warum ich Ihnen das erzähle. Der Sinn wird Ihnen nicht lange verborgen bleiben. Sie sollen wissen, wie Sie dran sind, was Sie erwartet.«*

*Ich lächelte verlegen und kam mir dumm vor.*

*»Wann können Sie beginnen?«, lautete seine nächste Frage. Er beantwortete sie gleich selbst: »Sofort. Am besten, Sie nehmen sich auf Murano ein Zimmer. Dann sind Sie vom Schiffsverkehr unabhängig und haben keine Schwierigkeiten, am Morgen pünktlich hier zu sein.«*

*Um sieben Uhr begann Herrn Agassians Arbeitstag. Dasselbe erwartete er von mir. Seine Fremdsprachensekretärin nannte er mich. Ich nickte wieder, stumm. Die Zunge klebte mir am Gaumen. Er hatte mir keinen Kaffee, keinen Schluck*

*Wasser angeboten. Von draußen kam ein Geräusch. Er stand auf und gab mir die Hand.*

*»Bis morgen früh, Signorina Paulina.«*

*Ich war entlassen.*

*Vor dem Büro seines Vaters erwartete mich Lauro. »Wir könnten einen Ombra nehmen, ich weiß eine sehr nette Bar in San Trovaso.«*

*Ombra, so viel wusste ich schon, nannten die Venezianer ein kleines Glas Wein.*

*»Es ist noch nicht einmal zehn Uhr«, wandte ich ein.*

*Lauro lachte. »Das ist kein Grund, die Leute trinken hier schon am Vormittag. Wein ist gesund.«*

*War Herr Agassian auch dieser Meinung? Ich glaubte schon, seinen strengen Blick im Rücken zu spüren. »Können wir draußen weiterreden?«*

*Lauro lachte wieder. Seine Lippen waren erdbeerrot, fast wie geschminkt sah das aus, und seine Zähne makellos. »Nur zu gern. Wenn Sie Zeit haben, können wir gleich losfahren.«*

*Ich musste mir aber ein Zimmer suchen. Auf Murano, wie Herr Agassian vorgeschlagen hatte, wollte ich nicht wohnen. Ich liebte die geheimnisvolle Atmosphäre Venedigs.*

*»Leider nein.«*

*Das ließ Lauro nicht gelten, und als er erfuhr, worum es ging, fiel ihm sofort etwas ein. »Wenn ich Ihnen verspreche, dass ich Ihnen einen Platz zeige, wo es Ihnen hundertmal besser gefallen wird als hier, gehen Sie dann mit mir auf einen Ombra und eine Crostata mantecato?«*

*Wenn er diesen Giottoblick auf mich heftete, konnte ich ihm gar nichts abschlagen. Ich dachte daran, wie es sein musste, diesen Mund zu küssen, und spürte mein Herz bis in den Hals schlagen.*

# 6.

Die Rückfahrt nahmen sie auf einer anderen Route. Pfeilschnell durchpflügte das Vaporetto die Wellen der Lagune. Der Friedhof lag hinter einer weißen durchbrochenen Mauer, die einen Blick ins Innere freigab, hell im Sonnenlicht.

»In Venedig ist es üblich, die Toten zu verbrennen. Es gibt zu wenig Platz auf dem Friedhof«, stand in Chris' Reiseführer. Das war also die simple Erklärung. Um mehr Raum für Bestattungen zu gewinnen, hatte man 1837 einen Teil der benachbarten Lagune aufgeschüttet. Die Toten von San Michele wurden zuerst in normalen Gräbern bestattet, nach einigen Jahren aber wieder exhumiert. Hinter einer undurchdringlichen Mauer von Brombeergestrüpp lagen die Gebeine mehrere Meter hoch aufgeschichtet.

Sie passierten Sant' Elena und eine weiter entfernte kleine Insel. »San Lazzaro, dort ist ein Orden, die Mechitaristen, wollt ihr mehr wissen?« Chris las wieder in ihrem Führer.

»Die gibt es auch in Wien«, sagte Biggi.

Adele blinzelte ins Sonnenlicht. Es war so warm, dass ihr in ihrem Kostüm allmählich heiß wurde. Sie öffnete ihre Jacke. »Wir könnten ans Meer.«

»Zum Lido?« Chris steckte den Reiseführer ein. »Das wäre herrlich. Ich war schon ewig nicht am Meer!«

»Du meinst doch nicht schwimmen?«, fragte Biggi und bekam wieder keine Antwort.

Das Vaporetto fuhr ohne einen einzigen Halt durch die Lagune bis Zaccaria. Dort ging es weiter zum Lido.

Gegenüber der Schiffstation kehrten sie in eine Cicchetteria ein. In der Vitrine lagen Schüsseln voll der kleinen venezianischen Köstlichkeiten, die ihnen der Kellner bei Adeles teurer Essenseinladung erklärt hatte. Panierte Fleisch- oder Fischbällchen, marinierte Sardinen, gefüllte Calamari, gebratene Melanzani mit Tomaten, Zucchini, mit Mozzarella und Anchovis gefüllte Teigtaschen und noch mehr. Sie nahmen von allem etwas.

Biggi hob ihr Glas und beäugte kritisch ihren Prosecco.

»Der ist aber ausgeraucht.«

Ein Italiener am Nebentisch beugte sich zu ihnen herüber.

»Scusi, dass ich mich einmische, aber der echte Prosecco hat keine Perlen, er moussiert nur sanft.« Er sprach ein langsames, fast fehlerloses Deutsch. Als er ihre skeptischen Blicke sah, lächelte er. »È vero, aber die Deutschen wollen nur Prosecco mit bollicine, deshalb wird er bei Ihnen zu Hause so verkauft.«

»Aha, so ist das«, meinte Adele höflich.

Sie prosteten ihm zu, glaubten ihm aber nicht.

Chris, die zum ersten Mal in Venedig war, hatte sich den Lido ganz anders vorgestellt, nur als einen großen Sandstrand. Jetzt sah sie voller Staunen, dass eine breite Straße die Insel in zwei Seiten teilte. Mit dem Bus konnte man bis ans andere Ende fahren. Links und rechts gab es Eissalons, Bars und Restaurants, dazwischen Pensionen und Apartmenthäuser. Erst weiter Richtung Strand kamen die mondäneren Hotels. Das berühmteste davon war das *Grand Hotel des Bains*, wo die nicht weniger berühmte Erzählung *Tod in Venedig* handelte. Es lag abseits, vor neugierigen Blicken geschützt, man konnte es nur aus der Ferne bewundern.

»Mir genügt der Film«, stellte Biggi fest.

»Stellt euch vor, wie Thomas Manns Frau beim Lesen zumute war, als sie in der Hauptfigur ihren Gatten erkannte, der sich ständig die Augen nach diesem schönen Knaben ausschaut!«, sagte Chris.

»Du glaubst, das hat sie vorher nicht gewusst?«, meinte Adele. »Kann ich mir nicht vorstellen.«

Sie verließen den Bus an der Endstation, wo die Badekabinen, um die Jahreszeit schon verlassen, still im Sonnenlicht vor ihnen lagen. Der Sandstrand gehörte ihnen allein.

Biggi entdeckte ein Lokal, das auch außerhalb der Saison noch offen hielt.

»Ich warte hier auf euch. Ja, Chris, ich weiß, du liebst das Meer, aber ich möchte lieber nicht ans Wasser.«

Achselzuckend sahen sich Chris und Adele an. Sie begleiteten Biggi zu ihrem Tisch, wo Biggi einen Prosecco bestellte. »Der hat Perlen, wie es sich gehört. Geht nur, ich bin zufrieden.«

Sie ließen sie mit den Taschen, den Schuhen und Jacken zurück und liefen durch den Sand davon.

Die Wellen waren höher als erwartet, nicht zu vergleichen mit der blaubräunlichen Adriasuppe in Jesolo und Riccione im Juli und August. Chris steckte einen Fuß ins Wasser, dann einen zweiten. Es prickelte kühl. Am liebsten hätte sie ihre Kleider in den Sand geworfen und wäre losgeschwommen. Früher hätte sie es vielleicht gemacht. Sie sah über die Schulter nach Adele. Die bohrte nachdenklich mit einer Zehe im feuchten Sand. Die Sonne blitzte in ihren blonden Strähnchen.

»Herrlich!« Chris watete noch ein paar Schritte weiter hinein, bis ihr das Wasser bis zum Knie ging. Ihren Rock rollte sie hinauf und steckte ihn in den Bund. »Ich fühle mich gleich zwanzig Jahre jünger!«

Sie sah Adeles Unterlippe zittern und wandte sich schnell ab. Sie wollte die Stunde genießen. Eine Welle rollte heran, höher als die vorangegangenen, sie schwappte bis zu Chris' Oberschenkeln und spritzte ihre Unterhose nass. Sie kicherte. Zu ihrer Überraschung hörte sie hinter sich Adele mitlachen. Die Welle hatte auch sie erwischt.

Nun, wo sie bereits nass waren, brauchten sie nicht mehr vorsichtig zu sein. Sie liefen durch den nassen Sand an der Wasserlinie, bückten sich nach Muscheln, die im Wasser leuchtend schimmerten und an Land ihren Zauber verloren, worauf sie wieder ins Meer zurückgeworfen wurden. Hand in Hand sprangen sie über die Wellen und brachen dabei immer wieder in Lachen aus. Nur einmal hielt Adele inne und wandte sich Chris fragend zu:

»Hätte ich gleich zur Polizei gehen sollen?«

»Ohne Beweis?« Sie schüttelte den Kopf. »Sinnlos. Warte nur, vielleicht finden wir noch was heraus.«

Adele hörte das Wir. Sie suchte nach einer Antwort, doch Chris lief schon der nächsten Welle entgegen.

Mit aufgelösten Frisuren, erhitzten Wangen, die Kleider nass und zerdrückt, kehrten sie zu Biggi zurück, die nur abwinkte, als sie ihre lahmen Entschuldigungen vorbrachten. »Ich habe mich sehr gut unterhalten. Mit dem cameriere, ich weiß, so sagt man nicht, aber ich weiß kein anderes Wort, und mit tre bicchieri di prosecco, zu zwei davon eingeladen. Es war favoloso, ihr hättet ruhig noch bleiben können.«

Sie schickte dem Kellner Enrico einen schmelzenden Blick und winkte ihm zum Abschied.

»Soso«, grinste Chris. »Kaum, dass man dich allein lässt … So war sie schon immer«, erläuterte sie Adele. »Die liebe Biggi hat ein großes Herz, da haben alle Kellner dieser Erde drin Platz.«

»Wenn sie gut aussehen und nett sind. Das trifft leider nicht für alle zu«, widersprach Biggi. »Und übrigens erinnere ich mich an Zeiten, da hast du auch nix anbrennen lassen!«

»Betonung auf Zeiten – alte Zeiten!«, lachte Chris.

Adele hörte ihnen zu. Wie locker und lustig sie waren. Alles, was Adele nicht war. Ob sie es noch lernte? Auf dem Stuhl mit ihren Sachen, die Biggi bewacht hatte, begann ein Handy zu läuten.

»Ungefähr schon das 25. Mal, seit ich hier warte«, sagte Biggi. Adele begann, in ihrer Tasche zu suchen. Das Läuten verstummte, nur um, als sie es endlich hervorgekramt hatte, wieder einzusetzen.

»Ich könnte wetten …« Biggi warf Chris einen sprechenden Blick zu.

Adele hob ab.

»Adele! Warum rufst du mich nicht an? Ich bin außer mir vor Sorge!«, tönte es aus dem Lautsprecher.

»Aber, Mama, ich habe doch gleich nach meiner Ankunft mit Mirza gesprochen.«

Weiter kam sie nicht.

»Mirza? Du rufst sie an und mich nicht?«

»Die Mutter. Die Wette hätte ich gewonnen«, flüsterte Biggi.

Adele seufzte. Vergeblich versuchte sie, etwas einzuwerfen. Biggi und Chris hörten unverhohlen zu. Die Mutter erging sich darüber, dass Mirza die Krankenschwester aus Moldawien, aber kein Familienmitglied war. Dann hielt sie plötzlich inne. »Adele?«

»Ja, ich bin noch dran.«

»Pauline ist tot. Deshalb meldest du dich nicht.«

Adele schwieg.

»Ich habe mehrmals bei ihr angerufen. Da war jedes Mal ein Mann dran. Ein Marlon. Der Sohn ihrer Schwester heißt

Marc. Ich weiß gar nicht, ob er noch lebt. Er hatte auch einen Sohn, aber ich bin mir nicht sicher mit dem Namen.« Sie wartete. »Adele? Warum gibst du keine Antwort? – Es stimmt also.« Die Stimme wurde leise, alle Empörung war mit einem Mal verschwunden.

»Ich komme morgen zurück, Mama. Ich werde dir alles erzählen.«

Der Heimweg verlief schweigsam. Die Sonne hatte ihre Kraft verloren, der Wind blies kühl durch die Kleider.

»Ob ich doch die Polizei verständigen soll?« Adele fragte noch einmal, mehr an sich selbst gewandt.

»Bringt doch nichts, du hast keinen Beweis, kaum einen Hinweis«, kam die Antwort unisono.

In San Polo gingen sie zur Abwechslung über den Touristentrampelpfad. Vor einem Geschäft machte Adele Halt. In der Auslage waren wagenradgroße Kekse ausgestellt, lila, grün, rosa gefärbt, mit Nüssen, Mandeln und Pistazien verziert.

»*La Targa*. Alle Köstlichkeiten Venezias warten hier.« Adele zeigte ihnen die Schokoküsschen, die Marzipanbälle und gefüllten Hörnchen, die Monde, Sterne, Täschchen.

»Ich glaub, bei mir passt schon wieder was rein.« Chris klopfte sich auf den Bauch. Biggi weidete ihren Blick an den fantasievollen Kreationen, selbst die Kuchenschachteln waren kleine Kunstwerke.

»Probiert auf jeden Fall das Pan dei Dogi, das ist unübertroffen.«

»Und du?«

Adele entschuldigte sich. Sie umarmte Chris und Biggi. »Es war sehr lieb, dass ihr mich durch das alles begleitet habt.«

»Abschiedsworte?« Biggi schob sie zurück. »Wir sehen uns doch noch morgen beim Frühstück?«

Aber Adele musste schon früher aufbrechen. Entweder würde sie jetzt noch ihren Flug umbuchen oder mit dem Nachtzug zurückfahren.

Biggi und Chris widersprachen nicht mehr. Sie blieben vor der Konditorei stehen und winkten Adele nach, die rasch in die Menge eintauchte. Dann erst begaben sie sich ins *La Targa*.

U

Der Abendflug nach Wien war ausgebucht, was Adele gar nicht unrecht war. So hatte sie noch Zeit, bevor sie Margareta gegenübertreten und die Geschichte von Paulines Ende erzählen musste. Sie kaufte online eine Zugkarte und dachte dabei an Chris, die am Tag ihrer Pensionierung mit der elektronischen Welt abgeschlossen hatte. Nur ihr Handy verwendete sie, ein altes Klappmodell, das nicht einmal eine ordentliche Kamera besaß. Smartphones lehnte sie ab. Warum hörte sie, wenn Chris mit ihr sprach, immer einen Vorwurf heraus? Ob es nun um ihre teuren Marken-Sportschuhe ging, um ihre Liebe zum Beruf, die Tatsache, dass sie mit ihrer Mutter unter einem Dach wohnte oder keinen Mann hatte, Chris schien all das zu ihren Ungunsten auszulegen. Einen Mann hatten sie alle drei nicht. Aber Chris und Biggi waren verheiratet gewesen und hatten Kinder. In Adeles Leben gab es nur einen Mann von Bedeutung, Joseph Hellberg. Adele war noch in die Schule gegangen, weshalb Chris sich auch an ihn erinnerte, er hatte sie manchmal abgeholt. Joseph war damals schon mit dem Jusstudium fertig gewesen. Mitten in seinem Gerichtsjahr hatten sie sich kennengelernt, und während er in eine Rechtsanwaltskanzlei eintrat, die er später übernahm und sich auf Arbeitsrecht spezialisierte, begann Adele mit ihrem Medizinstudium, dem die Fachausbildung zur Zahnärztin folgte. Die ersten zehn Jahre ihrer Beziehung waren eine Studentenliebe gewesen, wenn auch geprägt von ihrer beider Strebsamkeit. Der Beruf stand immer im Zentrum, Liebe und Leidenschaft hatten nur in der knappen Freizeit Platz. Joseph war der wichtigste Mensch für sie gewesen. Als sie mit dreißig Jahren in die Ordination ihrer Mutter einsteigen sollte, bat sie Joseph, mit ihr die Entscheidung zu treffen. Sie hatte nie einen besonderen Kinderwunsch verspürt, aber jetzt in die Selbstständigkeit zu gehen, bedeutete den Verzicht darauf. Sie kannte Kolleginnen, die Ehe, Mutterschaft und Arztpraxis vereinbaren konnten, doch das mutete sich Adele nicht zu. Wenn sie und Joseph heiraten und Kinder bekommen wollten, sollten sie nicht zuwarten. Doch Joseph blieb bei dem Thema unbestimmt, und Adele drängte nicht. Die nächsten zwanzig Jahre hatte sie vor allem in die Münder ihrer Patienten geschaut, und wenn sie nicht ordinierte, hatte sie sich um alle anderen Angelegenheiten der Praxis gekümmert und war häufig zu Fortbildungsseminaren gefahren, manchmal mit Joseph, aber oft auch allein, da er sich im Kreis der Zahnärzteschaft schnell zu langweilen begann. Sicher hatte sie nicht genug an ihrer Beziehung gearbeitet, ein Begriff, den sie nicht leiden konnte. Eines Tages war das Thema in ihren Gesprächen aufgetaucht und bedeutete nichts Gutes. Für Adele markierte es die Wende. Dann kam die Erkrankung ihrer Mutter. Margareta war eine schwierige Person, doch als Zahnärztin hatte sie sich in der Ordination verausgabt. Die ersten Jahre traf sie noch alle Entscheidungen allein, und Adele versuchte, sich auf die positive Seite davon zu konzentrieren, die lange Erfahrung, die geschäftliche Tüchtigkeit ihrer Mutter zu schätzen und alles andere zu übersehen. Joseph riet ihr zu einer klaren Trennung, doch das war nicht zu machen, da die Mutter eine Etage über der Ordination wohnte. Ihre Erkrankung, Polyarthritis, verlief so dramatisch, dass sie bald nicht mehr über die Treppe hinunterkonnte. Obwohl selbst Medizinerin, lehnte sie jede Behandlung außer mit Schmerzmitteln ab. Mit Adeles fünfzigstem Geburtstag verkehrten sich die Seiten, ihre dominante Mutter verwandelte sich in ein hilfloses Geschöpf, für das Adele von nun an die Verantwortung trug. Der letzte Schritt war die im Haus frei werdende Wohnung. Es bot sich an, sie zu kaufen.

»Tu das nicht«, sagte Joseph.

»Es wäre aber praktisch«, fand Adele. »Ich erspare mir die Fahrzeit jeden Tag zur Ordi und kann mich nebenbei auch um Mama kümmern.«

Sie kaufte die Wohnung. Joseph weigerte sich einzuziehen. Sie fand, dass es ihm an Verständnis fehlte. Wäre es seine Mutter, hätte er nicht ebenso gehandelt? Nicht, wenn sie so eine Schreckschraube wäre wie Margareta. Den Ausdruck nahm sie ihm übel, doch in Wahrheit war es kein Streit, sondern zwei unverrückbare Positionen. Sie waren sich immer einig gewesen, dass der Beruf an erster Stelle kam. Dass nun Adele auch die Pflicht, sich um ihre Mutter zu kümmern, ernster nahm als ihre Beziehung, akzeptierte er nicht.

»Das bedeutet das Ende der Freiheit. Wenn du das tust, ziehe ich die Konsequenzen.«

»Das heißt?«

»Das weißt du, Adele.«

Im Dämmerlicht kam Adele auf dem Campiello del Sol an. Ohne zu überlegen, was sie zu Marlon sagen sollte, läutete sie an Paulines Tür. Sie konnte ihm drohen, doch sie hatte nichts in der Hand, und das wusste er genau. Hinter den Fenstern war es dunkel, niemand öffnete. Ohne viel Hoffnung passierte sie die Schuhmacherwerkstatt. Um diese Zeit spielte Clarissa sicher schon zu Hause mit ihrem Söhnchen.

Da sah sie das Licht, die Tür stand offen, Adele hörte den Wohlklang ihres Italienisch und lauschte, obwohl Clarissa so schnell sprach, dass sie kaum einen Satz verstand. Sie klopfte und trat ein. Jetzt sah sie, mit wem Clarissa sich so lebhaft unterhielt. Antonella! Das Mädchen wirkte nun keineswegs verschreckt oder stumm vor Trauer, sie lächelte Clarissa an und erwiderte ihre Rede freundlich. Bis sie Adele erblickte und sich unterbrach.

»Oh! Du bist es.« Ertappt wandte sich Clarissa um. »Ich bin leider schon so spät dran, ich muss gleich heim.«

Adele behielt Antonella im Auge, die unter ihrer Musterung rot anlief. »Ich habe keine Antwort von ihr bekommen. Deine Erklärung, dass sie so traurig und verwirrt ist, scheint sie ja nun überwunden zu haben.«

Clarissa packte ihre Tasche. »Ich habe sie nach dem Besuch bei Pauline befragt. Antonella hat das Paar nur ganz kurz gesehen, als sie ihnen die Tür aufmachte, sie sprachen Deutsch.«

»Du hast doch gesagt, sie hat nur am Telefon mitgehört?«

Clarissa zuckte die Achseln. »Sie gingen zu Pauline in den oberen Stock, während Antonella unten putzte. Ein älterer Mann und eine junge Frau. Das ist bestimmt dieselbe, die mir aufgefallen ist.«

»Komisch, dass sie auf einmal etwas anderes erzählt.«

Clarissa kam zu Adele und berührte ihren Arm. »Lass bitte das Mädchen. Antonella hat nichts Böses getan, dafür lege ich die Hand ins Feuer.«

Adele wandte den Blick noch immer nicht ab. »Und das Boot? Paulines Boot ist weg. Antonella ist heute damit durch die Lagune gefahren, und du warst bei ihr.«

Sie bluffte, doch Clarissa ließ sich nicht aus der Ruhe bringen.

»Du irrst dich.« Sie drückte Adele einen raschen Kuss auf die Wange. »Sei mir nicht böse, ich muss mich verabschieden.«

»Sag Antonella, ich werde wiederkommen. Ich lasse kein Gras über diesen Tod wachsen. Wenn sie etwas damit zu tun hat, finde ich es heraus.« Adeles Stimme klang dünn und zittrig.

Clarissa sah sie bedauernd an. Sie übersetzte Antonella, was sie gesagt hatte, wieder so schnell, dass Adele nur wenige Worte aufschnappen konnte. Antonellas große schwarze Augen schwammen in Tränen.

»Si, Signora, grazie«, flüsterte sie und schlüpfte an den zwei Frauen vorbei. Adele hätte ihren Arm packen, sie festhalten, mit der Polizei drohen können. Plötzlich verließ sie die Energie.

Vor der Pizzeria auf dem Campiello standen zwei Geigerinnen und fiedelten einen Beatles-Song. ›Hey Jude‹. Es klang seltsam, aber originell. Adele legte eine Münze in den offenen Geigenkasten. »Don't make it bad. Take a sad song and make it better.« Sie fand einen Geldschein in ihrer Manteltasche. Sie hatte ihn den Totengräbern geben wollen. Doch Pauline hatte keine Erde, kein Grab. Pauline war nur mehr Asche, wohnte in einer Urne, in einer seltsamen Gruft. Auf einer Insel in der Lagune.

Sie ging durch den Sotoportego und sah gerade noch Antonella im letzten Licht über den Kanal davonfahren. Wieder war sie zu weit entfernt, um das Boot mit Sicherheit zu identifizieren. Doch was sollte es anderes sein als Paulines Boot? Sie musste wiederkommen und es herausfinden. Adele sah auf die Uhr. Es blieb ihr gerade noch Zeit, das Gepäck aus dem Hotel zu holen, dann ging schon ihr Zug. Eilig drängte sie an den Flanierenden auf dem Touristenpfad vorbei und sang so leise, dass es im Straßenlärm unterging:

»Remember to let her into your heart. Then you can start to make it better.«

*Dieses Mal fuhr Lauro mit dem eigenen Boot. Das war etwas anderes als mit dem Wassertaxi über den Canal Grande. Zur linken Hand lag die Lagune offen zum Meer, das Licht leicht verschleiert über dem Wasser. Nahe der Vaporettostation Fondamente Nuove bog Lauro in einen Nebenkanal ein, dort befestigte er das Boot. Das war ein Venedig, das ich noch nicht kannte. Die Häuser niedrig, schmal und schmucklos. Über die Gasse hingen die Wäscheleinen von Fenster zu Fenster gespannt, Strümpfe und Socken, Kinderjäckchen wehten im Wind. Lauro führte mich durch die engen Gassen, bog einmal links ab, dann wieder rechts. Ich hatte längst die Orientierung verloren, aber er schien den Weg zu kennen, nur einmal hielt er inne und schaute sich um.*

*»Gleich sind wir da«, erklärte er mir, als ich fragend zu ihm aufsah. »Ah, da ist es.«*

*Wir blieben vor einem Gebäude stehen, das mir noch geduckter vorkam als die anderen rundherum. »Hier hat Tizian gewohnt. Das Haus ist mehr oder weniger so, wie es ursprünglich erbaut wurde, 1527.«*

*Nur war es damals freigestanden, in einem großen Garten, der sich bis zu den Ufern von Fondamente Nuove erstreckte. Die Jahreszahl hatte etwas Unwirkliches. Aber in Venedig bedeuteten fünfhundert Jahre keine so lange Zeit wie in anderen Städten.*

*»Tizians Atelier war im ersten Stock.« Lauro wies auf die steinerne Brüstung. »Er hat dort oben gemalt mit freiem Blick über die Lagune.« Seine Stimme hatte auf einmal einen sehnsüchtigen Ton. »Mehr als dreißig Jahre. Er ist an der Pest gestorben. Aber seine Bilder leben heute noch.«*

*Lauro ging ein paar Gassen weiter, wo wir unvermutet auf einem kleinen Platz mit einer schmalbrüstigen Kirche und einem steinernen Brunnen davor ankamen. Neben der Kirche war ein schmiedeeisernes Tor. Lauro griff in eine Ver-*

*tiefung im Mauerwerk und holte einen Schlüssel hervor. Er sperrte auf. »Ecco!« Er ließ mich vortreten. Wir gingen durch ein Gärtchen mit wilden Rosensträuchern zu einem kleinen Haus. Die Fenster und Türen standen offen.*

*»Zum Lüften«, sagte Lauro. »Es riecht nach Ölfarbe, das ist Ihnen vielleicht nicht angenehm.«*

*Ich verstand ihn nicht, bis wir in den ersten Stock hinaufstiegen und ich sah, dass ich in einem Maleratelier gelandet war. Ich erinnerte mich, wie er unermüdlich Seite um Seite mit Zeichnungen gefüllt hatte, die ganze Zugfahrt von Padua bis Venedig.*

*»Können Sie sich vorstellen, hier zu wohnen? Bis Sie etwas Passendes gefunden haben.« Er verzog das Gesicht. »Nicht Murano! Das ist typisch mein Vater. Außer seiner Glasbläserei hat er für nichts einen Sinn.«*

*Ich konnte sein Angebot nicht annehmen, das war klar. Doch wie sollte ich das aussprechen? Er war so liebenswürdig. Aber wenn er hier malte und ich im Stock darunter schlief – unmöglich.*

*»Ich werde Sie selbstverständlich nicht belästigen. Das Haus gehört Ihnen, solange Sie es nützen möchten.«*

*Das war noch unmöglicher. Schon die Vorstellung, dass sein Vater davon erfuhr. Aber wieder erriet er meine Gedanken.*

*»Mein Vater weiß nichts von diesem Atelier.« Er ging zur Staffelei vor dem Fenster und zog das Tuch herunter. Mit dem Rücken zu mir blieb er davor stehen. »Er interessiert sich nicht für Kunst. Für meine Malerei schon gar nicht. Er findet, das sei ein lächerlicher Zeitvertreib.«*

*Er trat beiseite, damit ich das Bild auf der Staffelei ansehen konnte. Ich war überrascht. Seine Skizzen im Zug hatte ich zwar nicht gesehen, doch vermutet, es seien Impressionen des Flusses und der Villen, die seine Ufer säumten. Oder vielleicht Landschaftsstudien. Aber das Bild war nicht natura-*

*listisch. Die Farbe Blau dominierte, ein großes unregelmäßiges Viereck, in das ein gelber Balken hineinragte. Dazu ein kleines rotes Feld und etwas weiß Wolkiges.*

*»Sie malen abstrakt.«*

*Er schüttelte nur leicht den Kopf und deutete zum Fenster. Über die niedrige Häuserzeile sah man in Richtung Fondamente Nuove auf die Lagune. Ich blickte wieder auf sein Bild, betrachtete es lange. Es war tatsächlich eine Landschaft, die Lagune und der Himmel darüber, der Bootssteg, ein Schiff mit rotem Verdeck, das dort im Wasser lag. Licht, so strahlend, dass es die Formen verschwimmen ließ. Nachdem ich meine Augen dafür geöffnet hatte, nahm ich immer mehr Details aus, eine Hausfassade mit vergittertem Fenster, die Figur auf dem steinernen Brunnen, ein Tor. Es war der Platz, an dem wir vorübergegangen waren.*

*»Sie mögen es.«*

*Es war eine Feststellung, keine Frage. Ich sagte Ja. Er schlug vor, meine Sachen aus dem Hotel zu holen. Ich fragte mich, was mein Vater und meine Mutter dazu sagen würden. Doch ich hatte, seit wir Wien verließen, immer allein entscheiden müssen, ich würde es weiter tun. Es war verrückt, aber ich stimmte zu.*

*Mit Lauros Boot fuhren wir durch Cannaregio zur Einmündung in den Canal Grande bis San Polo. Nun hatten sich die Seiten verkehrt, er sprach, ich hörte ihm zu. Lauro war in einem Haus voller Kunstwerke aufgewachsen. Sein Ahne, der Glasbläser, der die Firma gegründet hatte und zu Wohlstand gekommen war, liebte die Malerei. Er begann, Bilder zu sammeln, alte Gemälde ebenso wie in jüngerer Zeit, ab dem 18. Jahrhundert entstandene Werke, und die folgenden Generationen ergänzten die Sammlung. Alle waren kunstsinnig. Bis auf seinen Vater. Herr Agassian hatte das Stadthaus in San Polo seinem Sohn überlassen und sich auf Murano ein neues Haus erbaut, in der Nähe der Fabrik. Nun gehörte die Kunstsammlung Lauro. Es fiel mir auf, dass er seinen Bruder und auch seine Mutter nicht erwähnte. Aber ich fragte nichts, ich saß neben ihm so nahe der Wasserlinie und sah ihn an und den Canal mit seinen verblichenen Schönheiten, den byzantinischen Spitzbögen und Loggien, Ca' d'Oro, das Haus aus Gold mit seinen wundervollen Ornamenten. Ich spürte jeden Augenblick mit großer Deutlichkeit. Mein neues Leben.*

# 2. TEIL

# 7.

Der Zug war mit Verspätung auf dem Hauptbahnhof angekommen. Bis sich das Taxi in den vierten Bezirk vorgearbeitet hatte, war es lange nach acht Uhr. Mehrmals hatte Adele in der Ordination angerufen, doch immer nur den Anrufbeantworter erreicht. Am Morgen ließ sich Julia gern mit dem Umstellen des Telefons Zeit, so konnte sie sich in Ruhe vorbereiten, ohne durch Patientenanrufe gestört zu werden, eine Unart, die Adele ihr nicht abgewöhnen konnte. Ohnedies musste sie Kritik diplomatisch formulieren, denn Julia schnappte leicht ein, und das wirkte sich umgehend auf den Praxisablauf aus. Margareta fand ihre Nachsicht unbegreiflich, doch Margareta musste auch nicht an ihrer Stelle neues Personal suchen. Das vermied Adele. Die Neue, soviel wusste sie aus Erfahrung, brachte auch neue Eigenschaften mit. Julia war halbwegs verlässlich, freundlich zu den Patienten, und man konnte ihr die Kassa anvertrauen. Das zählte.

Das Taxi bog von der Favoritenstraße zum Brahmsplatz ab. Adele war in diesem Viertel aufgewachsen, das sich in all den Jahren kaum verändert hatte. Die alten schönen Bürgerhäuser blickten auf einen kleinen Park mit riesigen Kastanienbäumen. Mitten in der Stadt herrschte hier noch immer eine beinahe dörfliche Stimmung. Sie zeigte dem Fahrer, wo er anhalten sollte.

Beim Aussteigen bemerkte sie, dass etwas nicht stimmte. In der Ordination brannte nur ein Licht, das Wartezimmer lag im Dunkeln. Margareta erwartete sie im Rollstuhl sitzend am Schreibtisch. Der Terminkalender lag aufgeschlagen vor ihr.

»Was machst du da, Mama?«

»Ich halte die Stellung.« Margareta streckte einen Arm nach Adele aus, um sie zu küssen.

»Wo ist Julia, krank? Verdammt.«

»Ich habe alle Patienten angerufen und abgesagt. Seit einer Stunde sitze ich da.«

Adele nahm ihr ungeduldig den Kalender aus der Hand und ging die Liste durch. Die Vormittagstermine hätte sie alle ohne Julia erledigen können. Warum musste ihre Mutter sich immer in alles einmischen? Sie schluckte die Frage und rief nach Mirza.

»Egal, wie ich mich bemühe, es wird nicht anerkannt«, stellte Margareta fest, als Mirza kurz darauf erschien. Sie war fünfundvierzig, sie hatte ein rundes, rosiges Gesicht und graues Haar, das sie sich jeden Abend eindrehte. Niemand hätte Adele für einen Tag älter gehalten als sie. Warum denke ich jetzt an so was, fragte sie sich ärgerlich.

Hinter ihr tauchte der Briefträger mit dem üblichen Packen Montagspost auf. Adele blätterte sie durch. Kataloge, Rechnungen, Sonderangebote. Eine Ansichtskarte von einer Insel, deren Namen sie nicht gleich einordnen konnte.

Mirza wollte den Rollstuhl hinausführen, doch Margareta hielt sich an der Türklinke fest. »Warte! Ich bin noch nicht fertig!« Klagend erhob sie die Stimme. »Dilly! Willst du mir nicht endlich sagen, was mit Pauline ist?«

»Später, Mama.« Adele schob die Post beiseite. Nach der Nacht im Zug steckte ihr die Müdigkeit in den Knochen.

Sie hatte sich noch nicht einmal geduscht und umgezogen. Eigentlich war es ganz angenehm, einen Vormittag blau zu machen. »Ich komme dann zu dir.«

U

Chris hatte ihr ganzes Arbeitsleben unter den Sonntagnachmittagen gelitten. Ihre Verstimmung kündigte sich oft schon beim Aufstehen an. An den Vormittagen hatte sie sich immer ein Programm gemacht, einen Stadtspaziergang, eine Ausstellung, eine Schubertmesse, manchmal einen Ausflug. Trotzdem erwischte sie die Tristesse am Nachmittag, ob sie nun im Kaffeehaus saß oder zu Hause vor dem Fernseher. Sonntag war Familientag, und wer allein lebte, bekam es an keinem Tag so zu spüren. Der Abend brachte dann den *Tatort*, den sie sich immer ansah. Zwar gefiel er ihr nur selten, doch analysierte sie gern am Montag im Kollegenkreis, an welchen Mängeln er gelitten hatte. Dann und wann war eine Folge sogar unterhaltsam. Der Sonntag war nun ein Tag wie die anderen geworden. Alle hatten eine Beschäftigung, nur Chris schleppte sich mit ihrer schlechten Laune durch ihre Wohnung und hätte am liebsten wie Rumpelstilzchen getobt. Sie drehte den Fernseher auf und zappte durch die Programme, so schnell, dass es eine sinnlose Abfolge von Bildern wurde. Frühstücksfernsehen, früher hatte sie kaum gewusst, was das bedeutete. Eine Anhäufung überflüssiger Sendungen. Konnte man sich daran wirklich gewöhnen?

Seit Chris aufgewacht war, ging ihr Adele im Kopf herum. Wie sie aussah, wie sie dreinsah, was sie anhatte, was sie gesagt hatte, worüber sie gelächelt hatte und worüber nicht. Sie ärgerte sich über Adele. Sie hatte sich immer über sie geärgert, sie nicht leiden können, sie nicht verstanden und vor allem immer beneidet. Adele besaß nicht mehr viel, worum man sie beneiden konnte. Sie sah nicht schlecht aus, doch sie fühlte sich ganz offensichtlich nicht wohl in ihrer Haut. Mit ihrem sagenhaften Joseph war es anscheinend aus, sie hatte nicht geheiratet, keine Kinder und dafür die Mutter, eine Nervensäge erster Klasse, am Hals. Die Kassa stimmte, aber wo war die Zeit, das Geld auszugeben? Sie stand fünf Tage in der Woche in ihrer Ordination und arbeitete sich krumm, Urlaub hatte sie schon seit Jahren nicht mehr gemacht. Ihre Garderobe war chic, ihre Frisur sah teuer aus. Ja, und warum auch nicht? Was war es nur, was Chris so ärgerte? Es lag doch gar nicht an Adele. Chris fand immer einen Grund, sich zu ärgern. Sogar die Moderatorin der Nachrichtensendung machte sie wütend. Ihr gelecktes Aussehen, ihr säuselndes Gequatsche, als wüsste sie nicht, was die Nachrichten, die sie vorlas, bedeuteten. Chris musste diese Gedanken endlich aus dem Kopf bringen, sonst bekam sie ein Magengeschwür davon. Das Telefon läutete. Mit einem Hechtsprung war sie bei ihrem Handy. Sah auf das Display und ließ es drei Mal läuten, bevor sie antwortete.

»Biggi?« Sie spürte, wie der Druck in ihren Schläfen nachließ. »Was gibt's Neues? Bist du gut angekommen?« Sie suchte nach der Fernbedienung des Fernsehers und fand sie nicht.

U.

Der Wind fuhr in Biggis Frisur, während sie auf der Rolltreppe aus der U-Bahnstation hochfuhr. Die Kirchturmuhr kam in ihr Blickfeld, gleich zehn Uhr. Um zehn Uhr hatte sie die Boutique geöffnet, dreißig Jahre lang, sechs Tage in der Woche. Nur für den Sommerurlaub und wenn sie auf Einkaufstour nach Italien und Frankreich fuhr, hatte sie in den letzten Jahren das Geschäft geschlossen, eine Aushilfe zahlte sich nicht mehr aus. Das ganze Unternehmen hatte schon lang keinen Gewinn abgeworfen, doch Biggi rechnete einfach nicht nach, erst als ihr Steuerberater sie zu einem Gespräch einlud und es mit ihr gemeinsam tat. Er riet ihr, den Laden dichtzumachen und den Mietvertrag zu kündigen. »Worauf warten Sie? Verkaufen lässt sich so ein Geschäft nicht.« Sie hatte protestiert, schließlich war die Praterstraße einer der alten Einkaufsboulevards Wien. Der Weg vom Donaukanal zum Prater führte an vielen Prachtbauten der Gründerzeit vorbei und erzählte ein Stück jüdisches Wien. Auch wenn das Flair von früher inzwischen kaum mehr zu spüren war, das konnte doch wiederkommen. Es kam nur auf die richtige Geschäftsidee an. Den Steuerberater kostete ihr Einwand ein müdes Lächeln. Links ein Handygebrauchtverkauf, rechts ein geschlossener Uhrmacher, daneben ein Kebab-Imbiss und ein dubioses Mehrzweck-Elektronik-Paketversand-Center, und so ging es die ganze Straße weiter. Wer wollte da in ein neues Geschäft investieren? Biggi seufzte. Das klang leider alles sehr einleuchtend. Doch sofort aufgeben wollte sie trotzdem nicht. Vor der Venedig-Reise hatte sie noch ein Schild gemalt und in die Auslage gestellt: »Geschäftslokal günstig zu verkaufen«. Bisher hatte niemand angerufen. Aber sie musste doch wenigstens einmal in der Woche die Auslagenscheiben sauber machen und nach der Post sehen, hatte sie sich gesagt, als sie, gewohnt wie immer, um sieben Uhr aufwachte.

Schon von Weitem sah sie etwas in der Tür stecken und schlug einen schnellen Schritt ein. Es war eine Visitenkarte! »Bin interessiert, bitte um einen Besichtigungstermin. Anruf jederzeit!«, stand auf der Rückseite. Was würde der Steuerberater dazu sagen!

»Gnädige Frau?«, ertönte eine tiefe Stimme hinter ihr.

Biggi wandte sich um. Ein Herr im grauen Anzug mit einem Überzieher darüber stand leicht auf seinen Stock gestützt, oder war es ein Schirm?

»Sie kommen wegen der Besichtigung?«

Er deutete eine Verbeugung an. »Ich komme Ihretwegen.«

Er lächelte sie an, und sie lächelte zurück, verdutzt.

»Ja«, sagte er. »Aber das müssen wir ja nicht auf der Straße besprechen. Kennen Sie die *Reiss-Bar*?«

»Ja, die ist in der Kärntner Straße.«

»Ich lade Sie ein. Heute Abend, achtzehn Uhr. Werden Sie kommen?«

Sie nickte verblüfft. Er verbeugte sich, diesmal etwas tiefer, schwang seinen Stock elegant und ging.

Biggi sah ihm nach. Was war das? Ihr potenzieller Käufer? Sie wollte den Namen auf der Visitenkarte lesen. Wo war die Karte hingekommen? Sie hatte sie aus dem Türrahmen gezogen, die Nachricht gelesen, dann hatte der Mann sie unterbrochen. Die Karte musste heruntergefallen sein. Der Wind, das himmlische Kind, hatte er ihr den Käufer weggeblasen? Der Mann war, noch immer seinen Stock schwingend, an der Kreuzung angekommen und wartete bei der Ampel. »Hallo, einen Moment noch!« Biggi eilte ihm nach.

U

»Und dann? Hast du ihn erwischt?«

»Und dann …« Biggi machte eine Pause und atmete tief ein. Dann hatte sie ihn gefragt, ob er die Visitenkarte hinterlassen hatte und ihr Geschäft kaufen wollte.

»Sense?«

»Ja, Sense. Kein Käufer, keine Visitenkarte und keine *Reiss-Bar*.«

»Wieso das?«

»Glaubst du, ich lasse mich auf der Straße einfach anbaggern? Nein, wirklich nicht.«

Chris erinnerte sich an Biggis enthusiastischen Flirt mit

dem Kellner in der Strandbar am Lido. War der Herr mit dem Spazierstock dagegen nicht geradezu romantisch? Sie fand die Fernbedienung und wollte abschalten, als plötzlich ein junger schwarzhaariger Mann auf dem Bildschirm zu sehen war. Den kannte sie doch!

»Warte mal, Biggi.« Sie schaltete den Ton ein.

Es war ein Bericht über eine Ausstellungseröffnung. Ein Mann sprach über das Highlight der Galerie, einen italienischen Maler. Die Kamera bewegte sich entlang der Bilder an den Wänden, fing plaudernde Gäste, Tabletts mit Sekt und Brötchen ein, dazu immer wieder ein prominentes Gesicht. Und dazwischen hatte Chris für einen Moment jemanden entdeckt, der hier eigentlich nicht sein konnte. Wenn er es aber doch war! Sie nahm das Handy. »Biggi? Ich habe da gerade was im Fernsehen gesehen, dem muss ich nachgehen. Ich melde mich gleich wieder.«

Sie fand die Programmzeitschrift und suchte nach der Sendung, es war die Wiederholung der Kulturnachrichten vom Vorabend. Sie hatte weder den Namen der Galerie noch den Titel der Ausstellung verstanden, aber so viele italienische Maler waren wohl zurzeit nicht in Wien ausgestellt. Sie rief Biggi zurück.

»Ich brauche deinen Laptop oder was du da immer herumschleppst.«

Biggi lachte sie aus. »Wozu? Du bist doch eine Feindin der Elektronik.«

Das war richtig, aber zu argumentieren wollte sie jetzt nicht anfangen.

»Stimmt nicht ganz, ich habe nur gesagt, ich will keinen Computer. Aber du hast ja einen, also was spricht dagegen, dass wir uns zusammen etwas ansehen? Wenn ich recht habe, könnte das sogar Licht in die Geschichte von Dillys Tante Pauline bringen.«

Damit gelang es ihr, Biggi neugierig zu machen, und sie verabredeten sich zum Mittagessen.

Nachdem sie Pizza Fiorentina und Spaghetti Carbonara verdrückt hatten, meinte Biggi mit einem kleinen Seufzer: »Ich träume immer noch von diesem venezianischen Lokal, so gut hat mir überhaupt noch nie ein Essen geschmeckt.«

Was Chris schon beinahe wieder zu ärgern anfing, obwohl sie Biggi nicht widersprechen konnte, sie hatte es ja ebenso genossen. Sie schluckte ihre kleine giftige Bemerkung hinunter.

»Zahlen wir. Kaffee können wir bei mir trinken«, schlug sie vor. »Dein Werkl hast du eh mit, oder?«

»Mein Tablet«, sagte Biggi ein wenig spitz, »habe ich natürlich bei mir, das ist ja der Sinn dieses Geräts, damit man unterwegs ins Internet kann.«

»Na, dann ist es ja gut.« Chris übernahm die Rechnung und drückte Biggi, als sie sich bedanken wollte, kurz an sich. »Du bist doch meine gute Freundin.«

Zu Hause blätterte sie das Programmheft auf und zeigte Biggi die Sendung.

»Kein Problem, das finden wir sofort in der *TVthek*.« So war es auch. »Maler Franco Lardini, Highlight der Ausstellung in der *Galerie Rosen*. Und wonach suchen wir da?«

»Wenn ich mich nicht getäuscht habe, wirst du es gleich wissen.«

Wieder glitt die Kamera über die Bilder an den Wänden, fing die plaudernden Gäste, die Brötchen und die perlenden Sektgläser ein. Dann sprach Albert Rosen über den genialen Lardini, den er noch persönlich kennengelernt hatte. Kurz darauf sah man ihn die Hand eines attraktiven jungen Mannes mit schwarzem Haar schütteln. Er war nur im Profil aufgenommen worden, aber unverkennbar: Paulines amerikanischer Verwandter Marlon.

»Wie kommt der so plötzlich nach Wien?«, fragte Biggi.

»Und was hat er mit diesem Galeristen zu tun? Das kann doch kein Zufall sein.«

Biggi ließ den Beitrag noch einmal ablaufen. Nun entdeckten sie Marlon noch früher im Filmbeitrag an der Seite einer jungen Frau. Die Rede des Galeristen war zu Ende, die Leute klatschten, die Frau nickte Marlon zu und begab sich an Albert Rosens Seite. Marlon folgte ihr, und dann kam die Begegnung mit dem Händeschütteln.

»Er könnte ein Kunstfreund sein«, meinte Biggi vorsichtig.

»Glaubst du das? Ein Erbschleicher, da waren wir uns doch einig.« Adele würde jedenfalls staunen, was sie so nebenbei ans Licht gebracht hatten.

»Und was genau haben wir herausgefunden?«, fragte Biggi. »Wir wissen eigentlich gar nichts.«

»*Noch* nicht«, entgegnete Chris voll Überzeugung.

Adele konnte nicht schlafen. Sie sorgte sich. Das ging schon lange so. Sie legte sich ins Bett, und alles, was während des Tages unerledigt, ungelöst, unbedacht geblieben war, begann, in ihrem Kopf abzulaufen, die großen Dinge neben den kleinen, und über allem und immer wieder die Gedanken an ihre Mutter. Margareta ging es schlecht, Jahre schon, und es wurde nicht besser, im Gegenteil. War es eigentlich je anders gewesen? Adele hatte sich immer bemüht, ihre Mutter zu unterstützen, gut zu stimmen, glücklich zu machen. Eine Unmöglichkeit. Doch früher hatte sie schlafen können, sie war ins Bett gefallen und der Schlaf wie eine Decke über sie. Wenn sie einmal aufwachte, drehte sie sich um und schlief weiter. Heute war ihr Schlaf ein zartes Gewebe, es riss bei der kleinsten Berührung und ließ die Nachtgedanken eindringen. Etwas war Adele durch den Kopf geflogen, damit hatte sie den Schlaf verscheucht, etwas, das sie aufgeschoben und dann vergessen hatte. Aber wann das gewesen war und worum es sich handelte, das fiel ihr nicht mehr ein.

Margareta hatte nicht über die Todesnachricht geweint, nur still zugehört. Sicher dachte sie an Pauline, an die Vergangenheit. Zu Tode erschöpft wirkte sie plötzlich. Adele hatte ihr die Kreislauftropfen gebracht und noch einen Schluck Cognac aufgezwungen. Dann wurde Margareta ruhiger. Zum Abschied sagte sie noch: »Man darf sich nicht wünschen, alt zu werden. Das ist ein Fluch, kein Segen.«

Zehn Jahre saß Margareta zu Hause fest. Eines Tages hatte sie mitten in der Arbeit nach Adele gerufen und ihr mitgeteilt, dass sie mit der Ordination Schluss mache. Sie hatte die Praxis mit der Bedingung übergeben, dass Adele bei ihr bliebe. Und Adele hatte eingewilligt, obwohl Joseph protestierte. Sie hatte damals bereits zwanzig Jahre in Margaretas Ordination mitgearbeitet, die Vorstellung, das aufzugeben, um stattdessen allein neu anzufangen, war absurd. Und undankbar. Während andere Kollegen Hunderttausende Euro investieren mussten, hatte sie sich ins gemachte Nest gesetzt. Sie konnte ihre Mutter nun nicht einfach im Stich lassen. Darauf gab es viel zu sagen, Adele kannte alle Argumente. Sie war immer von ihrer Mutter unterdrückt worden und hatte nicht gelernt, ein selbstständiges Leben zu führen. Sie wusste, Joseph hatte recht, und konnte sich doch nicht ändern.

Ein Vogel zwitscherte. Mitten in der Nacht? Wie spät war es inzwischen geworden? Sie musste um sieben Uhr aufstehen und in Ruhe alles für die Zysten-OP vorbereiten. Sie konnte auch ohne Assistentin operieren. Es war mühsam, doch absagen wollte Adele nicht, der Termin war schon vor Wochen ausgemacht worden, und der Patient ohnehin ein ängstlicher Kandidat, der erst nach ausführlicher Aufklärung zugestimmt hatte. Adele ging zum Fenster. Sie sah das Licht in Margaretas Wohnung. Einen Moment überlegte sie, ob sie zu ihr gehen sollte. Nein. Im Dunkeln wanderte sie im Zimmer herum, auf der Suche nach ihrem Telefon. Wenn sie es nicht fand, ohne das Licht aufzudrehen, würde sie ins Bett zurückgehen, wenn sie es aber fand – da lag das Handy, neben der Handtasche und dem Schlüsselbund. 22.20 Uhr. Keine gute Zeit für einen Anruf. Ohne weiter zu überlegen, tippte sie auf das Display.

Er meldete sich nach dem ersten Läuten.

»Ist etwas passiert?«, fragte er.

Sie wusste nicht, was sie sagen sollte.

»Adele? Was ist denn?«

Sie schluckte. »Es tut mir leid, Joseph. Um die Zeit …«

»Ich habe nicht geschlafen.«

Sie hörte ein Geräusch im Hintergrund, Musik? »Du bist nicht zu Hause?«

Er schwieg. Dann räusperte er sich und erwiderte ruhig, nicht unfreundlich, aber sie spürte sein Missfallen dennoch: »Ich bin nicht zu Hause. Aber deshalb rufst du mich nicht an, oder?«

»Nein. Es ist wegen …« Und wieder stockte sie, brachte nur hervor: »Ich kann nicht am Telefon …«

»Moment einmal. Bleib bitte dran.« Er hielt den Hörer zu, sie hörte Gemurmel, eine Frauenstimme, dann war er wieder da. »Was willst du mir sagen, Dilly?« Aber jetzt klang er weniger abweisend als zuvor.

»Joseph … ich …«

»Ja?«

»Lachst du?«

»Hm.«

»Ich glaube …«

»Ja, ich auch.«

»Was?«

Jetzt war seine Erheiterung unüberhörbar. »Du willst mit mir sprechen, aber nicht am Telefon.«

Plötzlich war es ganz leicht. Er war wieder der Joseph, den sie kannte und der sie auch ohne Worte verstand, nicht der höfliche Fremde, der sich in sein eigenes Leben zurückgezogen hatte. »Bist du nicht zu müde?«

Er gab keine Antwort. Sie hörte eine Tür quietschen. Die Hintergrundgeräusche änderten sich, er stand nun auf der Straße. »Vor mir ist der Taxistandplatz. Soll ich einsteigen?«

Adele sah auf die Uhr, 22.30 Uhr. »Ja!«

Sie blieb am Fenster, bis das Auto vor dem Haus hielt. Er besaß keinen Schlüssel mehr zu ihrer Wohnung, obwohl sie ihm bei der Trennung angeboten hatte, einen zu behalten. Sie drückte den Türöffner, noch bevor er anläuten konnte, damit Margareta nicht gestört wurde. In ihrem Zimmer war endlich das Licht ausgegangen.

Joseph sah jünger aus, als sie ihn in Erinnerung hatte. Wie lange hatten sie sich nicht gesehen – letzten Sommer? Er war rosig von der kalten Nacht draußen, seine Augen funkelten vor Unternehmungslust. Von Müdigkeit keine Spur. Sie widerstand dem Impuls, ihm um den Hals zu fallen, und ließ sich auf die Wange küssen.

Er nahm sie um die Schultern und betrachtete sie. »Adele, du hast geweint?«

Sie setzten sich nebeneinander aufs Sofa. Adele begann zu erzählen, ohne Einleitung, alles, was seit Paulines Anruf vor einer Woche auf sie eingestürzt war, die Reise, die Todesnachricht, der Besuch bei Clarissa, schließlich das Begräbnis auf dem Friedhof von Venedig. Joseph hörte, ohne sie zu unterbrechen, zu. Irgendwann nahm er ihre Hand und behielt sie in seiner, drückte sie von Zeit zu Zeit mitfühlend.

»Margareta ist zusammengebrochen. Sie hat sich immer wieder das Wiedersehen mit Pauline ausgemalt und gehofft, dass sie nach Wien kommt. Ich mache mir Vorwürfe, weil ich …«

»Bitte nicht!«, sagte Joseph, beinahe schroff. »Du hast wirklich keinen Grund. Hört das denn nie auf, Adele!«

Sie verstummte. Eine Weile war es still, nur die Zentralheizung knisterte leise. Dann seufzte Adele auf und nickte.

»Danke, dass du mich trösten gekommen bist. Es ist bald Mitternacht. Ich habe morgen früh …«

Er ließ ihre Hand los. »Ordination? Warum machst du nach der ganzen Aufregung nicht einmal einen Tag Pause?« Schon waren sie bei dem alten unerquicklichen Diskussionspunkt gelandet: Adele, die sich für ihre Mutter opferte, wenn sie sich nicht gerade zu Tode arbeitete.

»Musst du morgen nicht in die Kanzlei?«, fragte Adele schnell.

»Blauer Dienstag.« Und weil sie ihn fragend ansah, fügte er hinzu: »Für mich sind ab jetzt alle Montage und Dienstage blau.« Er sah ihr an, dass sie nicht wagte, weitere Fragen zu stellen, und lachte. »Als du mich angerufen hast, bin ich gerade im *Alten Glockenspiel* bei einem 20 Jahre alten *Calva* gesessen und habe darauf getrunken, dass ich morgen keinen Termin habe. Das ist jetzt mit achtundsechzig mein Privileg, ich arbeite nur mehr die halbe Woche.«

Sie spürte, dass ihr die Tränen in die Augen stiegen, und wusste nicht, warum. Weil er es sich gut gehen ließ und sie keinen Anteil mehr daran hatte? Das war ihre Entscheidung gewesen, nicht seine. Er hatte ihr genug Zeit gelassen dazu. Sie stand schnell auf.

»Schön für dich. Aber ich habe leider gleich in der Früh eine OP. Ich weiß, ich weiß, ich hätte absagen sollen. Habe ich aber nicht.«

Sie hielt ihm seinen Mantel hin. Er schlüpfte hinein und ließ sich zur Tür bringen. Sie strich ihm den Kragen glatt.

»Danke, Joseph. Tut mir leid, dass ich dich gestört habe. Ich hoffe, es kommt nicht mehr vor.«

Wieder küsste er freundschaftlich ihre Wange und hielt sie dann noch kurz fest. »Alles Gute, Dilly. Mach's dir ein bisschen leichter, dann wird's auch leichter. Ich spreche aus Erfahrung.«

Der Satz hallte in ihr nach, als sie schon im Bett lag. Er klang wie eine Selbstverständlichkeit, beinahe banal. Und doch, eine schwere Übung.

*Es war einfach, Lauro zu lieben. Er war liebenswert. Freundlich, gescheit, geistreich. Alles an ihm war schön, seine Züge, seine Gestalt, sein Charakter. Unglaublicherweise liebte er mich auch. Ein Herz und eine Seele, eine Redewendung, die meine Mutter manchmal verwendet hatte und die mir bedrohlich erschienen war, als würde die Liebe oder die Freundschaft zwei Menschen in siamesische Zwillinge verwandeln. Doch so war es nicht, keine Enge, sondern eine nie gekannte Freiheit, weil es auf einmal einen Menschen gab, der mir ins Herz sah und mich verstand.*

*Er kam mich fast jeden Tag im Büro besuchen und plauderte ein paar Worte mit mir, was Signor Agassian nicht gern sah. Ich hörte zu, wie er Lauro ermahnte, die Sekretärin nicht von ihrer Arbeit abzuhalten. Lauro lachte nur darüber. Er solle froh sein, dass er mich habe, antwortete er seinem Vater. Tatsächlich gefiel mir die Arbeit und fiel mir leicht. Ich schrieb gern Briefe und liebte es, mich in verschiedenen Sprachen zu bewegen. Mein Italienisch wurde von Tag zu Tag flüssiger. Die Geschäftsbriefe der Firma schrieb ich fehlerlos, Sig-*

*nor Agassian fand keinen Grund, mich zu tadeln. Aber ich fühlte sein Misstrauen.*

*Ein großer Auftrag kam aus Wien, das Palais Larisch war im Krieg beschädigt worden, die meisten der wertvollen alten Muranoluster aus dem 19. Jahrhundert waren zerbrochen und sollten nun im Zuge der Renovierung ersetzt werden. »Die einen hungern, und die anderen lassen die Vergangenheit in früherer Pracht erstrahlen«, sagte ich. In Margaretas Briefen hatte ich von der tristen Situation in Wien gelesen, dem Leben zwischen den Trümmern des Bombenkrieges.*

*»Ich gehöre zu letzteren«, antwortete Lauro. »Wollen Sie mich als meine Dolmetscherin nach Wien begleiten?«, fragte er mich.*

*Sein Vater hatte zugehört und schoss hinter seinem Schreibtisch hervor. »Ma perchè? Die Offerte kann sie schriftlich erstellen. Ich brauche meine Sekretärin hier.«*

*Lauro folgte ihm in sein Büro und knallte die Tür hinter sich zu. Ich hörte seine erhobene Stimme und fühlte mich schlecht. Dann kam er zurück und hielt mir die Hand hin.*

*»Kommen Sie, Paulina. Ich muss Sie etwas fragen, aber nicht hier.«*

*»Ich habe jetzt keine Pause«, erwiderte ich, aber er ließ sich nicht abweisen.*

*Er nahm meine Hand fest und zog mich in die Höhe. »Ich gebe Ihnen frei. Ich bin auch Ihr Chef, oder nicht?«*

*Er hatte mich öfter nach der Arbeit abgeholt und war mit mir kreuz und quer durch Venedig spaziert. Danach waren wir essen gegangen. Ich protestierte zwar gegen die Einladungen, doch Lauro winkte nur ab.*

*»Das ist gar nichts. Ich freue mich über jede Stunde, die ich mit Ihnen verbringe.«*

*Mir ging es ebenso. Er sprach nicht von Liebe, aber ich fühlte seine Zuneigung. Mehr wünschte ich mir nicht vom*

*Leben, und weiter dachte ich nicht. Lauro war das Licht meiner Tage.*

*Als er mich an jenem Vormittag hinter sich her durch die Fabrik zog, am Fondamente entlang bis zum Ende der Insel, wo nur mehr Wasser und Wind auf uns warteten, klopfte mir das Herz. Ich spürte, eine Entscheidung stand bevor, doch ich schrak davor zurück.*

*»Lauro, bitte, lassen Sie mich gehen. Ich will Ihren Vater nicht verärgern. Er hat recht, ich bin seine Sekretärin, er braucht mich für die Arbeit hier. Und ich werde keinesfalls nach Wien fahren.«*

*Das brachte ihn kurz aus dem Konzept. »Nicht nach Wien? Aber das ist Ihre Heimatstadt.« Er hatte nicht vergessen, was ich ihm erzählt hatte. »Was kann Wien dafür? Die Nazis sind besiegt, kümmern Sie sich nicht um die Vergangenheit.«*

*Aber es war nicht Wien, es waren die Wiener, die hatte man nach dem Krieg nicht austauschen können.*

*Doch darauf ging Lauro nicht ein. »Paulina, ich habe eine Frage, eine wichtige Frage. Und bitte sagen Sie nicht gleich Nein, denken Sie darüber nach.«*

*Dann machte er mir einen Heiratsantrag. Und ich sagte nicht Nein, ich sagte nicht Ja, ich dachte über gar nichts nach, ich fiel ihm um den Hals und küsste ihn.*

*Später, am Abend in meinem Bett, kamen die Fragen und die Bedenken, doch sie spielten keine Rolle. Ich hatte mein Glück gefunden.*

*Elia Agassian rief mich zu sich, nachdem Lauro es ihm mitgeteilt hatte. »Was wissen Sie über unsere Familie?«, fragte er. »Hat Lauro Ihnen unsere Geschichte erzählt? Wir sind Armenier.«*

*Was wusste ich von den Armeniern? Sie waren Christen und in der ganzen Welt verstreut. Musste ich mehr wissen? Die Geschichte ihrer Verfolgung kannte ich nicht. Ich, die selbst unter Diskriminierung gelitten hatte, aus meiner Heimat verstoßen worden war, wusste nichts vom armenischen Holocaust, der grausamen Vertreibung und Ermordung von Millionen Menschen durch die Türken im Jahr 1915. Ich saß stumm da und hörte Signor Agassian zu.*

*»Die Armenier sind eine Schicksalsgemeinschaft, sie haben keinen sicheren Ort, keinen Heimatboden. Ihre einzige Stärke ist der unverbrüchliche Zusammenhalt. Sie erkennen und unterstützen einander, wo immer sie hinkommen.«*

*Ich verstand den Sinn seiner Rede, er wollte mir klarmachen, dass ich nicht zu ihnen gehörte und deshalb auch nicht ein Teil der Familie Agassian werden konnte. Zuletzt, als er fertig war, bat er mich darum, Lauro von seinem Eheversprechen zu entbinden.*

*»Das mache ich, wenn Lauro das wünscht«, war meine Antwort. »Aber Lauro weiß nichts von unserem Gespräch, oder?«*

*Agassian musste sich geschlagen geben. »Sie bekommen meinen Segen nicht«, sagte er zu mir. »Eine Ehe ohne väterlichen Segen bringt kein Glück, wollen Sie das Lauro antun?«*

*Ich hob den Kopf und sah ihm in die Augen. »Diese Frage müssen Sie sich selbst stellen.«*

# 8.

Zu Adeles Überraschung war Julia schon vor ihr in der Ordination und hatte alles für die Zystenoperation vorbereitet. Mit roter Nase und noch immer verschnupft zwar, aber immerhin zum Assistieren imstande.

»Ich konnte Sie doch nicht im Stich lassen, Frau Doktor«, sagte sie ein wenig selbstgefällig, während sie sich schnäuzte. »Ich weiß ja, der Herr Zoppel ist kein leichter Fall.«

»Das macht den Eingriff jedenfalls um einiges leichter«, freute sich Adele. »Und wenn es Ihnen zu Mittag nicht besser geht, schicke ich Sie heim. Nehmen Sie die Maske, sonst niesen Sie noch das Operationsfeld voll.«

Es klingelte, und Herr Zoppel stand im Wartezimmer, mit ängstlich rollenden Augen. »Einen guten Morgen, lieber Herr Zoppel. Gleich weiter zum Einspritzen«, winkte ihn Adele heran und ließ ihn nicht zum Nachdenken kommen, sondern setzte die Anästhesie schnell und geschickt.

Der Patient schloss ergeben die Augen. Adele ließ ihren Blick über die vorbereiteten Instrumente gleiten. Alles war vorhanden. Julia, so bockig und unambitioniert sie manchmal war, beim Operieren war immer auf sie Verlass. Wie Adele liebte sie die chirurgischen Eingriffe mehr als das tagtägliche Einerlei der Füllungen, mochten sie auch noch so aufwendig gemacht sein. Karies war langweilig, eine Zyste, eine komplizierte Extraktion oder die Entfernung eines retinierten Weisheitszahns dagegen immer wieder eine Herausforderung.

Mit dem feinen Skalpell schnitt Adele das Zahnfleisch auf, schob es zur Seite und fand die Stelle, wo die Entzündung schon durch den Knochen gedrungen war, dort setzte sie mit der Fräse an. Kurz darauf war die Wurzel freigelegt, und man sah die gelbliche Knolle der Zyste an ihrer Spitze.

»Wunderbar, ein Entzündungsknödel, der sich sehen lässt!« Adele machte sich an das Abschneiden der Wurzelspitze. »Spülen, Julia, mehr, mehr, und jetzt absaugen.«

Nach weiteren zwanzig Minuten konzentrierter Arbeit lag die Zyste in der Petrischale. »Die schicken wir jedenfalls ins Labor ein. Herr Zoppel, gratulieren Sie uns, dass wir Sie von diesem unschönen Anhängsel befreit haben.«

Herr Zoppel zuckte nur mit den Lidern. Adeles Kommentare stimmten ihn offenbar nicht heiter. Das Telefon läutete. »Sie spülen weiter durch, ich erledige das.«

Chris war am Apparat. »Adele höchstselbst?«

»Worum geht es? Ich bin beim Operieren.«

»Und mit der linken Hand bedienst du das Telefon. Ich bin beeindruckt.«

»Danke, und was noch?«

Chris gab eine Kurzversion des Fernsehbeitrags. »Ich dachte, ich sehe nicht recht, aber es ist tatsächlich Marlon. Kann das ein Zufall sein? Aber schau es dir einmal selbst an.«

»Mach ich. Danke, ich melde mich.«

Adele hängte auf und kehrte zu ihrem Patienten zurück. »Ein Zufall, hm«, sagte sie vor sich hin.

»Brauchen Sie noch Wasserstoff?«, fragte Julia.

»Wie? Nein, wir nähen ihn jetzt zu«, sagte Adele abwesend.

Herr Zoppel schlug die Augen auf und sah sie anklagend an. Adele fing seinen Blick auf.

»Wunderbar, Herr Zoppel. Die Zyste ist wie aus dem Bilderbuch. Wir schauen sie uns dann gemeinsam an.«

In der Mittagspause ging Adele in die Wohnung hinauf und suchte im Internet den Fernsehbeitrag. *En Face* hieß die Ausstellung. Der Galerist Albert Rosen, der sich nach Jahren der Tätigkeit im *Museum der Moderne* selbstständig gemacht hatte, präsentierte stolz seine Auswahl außergewöhnlicher Porträts. Die Hauptattraktion waren die zwei Lardinis, zwei so wunderbare Werke waren seit Langem nicht auf den Markt gekommen. Mehrmals sah sich Adele die Stelle an, wo Marlon und der Galerist sich die Hände schüttelten. Es war schwer zu sagen, ob sie Bekannte waren, die ein Gespräch führten, oder sich lediglich zwei Fremde begrüßten. Der einzige Hinweis, die Frau an Marlons Seite, die ihn dem Galeristen zuführte, konnte nach mehr aussehen, als dahintersteckte. Es war eigentlich nur Marlons Anwesenheit gerade zu der Zeit an dem Ort, die auffiel. Er musste früher als Adele in Wien angekommen sein. Wieder fiel ihr ein, dass sie etwas vergessen hatte und nicht darauf kam, was. Sie führte immer eine Liste für alle Erledigungen, doch darauf war kein Hinweis zu finden. Es konnte um die Ordination oder den Haushalt gehen, etwas, das sie für Margareta besorgen sollte. Doch sie konnte die Erinnerung nicht erzwingen. Sie sah auf die Uhr. Zum Mittagessen war keine Zeit mehr. Sie aß drei Grissini, eine kleine Tafel Schokolade und einen Apfel und trank dazu einen Espresso, dann kehrte sie in die Ordination zurück. Julia war geblieben, obwohl Adele ihr freigestellt hatte, sich zu Hause ins Bett zu legen. Im Wartezimmer saß Herr Zoppel, er machte sich Sorgen wegen einer Nachblutung. Wieder läutete das

Telefon gerade, als sie ihn auf dem Behandlungsstuhl Platz nehmen ließ.

»Hast du dir den Film schon angeschaut?«, fragte Chris.

Adele nickte Herrn Zoppel, der sich nach ihr umdrehte, ermutigend zu. »Es geht jetzt ganz schlecht, Chris, ich bin mitten in der Arbeit«, sagte sie.

»Dass du dir diesen Stress noch immer antust. Hast du überhaupt eine Mittagspause gemacht? In unserem Alter braucht man Ruhephasen, sonst treibt man Raubbau am Körper«, mahnte Chris.

Leicht gereizt beendete Adele das Gespräch. Warum eigentlich, fragte sie sich im nächsten Moment. Nur weil Chris aussprach, was eine traurige Tatsache war? Sie fühlte sich erschöpft.

»Bin gleich wieder bei Ihnen, Herr …« Plötzlich fiel ihr sein Name nicht ein. Die Kartei war auch nicht in Reichweite. Er starrte sie an und sagte nichts. Sie schluckte den Rest des Satzes und kramte nach ihrem Handy. ›Tut mir leid, Chris, bin gestresst‹, tippte sie rasch. ›Habt ihr Lust, morgen zum Abendessen zu kommen?‹ Sie schickte die Nachricht ab.

»Hören Sie mir eigentlich zu?«, fragte da eine Männerstimme.

»Natürlich«, antwortete Adele, ohne aufzublicken. »Wir machen gleich das Röntgen.«

»Was?«, protestierte der Mann.

»Frau Doktor, der Herr Zoppel ist gegangen. – Herr Braun, warten Sie bitte, bis ich Sie hereinhole.«

»Gegangen, aber …« Adele schaute Julia verblüfft an. »Wieso denn?«

Julia zuckte die Achseln und schnäuzte sich demonstrativ.

»Hallo, hört mich keiner?« Der Patient umrundete Julia und klopfte fordernd auf den Schreibtisch. »Ich warte schon eine halbe Stunde.«

Adele schüttelte nur den Kopf. Eine halbe Stunde ... Wo war sie mit ihren Gedanken gewesen? Sie hatte die SMS geschrieben, und dann – »Entschuldigen Sie, ich muss kurz hinaufgehen. Sie machen das Röntgen, Julia.«

»Mein Name ist Braun, meine Prothese drückt, ich brauche kein Röntgen!«, fuhr sie der Patient an.

»In Ordnung, wir schauen es uns an.« Adele schob sich an ihm vorbei zur Tür. »Julia? Bin gleich wieder da.«

In der Wohnung sank sie an den Küchentisch und hielt eine Weile den Kopf in den Händen. Pensionsreif, ein scheußliches Wort. Sie schaltete die Kaffeemaschine ein. Der Espresso begann zu duften, sie trank ihn auf einen Zug. Ob sie sich fünf Minuten auf dem Sofa ausruhen sollte, die Füße auf einem Kissen hochgelagert? Sie nahm die Zeitung mit. Nur nicht einschlafen, ermahnte sie sich, während sie blinzelnd die Schlagzeile des Chronikteils las. Toter im Donaukanal. Student, 25 Jahre, Todesursache ungeklärt. Eine Glocke schrillte, es nahm kein Ende. Adele sprang taumelnd auf, die Zeitung glitt auf den Boden. Verdammt, gleich vier Uhr!

»Ich komme!«, rief sie, während sie in die Schuhe schlüpfte, mit den Händen durchs Haar fuhr. Zum Glück sah sie in den Spiegel und bemerkte, dass ihre Wimperntusche in zwei schwarzen Ringen unter den Augen klebte. »Einen Moment noch!« Sie öffnete. Julia, mit verquollener Schnupfennase, stand vor ihr wie der verkörperte Vorwurf.

»Herr Braun kommt morgen wieder. Herr Zoppel hat angerufen und gefragt, ob Sie ihn weiter behandeln wollen. Er möchte persönlich mit Ihnen sprechen.«

Adele verdrehte die Augen. »Sonst alles in Ordnung?«

Julia musste lachen.

»Na, dann machen wir weiter.« Sie gingen in die Ordination zurück.

Das Wartezimmer hatte sich inzwischen gefüllt. Ein abgebrochener Schneidezahn, zwei herausgefallene Plomben, ein Milchzahn. Adele kam nicht zum Nachdenken. Erst am Abend, als Julia schon im Gehen war und Adele die Behandlungen des Tages durchging, dachte sie wieder an Marlon. Wenn er nach Wien gekommen war, um Bilder von Pauline zu verkaufen, hatte er das schon vor ihrem Tod vorbereitet. Doch wie war er zu diesen Kontakten gekommen? Und wenn er sie besaß, warum wartete er nicht ab, bis etwas Gras über die Sache gewachsen war?

»Brauchen Sie noch etwas, Frau Doktor?«, fragte Julia.

»Sie waren heute sehr tapfer, vielen Dank. Jetzt gehen Sie nach Hause. Und gute Besserung.«

Marlon verkaufte die Bilder, tötete die Tante und kam nach Wien zur Eröffnung der Ausstellung, bei der die Kunstwerke ausgestellt waren. Nein, so konnte es nicht gewesen sein.

»Auf Wiedersehen, bis morgen.« Die Tür fiel zu.

Nachdem sie eine Weile vor ihren Karteien verbracht hatte und dann zu Margareta gegangen war, die aber ungewöhnlich still war und sich auch von Adeles Praxisanekdoten nicht aufmuntern lassen wollte, dehnte sich plötzlich ein langer Abend vor Adele. Sie konnte ins Kino gehen, sie konnte ins Theater gehen, sie konnte eine Freundin treffen – doch wer hätte denn Zeit, wenn sie sich einmal nach Monaten zu einem Anruf bequemte? Sie konnte sich allein in ein Restaurant setzen oder sich ein Essen nach Hause bringen lassen. Beides erschien ihr gleichermaßen unattraktiv. Dazu war sie so müde, dass ihr schon das Umkleiden anstrengend vorkam. Sie gesellte sich zu Mirza in die Küche.

»Wir bekommen morgen Besuch, das vergessen Sie eh nicht«, sagte sie, überflüssigerweise. Auf Mirza war immer Verlass, was Adele nicht von sich behaupten konnte. Für sie müsste die Stunde hundert Minuten haben, hatte Joseph ihr oft vorgehalten. Weil das aber nicht der Fall war, hastete sie den Pflichten hinterher und konnte doch nie alles erledigen.

»Nein, wie soll ich das vergessen, freue ich mich, wenn einmal Besuch kommt!« Mirza lächelte sie an. »Und heute haben Frau Doktor Dilly keinen Hunger?« Kaum sprach sie es aus, begann Adeles Magen zu knurren. Mirza hob der Reihe nach die Deckel von den Kochtöpfen. Hühnersuppe, Rindfleischragout mit Hörnchen, Kartoffeln mit Mangold. Dazu konnte sie noch ein Stück Fleisch oder Fisch abbraten, wenn Adele das mochte. Margareta war an manchen Tagen so heikel, dass Mirza dann zur Sicherheit gleich mehrere Menüs vorbereitete.

»Herrlich!« Adele ließ sich am Küchentisch nieder. »Keine Umstände, ich esse hier. Sonst fällt der Mama doch wieder was ein, heute ist eine heilige Ruh.«

Sie aß von allen Gerichten, bis sie nicht mehr konnte. Mirza setzte sich mit ihrem Kaffee gegenüber und sah ihr zufrieden beim Essen zu.

»Das ist ein Vergnügen. Die Frau Grete hat leider nicht so guten Appetit. Und ist dann immer die Köchin schuld.« Mirza lachte und zuckte die Achseln.

»Ein Glück, dass Sie es mit Humor tragen!« Adele stand auf und holte sich eine Tasse des dünnen Filterkaffees, den Mirza von früh bis abends in großen Mengen trank. »Sie dürfen sich aber nicht alles gefallen lassen. Lieber einmal protestieren, als dann eines Tages den Koffer zu packen und mit einem Fluch auf Nimmerwiedersehen abzurauschen. Habe ich ja schon erlebt. Und gut verstanden! Die Mami ist kein Honiglecken.« Sie nahm Mirza kurz um den Hals und drückte sie an sich. »Ich bin so froh, dass wir Sie haben, Mirza.«

Aus dem Wohnzimmer kam ein grantiges Hüsteln. Margareta hatte den Fernsehapparat stumm geschaltet und lauschte.

Adele machte, dass sie fortkam. Das Essen hatte sie so weit gestärkt, dass sie nun ihre Unternehmungslust in die Tat umsetzen konnte. Das schwarz-weiße Kleid hatte sie noch nie getragen, das zog sie nun an. Und dann aus dem Haus, ein Taxi in die Innenstadt, der Rest würde dann von selbst passieren.

Sie ließ den Fahrer vor dem *Hotel Sacher* halten. Auch zu der späten Stunde, nach halb elf Uhr abends, waren der Trubel und die Lebendigkeit der Innenstadt überall zu spüren. Früher hatten sie öfter die Köpfe von ihrem Arbeitstag ausgelüftet und waren manchmal noch später am Abend ausgegangen. Doch mit den Jahren wurde es Adele zu anstrengend, auch wenn Joseph ihr das nicht glaubte, sondern immer Margareta verdächtigte, ihre Tochter in Beschlag zu nehmen, bis der die Luft ausging. Ihr halbes Leben hatten sie über dieses Thema herumgestritten. Und obwohl sie nicht mehr zusammenwohnten und schließlich entschieden hatten, getrennte Wege zu gehen, der Konflikt hing immer noch in der Luft. Adele umrundete die Oper und tauchte in die Gässchen der alten Stadt ein. Sie konnte sich nicht erinnern, wann sie das letzte Mal hier unterwegs gewesen war. Ihre Kleider kaufte sie online, ins Kaffeehaus ging sie nicht, außer wenn sie jemanden zu einem geschäftlichen Termin traf. »Wann kommt das Vergnügen, Dilly, willst du dich zu Tode arbeiten?« Sie wollte die anklagende Stimme nicht hören. War sie nicht gerade unterwegs, um sich zu amüsieren? Wie von selbst trugen sie ihre Schritte in die Grashofgasse. In der Disco *Sowieso* an der Ecke hatte es einmal am Samstagabend gebrannt, und sie waren über die Fenstersimse entkommen, ein Schrecken, den Adele bis heute nicht vergessen hatte. Noch einmal um die Ecke, da, in der Köllnerhofgasse, war das *Café Glockenspiel.* Hier hatten sie sich vor beinahe einem halben Jahrhundert kennengelernt, siebzehn war Adele damals gewesen. Und jetzt ging er hin und trank alten Apfelschnaps. Auf ihr Wohl? Sie sah durch die Fenster in die kleine Bar. Gleichzeitig begann das alte Glockenspiel zu läuten. Joseph war nicht da. Nur zwei Frauen, die eine wohl die Serviererin, standen an der Bar, die Köpfe nahe aneinander, und unterhielten sich. Sollte sie hineingehen, auch auf einen Calva? Sie zögerte und entschied sich dagegen. Als sie um die Ecke bog, sah sie von der anderen Seite der Gasse ein Paar daherkommen. Es war Joseph in Begleitung einer Frau. Schnell zog sie sich hinter den Vorsprung eines alten Hauses zurück. Ohne Adele zu bemerken, gingen sie vorbei. Sie hörte die hohen Absätze der Frau auf dem Pflaster, Joseph, der etwas zu ihr sagte, und ihr Lachen. Dann waren sie schon beim Eingang zum *Glockenspiel.* Adele trat einen kleinen Schritt vor. Sie sah langes dunkles Haar, das offen auf die Schultern fiel, das Gesicht der Frau blieb verdeckt. Joseph öffnete die Tür für sie, dann waren sie verschwunden.

Plötzlich spürte sie ihre müden Beine, die Lust auf einen Lokalbesuch verflog. Am Fleischmarkt hielt sie ein Taxi auf und fuhr heim. Ihr kleiner Ausflug hatte kaum eine Stunde gedauert. Aber wenigstens hatte sie ein bisschen Bewegung gemacht. Joseph war ihr keine Treue schuldig und sie nicht ihm, das hatten sie sich gegenseitig versichert. Und Adele nahm es auch ernst. Sie wünschte Joseph, dass er nun endlich glücklich wurde, nachdem er so viele Jahre Rücksicht genommen hatte und sich an ihrer Seite zu kurz gekommen fühlte. Gleichzeitig spürte sie, dass die edle Haltung zu einem Gutteil Heuchelei war. In der Theorie war Toleranz kein Problem. Aber wenn sich herausstellte, dass die Frau mit dem dunklen Haar seine neue Freundin war? Sie wollte jetzt nicht daran denken. Sie ließ sich auf ihr Sofa fallen. Fernsehen? Nein, zu müde.

Die Zeitung lag vor ihr auf dem Boden, sie hob sie auf und las die Schlagzeile der Chronik: Toter im Donaukanal. Ein junger Amerikaner war aus dem Wasser gefischt worden. Die Todesursache war ungeklärt, vermutlich hatte er Selbstmord begangen. Ein 25-jähriger Student aus New York auf Europatour, er hatte Barcelona, Paris, Venedig besucht und nun Wien. Zuletzt las Adele den Namen: Marlon W. Ungläubig weitete sich ihr Blick.

# 9.

*Wir heirateten an einem grauen Wintertag. Über dem Wasser hingen die Nebelschleier, die Palazzi sahen aus wie mit Aquarellfarben hingetupft, zauberhaft und melancholisch zugleich. Etwas davon übertrug sich auch auf meine Stimmung. Sah ich Lauro an, war ich nur glücklich. Dieser wunderbare Mensch war nun für immer mit mir verbunden! Aber wer feierte dieses Glück mit uns? Von der Familie Agassian kam niemand. Meine Familie war meine Schwester, alle anderen waren fort, verschollen oder tot. Ich hatte Elisa geschrieben und sie eingeladen, doch sie schickte nur ein Glückwunschbillett mit einem geschmacklosen Bild, auf dem die Braut den Bräutigam mit Handschellen vom Altar abführt. Einen Altar gab es bei uns nicht, wir heirateten nicht in der Kirche. Bei unserer Verlobung hatte mich Lauro nach meiner Religion gefragt. »Ich habe keine«, sagte ich.*

*»Glaubst du an Gott?«, fragte er.*

*»Darüber denke ich nicht nach. Bis jetzt noch nicht.«*

*Er nickte zufrieden, er teilte meine Ansicht. Wir stimmten in allem überein. Das war das Wunder. Was zählte dagegen eine Familie?*

*In Venedigs berühmtem Standesamt mit Blick auf die Rialtobrücke gaben wir uns das Jawort. Lauros Künstlerfreunde –*

Maler, Schriftsteller, Musiker – waren zahlreich gekommen. Sein Trauzeuge hieß Frank, ein Engländer, der zum Studium der Renaissance nach Italien gekommen war und nun in Venedig lebte. Er stammte aus Brighton und wollte, ginge es nach ihm, den frostigen heimatlichen Boden nie mehr betreten. Er war ein glänzender Maler, seine Technik und auch seine Sujets orientierten sich an seinen Vorbildern Leonardo, Raffael, Botticelli. Die anderen beteten wie Lauro die Moderne an, den Kubismus, Fauvismus, die surreale Malerei. Einige wandten sich der abstrakten Kunst, Konstruktivismus und Suprematismus, zu. Alle diese Formen wurden damals heftig diskutiert. Ich hatte mich immer für Kunst interessiert und in New York auch schon eine Ausstellung Jackson Pollocks gesehen. Peggy Guggenheims Erklärung von der automatischen Malerei war mir in Erinnerung, und als ich davon erzählte, hörten mir die jungen Maler beeindruckt zu. Ich konnte mich nicht sehr dafür begeistern, was ich ihnen allerdings verschwieg.

Unser Hochzeitsmahl nahmen wir in unserem neuen Heim, dem Palazzo Agassian in San Polo, ein. Die erste Etage bestand aus einem Raum, der den ganzen Grundriss des Gebäudes einnahm, ein Riesensalon mit Fenstern auf drei Seiten. Zwei blickten auf einen kleinen Platz mit einem Brunnen, die dritte auf den Kanal. Lauro hatte Champagner und Kaviar bestellt, Piccolos in weißen Jacketts servierten, seine Musikerfreunde spielten für uns Canzoni di Napoli, Lieder von Liebe und Tod, und zum Abschluss die Barcarole. Frank kam mit seinem Glas zu mir.

»Ich habe ein Hochzeitsgeschenk für euch, aber nur, wenn du einverstanden bist.«

Ich schaute ihn neugierig an. »Was für ein Geschenk?«

»Ein Gemälde. Ich male euch als Hochzeitspaar.«

Er war noch sehr jung damals, kaum älter als ich. Schlaksig, fast bartlos, aber sehr selbstbewusst. Verglichen mit den venezianischen Künstlern wirkte er fast abweisend, sogar arrogant. Er sprach nicht viel, was auch an seinem damals noch schwachen Italienisch lag. Wir wechselten öfter ins Englische, wobei ich dann entdeckte, dass er einen trockenen Humor hatte. Gemälde sagte er, nicht Bild. Er hatte großes Talent und wusste es. Kein Wunder, dass er bei seinen Kollegen nicht allzu beliebt war.

»Wenn, dann zwei. Eines für Lauro und eines für mich. Wenn wir uns einmal trennen, müssen wir das Bild nicht zerschneiden.« Warum sagte ich das? An meinem Hochzeitstag? Es war ein Scherz, ich wollte mich nie, niemals von Lauro trennen. Damals lächelte Frank nur in seiner spöttischen kühlen Art.

»Gerne, schöne Pauline. Du schmeichelst mir mit der Vorstellung, ihr könntet über den Besitz meines Gemäldes in Streit geraten. Lass mich wissen, wann wir anfangen sollen.«

Die zweite Überraschung meiner Hochzeit war ein Gast, mit dem ich nicht gerechnet hatte. Bei meinem Besuch in Wien hatte ich nichts über Greti in Erfahrung bringen können. Ich schickte ihr eine Hochzeitseinladung an die alte Wohnadresse, doch es kam keine Antwort. Und dann, während wir mit Lauros Freunden feierten, stand sie auf einmal da. Ich erkannte sie nicht gleich. Sie war so dünn, bleich, fast durchsichtig ihre Haut. Früher hatte sie Zöpfe gehabt, jetzt war das Haar kurz und in Wellen gelegt. Und auch sie hätte mich nicht erkannt, gestand sie mir später. Auch ich war dünn und blass und fremd. Neun Jahre hatten wir uns nicht gesehen. Ich umarmte sie und lehnte mich an ihre Schulter.

»Wo bist du gewesen? Warum hast du mir nicht geschrieben? Wie geht es dir? Wo lebst du?« Es gab so viele Fragen. Und wenig Zeit. Greti musste schon am übernächsten Tag zurück, sie war mit einem Chauffeur, der Waren nach Italien transportierte, mitgenommen worden, auf dem Rückweg *nach Wien würde sie in Mestre zusteigen. »Ich habe nicht gewusst, ob ich kommen kann, deshalb habe ich mich nicht gemeldet. Das Geld für eine Bahnkarte habe ich leider nicht.«*

*»Das hätte ich dir doch geschickt.«*

*»Nein.« Gretis Wangen verfärbten sich rosa. »Meinst du, ich würde dich um was anbetteln?«*

*Ich sah ihr an, woran sie dachte. »Dir halte ich doch nicht vor, dass man mich von zu Hause davongejagt hat!« Ich breitete die Arme aus. »Schau mich an, ich hatte gar nichts, und jetzt bin ich auf Rosen gebettet! Das teile ich gern mit dir.«*

*Die Euphorie dieses besonderen Tages und die Freude über unser Wiedersehen sprachen aus mir, und der Champagner war mir wohl auch zu Kopf gestiegen. Greti sah mich an, mit großen Augen, sie begann zu lachen, und auf einmal erkannte ich sie, meine Freundin Greti von früher. Ich stimmte mit ein, wir lachten die Jahre fort, die Fremdheit, die bösen Erinnerungen.*

*In der Nacht, unserer Hochzeitsnacht, unserer ersten Nacht, sprachen wir, Lauro und ich, wenn wir uns von der Liebe ausruhten und den Glocken zuhörten, dem Wind, gegen Morgen den Schiffern, die den kleinen Kanal hinter dem Palazzo kreuzten. Es gab nichts, was fehlte, wehtat, auch nur einen Schatten Unzufriedenheit hinterließ.*

*»Er beschirmt dich mit seinen Flügeln, unter seinen Schwingen findest du Zuflucht, Schild und Schutz ist dir seine Treue.«*

*Lauro richtete sich auf und suchte im Halbdunkel meinen Blick. »Was sagst du, Liebste?«*

*»Du brauchst dich vor dem Schrecken der Nacht nicht zu fürchten, noch vor dem Pfeil, der am Tag dahinfliegt, nicht vor der Pest, die im Finstern schleicht, vor der Seuche, die zu Mittag wütet.«*

*Es waren Zeilen aus einem Psalm, den ich vor Langem auswendig gelernt hatte. Ich sprach ihn manchmal vor mich hin, auch wenn ich nicht darauf hoffte, je beschirmt und behütet zu werden, trösteten mich die Worte.*

*»Du hast mir gesagt, du glaubst nicht an Gott.«*

*Aber ich sprach nicht von Gott, ich meinte Lauro. Er war der Engel, der mir begegnet war und mich behütete auf allen meinen Wegen.*

U.

Ein Summer ertönte, und Adele trat in den Vorraum des Polizeikommissariats ein. Sie ließ sich von dem Beamten durch das Fenster begutachten, dann ging die nächste Tür auf.

»Herr Lorenz? Ich habe gestern angerufen wegen …«

»Nehmen Sie Platz.«

Er verschwand im Nebenraum und kam lange nicht wieder. War das der Polizist, mit dem sie gesprochen hatte? Zwar hatte man das Gespräch angeblich aufgezeichnet, doch was bedeutete das schon, es musste auch jemand abhören und protokollieren.

Da winkte er ihr, und sie folgte ihm in eine unaufgeräumte, mit Akten vollgestellte Kammer, sein Büro. Er nahm hinter dem Schreibtisch Platz und rückte den Computerbildschirm beiseite, damit er sie ansehen konnte.

»Sie sind der Herr Lorenz? Adele – ja, auch Lorenz.« Sie zuckte ein wenig belustigt über die Namensgleichheit die Achseln.

Er verzog keine Miene. »Worum geht es?«

»Wir haben telefoniert, oder mit einem Kollegen, der Tod des jungen Amerikaners.«

»Ja, ich erinnere mich, es war um …« Er warf einen Blick auf seinen vollgekritzelten Block.

»Gestern am späteren Abend.«

Er nickte und las weiter in seinen Notizen.

»Mir kommt das einfach seltsam vor, dass Marlon Waterman, der Großneffe meiner Wahltante Pauline Agassian, eine Sammlerin wertvoller Kunst, nach dem Begräbnis plötzlich in Wien bei einem Galeristen auftaucht, der möglicherweise auch mit meiner Tante Kontakt hatte.«

»Möglicherweise?«, wiederholte Lorenz. Er hatte eine zu lange schwarze Haarsträhne, die ihm ständig in die Stirn fiel.

»Bei der Eröffnung der Ausstellung war er im Fernsehen im Gespräch mit dem Galeristen, Herrn Rosen, zu sehen.«

»Aha, und weiter?«

Adele begann sich zu ärgern, doch das würde sie nicht zeigen, darauf legte er es ja offenbar an. »Vierundzwanzig Stunden später kam er unter merkwürdigen Umständen ums Leben«, sagte sie ruhig.

Der Polizist blätterte seinen Block um und kritzelte etwas auf die unbeschriebene Seite. »Es war Selbstmord.«

»Er ist ertrunken. Aber wissen Sie, ob er freiwillig sprang?«

Lorenz gab keine Antwort. Er schrieb nicht weiter, sondern wartete, den Stift in der Hand, was sie ihm noch zu sagen hatte. Die Uhr an der Wand bewegte sich mit einem leisen Knacksen von Minute zu Minute.

»Er hatte immerhin eine Riesenerbschaft in Aussicht.«

»Deswegen sprechen Sie von merkwürdigen Umständen?« Lorenz legte seinen Stift weg.

»Ich habe ihn vor kurzer Zeit in Venedig gesehen. Den Eindruck eines Selbstmordkandidaten hat er da nicht gemacht.«

Lorenz resümierte: »Marlon Frederick Waterman, ein junger Amerikaner auf Europatour, der schaut sich die Städte an, das sind doch heute keine Distanzen, für Amerikaner schon gar nicht. Bei der Gelegenheit besucht er in Wien eine Ausstellung, ich kann nichts Außergewöhnliches oder Merkwürdiges daran finden. Über seine Befindlichkeit wissen wir nichts, wissen auch Sie nichts, Frau Lorenz. Vielleicht hat ja der Tod der Tante eine Depression bei ihm ausgelöst«, fügte er hinzu.

»Er hat sie, soviel ich weiß, nicht einmal persönlich gekannt.«

»Man kann leider in keinen Menschen hineinsehen. Auf Fremdverschulden haben wir keinen Hinweis gefunden.« Allerdings hatten sich auch keine Zeugen gemeldet, der Tod war in der Nacht eingetreten, gegen Mitternacht.

»Warum fragen Sie den Galeristen nicht, worum es bei dem Gespräch ging?«, schlug Adele vor.

»Sind Sie sicher, dass sich die beiden unterhalten haben?«, fragte Lorenz zurück.

In dem TV-Beitrag war Marlon nur ein paar Sekunden im Bild gewesen. Zu ihrer Überraschung hatte er sich die Aufzeichnung bereits angesehen. Sie überlegte, ob sie die Umstände von Paulines Ende erwähnen sollte, doch das würde den Polizisten nicht weiter beeindrucken. Was war an dem Tod einer über Neunzigjährigen ungewöhnlich?

Wieder räusperte sich der Minutenzeiger der Uhr und sprang weiter. Das Gespräch war zu Ende. Er erhob sich. Zum Abschied reichte er ihr die Hand. »Machen Sie sich keine Sorgen, wir gehen jeder Möglichkeit nach«, sagte er freundlicher, weil er sie nun endlich loswurde.

»Wenn ich das glauben kann, bin ich beruhigt«, antwortete sie und versuchte, nicht sarkastisch zu klingen.

»Eine Polizeiermittlung ist nicht der *Tatort* am Sonntagabend, das Fernsehen verblödet die Leute in der Hinsicht leider.«

»›Dümmer, als die Polizei erlaubt‹, heißt es, doch den Spruch gibt es auch anders: ›Die Polizei ist dümmer als erlaubt‹«, erwiderte Adele.

»Nie gehört«, sagte er lächelnd.

»Dann wurde es ja Zeit.« Sie ließ ihn stehen und ging zum Ausgang. Er rächte sich, indem er den Türöffner nicht betätigte, bis sie die Geduld verlor und Anstalten machte, in sein Büro zurückzustürmen. Da erst drückte er den Summer und nickte ihr zum Abschied lächelnd zu.

Mirza machte Krautrouladen. Je nach Region hießen sie Kohlwickel, Golubzy oder Sarma, ein Rezept mit vielen Varianten. Die Füllung, faschiertes Fleisch mit oder ohne Reis, gewickelt in Blätter, die je nach Gegend verschiedene Bezeichnungen trugen: Kraut – Weißkohl, Grünkohl – Wirsing. In Südosteuropa kamen auch Weinblätter infrage. Die Rouladen wurden in der Pfanne geschmort oder im Backrohr gebraten. Manche dünsteten sie mit Tomaten. Die in Wien Paradeiser hießen. Alle Rezepte und ihre Bezeichnungen wurden mit Stolz und großer Vehemenz als die besten und einzig richtigen verteidigt. Auch Mirza schwor auf ihr Rezept:

»Bei uns in Rumänien machen wir so, im Backrohr. Nix vorher anbraten, ist nicht nötig. Schaut, sind schön braun rundherum. Und drinnen natürlich Schweinefleisch und Rind gemischt, mit Reis, aber auch Speck. Man kann noch Gerippe von Schwein dazulegen. Aber ist vielleicht für die Damen zu schwer.«

Adele saß zwischen Chris und Biggi am Esstisch, ihre Mutter gegenüber. Mirza teilte die Rouladen aus und übergoss sie mit Rahm. Dazu gab es Reis und Paprikasalat.

»Und was das Beste ist, sie werden besser bei jedem Aufwärmen.«

Alle griffen zu, nur Margareta schob ihren Teller gleich wieder weg.

»Was ist denn mit dir, Mama, keinen Appetit?«, fragte Adele besorgt.

»Ich bevorzuge die österreichische Küche. Sie ist immerhin in der ganzen Welt berühmt, was man von der rumänischen nicht behaupten kann.«

»Wollte nur, dass Frau Margareta ein Stück probieren«, erklärte Mirza. Sie ging in die Küche und kehrte mit einem Töpfchen zurück. »Eingemachtes Kalbfleisch, ganz nach Ihrem Rezept habe ich es gemacht.« Sie stellte das Geschirr vor Margareta ab. Die lüpfte den Deckel und schnupperte.

»Und?«, wollte Adele wissen. »Die Rouladen sind ein Gedicht. Kompliment, Mirza!«

Margareta kostete und löffelte sich eine Portion auf den Teller. Sie begann zu essen.

»Mama?«

»Ja, was?«

Adele versuchte, sich nicht über ihre Mutter zu ärgern. »Ob es dir schmeckt, frage ich.«

»Ach, lass mich doch in Ruhe essen.«

Chris deutete auf den Bräter mit den Krautrouladen. »Ist es sehr unverschämt, wenn ich mich noch einmal bediene? Weil Sie gemeint haben, die werden besser beim Aufwärmen.«

»Ich wäre auch an einem Nachschlag interessiert«, schloss sich Biggi an. »Ich fürchte, wenn wir unserer Verfressenheit freie Bahn lassen, gibt es nichts zum Aufwärmen.«

Mirza lachte vergnügt. »Ich habe noch einen ganzen Topf im Rohr stehen. Essen Sie nur recht viel, Kraut ist gesund und macht lustig.« Sie warf Margareta einen Blick zu.

»Aha«, meinte Margareta. »Ist das vielleicht eine Anspielung? Ich kann auch in meinem Zimmer essen, wenn ich die gute Laune verderbe.«

»Aber nein.« Adele tätschelte ihrer Mutter die Hand.

»Wir brauchen doch deine Meinung zu dieser rätselhaften Geschichte.«

Margareta gab keine Antwort, doch sie aß einigermaßen besänftigt weiter.

Als alle aufgegessen hatten, stellte Mirza einen Kräuterschnaps auf den Tisch. »Von mir selbst angesetzt«, betonte sie.

Der schmeckte selbst Margareta. Sie war es, die als Erste das Wort ergriff:

»Pauline hat am Telefon von zwei Bildern gesprochen, die sie weggegeben hat«, wandte sie sich an Adele.

»Ja, stimmt. Ich habe mich noch gewundert, weil sie doch in einem ganzen Palazzo voller Gemälde wohnte.«

Nun meldete sich Chris zu Wort. »Eine Ausstellung wird doch über Monate, wenn nicht Jahre geplant. Was soll das mit Marlon zu tun haben?«

»Marlon war bei der Vernissage, er hat mit dem Galeristen gesprochen. Nur ein Zufall? Das glauben wir doch alle nicht.« Biggi leerte ihren Schnaps auf einen Zug. »Angenommen, Pauline hat dem Galeristen Bilder verkauft, dann frage ich mich, wo wäre da ein Grund, Marlon aus dem Weg zu räumen?«

»Rosen wollte nicht zahlen«, schlug Chris vor. »Oder zu wenig.«

»Und Marlon drohte ihm und wurde dafür umgebracht«, setzte Biggi fort. »Überzeugt euch das?«

»Ich frage mich trotzdem, welche Bilder Pauline gemeint hat. Hast du eine Idee, Mama?«

Margareta überlegte. »Pauline hat sich immer für Kunst interessiert. Ich dagegen nicht so sehr, deshalb haben wir uns über das Thema kaum unterhalten.« Sie sah plötzlich ernst drein. »Über so vieles haben wir nicht gesprochen. Jetzt ist es zu spät.«

»Würden wir der Lösung näher kommen, wenn wir es wüssten?«

Auf diese letzte Frage Adeles wusste keine von ihnen eine Antwort. Mirza beendete das Schweigen.

»Das Dessert, bitte schön: Rumänische Schokoladewurst. Bitterschokolade mit Rumrosinen und gehackten Mandeln und Pistazien!«

Margareta kostete ein Stückchen und ließ die Gabel fallen.

»Schmeckt es nicht, Frau Greterl?« Mirza sah Margareta an, dass es ihr nicht gut ging. »Wollen Sie in Ihr Zimmer, sind Sie müde?«

Margareta stieß ein ärgerliches Schnauben aus. »Wie ich diesen gönnerhaften Ton verabscheue! Ich kann nicht gehen, aber denken kann ich noch! Und jetzt genug mit diesem Balkanschmarrn, ich esse das nicht.«

Adele machte heimlich eine entschuldigende Geste zu Mirza. Margareta bemerkte es und schlug zornig mit der Hand auf den Tisch. »Und keine Verabredungen hinter meinem Rücken, das verbitte ich mir!«

Adele stand auf. »Ich glaube, wir setzen unsere Unterhaltung lieber bei mir oben fort. Wenn Mama anfängt zu toben, kann das dauern.«

Margareta schaute zornig zu ihr hoch. Sie hatte eine gehässige Bemerkung auf den Lippen, gleich würde sie losschreien, das kannte Adele zur Genüge. Doch es geschah nicht. Margareta ließ plötzlich den Kopf sinken.

»Bitte, schimpfen Sie nicht, Frau Doktor. Ich glaube, die Mama braucht jetzt Ruhe.« Mirza wollte den Rollstuhl in Bewegung setzen, da sagte Margareta plötzlich leise vor sich hin. »Zwei Bilder. Sie hingen oben in ihrem Schlafzimmer, weißt du nicht mehr, Dilly?«

Adele schüttelte den Kopf. »Ich kann mich nicht erinnern.«

»Aber ich«, Margaretas Stimme war fast nur mehr ein Flüstern. »Jetzt fällt es mir wieder ein.«

Adele beugte sich über ihre Mutter. »Was?«

Mirza löste die Bremsen des Rollstuhls. »Das war heute zu viel für sie. Zuerst die große Aufregung und dann noch Besuch. Frau Grete ist müde.«

Margareta widersprach nicht. Adele suchte ihren Blick, doch da hatte sie schon die Augen geschlossen.

U

*Beinahe ein Jahr verging. Jeder Tag war wie eine frisch gepflückte Blume in einem Strauß, oder nein, ein schöneres Bild, jeden Tag öffnete sich eine neue Blüte an einem blühenden Strauch. Ein Frühling, ein Sommer, ein Herbst. Es war ein wunderbares Jahr, und ich dachte, so würde es weitergehen. Franco, wie sich Frank nun nannte, ließ sich viel Zeit mit den Bildern. Es waren, da waren wir uns einig, die schönsten Porträts, die wir uns vorstellen konnten. Er hatte seinen Stil geändert, was an uns lag, wie er betonte, ein Scheideweg, an dem er eine neue Richtung einschlug. Zwei Meisterwerke. Sie lehnten im Salon an der Wand, weil wir uns nicht entschließen konnten, wo im Haus der beste Platz für sie war. Mit Lauros Künstlerfreunden, die nun auch meine waren, feierten wir viele Feste. In die Fabrik ging Lauro nur selten und ich gar nicht mehr, Herr Agassian hatte mir am Tag unserer Verlobung gekündigt. Ich wollte mir eine andere Stellung als Übersetzerin suchen, aber ich schob es immer wieder hinaus, weil ich so viel Zeit wie möglich mit Lauro verbringen wollte. Er hatte Differenzen mit seinem Vater, sprach aber nicht darüber. Er verbrachte Tage mit seiner Malerei, ich saß auf dem Balkon, las oder spielte Schallplatten und sah über die Lagune. Als die Tage grau und feucht wurden, änderte sich Lauros Stimmung. Er hatte das ganze Jahr mit einer Entscheidung gerungen, in Wahrheit schon viel länger, doch mit unserer Hochzeit war er endgültig auf Distanz zu seinem Vater gegangen.*

*»Ich werde das Unternehmen nicht weiterführen«, sagte er. »Als Davide gestorben ist, hat mir mein Vater dieses Versprechen abverlangt, aber ich kann es nicht einhalten. Jeder Mensch hat seine erste Pflicht sich selbst gegenüber.«*

*Er übte die Rede, die er seinem Vater halten wollte. Doch selbst ich, die ihn nur kurz kennengelernt hatte, wusste, das würde ihm keinen Eindruck machen.*

*»Gibt es denn keinen Mittelweg? Du studierst Malerei und leitest die Firma mit einem Geschäftsführer. Noch lebt Herr Agassian und kann einen Geschäftsführer selbst in seinem Sinn aufbauen. Vielleicht solltest du ihm das vorschlagen, Lauro.«*

*Zuerst schüttelte er den Kopf, dann richtete er sich plötzlich auf. »Paulina!« Er sah mich mit neuen Augen an. »Du! Du könntest die Fabrik führen. Vater hat schon nach deinem ersten Arbeitstag festgestellt, du hast ein Köpfchen für das Geschäft.«*

*Niemals würde er sich damit einverstanden erklären. Er hatte unsere Heirat als Verrat an seiner Familie und seinen Idealen betrachtet und wollte nichts mit mir zu tun haben. Warum war das mir klar, aber Lauro nicht? Doch er ließ sich nicht mehr von der Idee abbringen.*

*Er zeigte mir ein Bild, das er vor Kurzem fertiggestellt hatte, eine Art abstrahiertes Selbstporträt. Ein Foto mit Bruchstellen, schwarzen Flecken, wie mit Spinnweben und Staub überzogen. Ich war tief beeindruckt, aber auch bestürzt. Es strahlte so eine Düsternis aus, als wären die schönen Stunden des Jahres für immer vorbei. Aber Lauro winkte nur ab, ich verstand ihn nicht.*

*»Für mich wird es Zeit. Sonst ist es zu spät. Ich bin nicht mehr als ein begabter Dilettant. Und bin ich wirklich begabt oder nur eine geschickte Feder und kann gar nichts Eigenständiges hervorbringen?«*

*Wer wollte das beurteilen? Ich sagte nicht, dass die Kunstgeschichte voll von Epigonen war, die sich mit vollem Recht als gute Maler angesehen hatten. Doch wirklich Neues kam nicht oft vor unter der Sonne. Verstand ich damals wirklich so viel von Kunst? Dichte ich mir die Vergangenheit im Nachhinein um? Das kann sein. Ich habe darüber so viel gegrübelt und gehadert, es war der Angelpunkt, an dem sich unser Leben wendete.*

*Lauro bat seinen Vater um eine Unterredung. Sie verabredeten sich im Büro. Lauro bestand darauf, dass ich ihn begleitete, und ich gab nach, obwohl ich seinen Plan nicht guthieß. Herr Agassian war nicht umzustimmen, eine solche Konfrontation würde ihn nur verärgern. Lauro aber wünschte eine Entscheidung. Es kam, wie ich erwartet hatte. Als Herr Agassian meiner ansichtig wurde, erhob er sich.*

*»Ich habe der Signorina nichts zu sagen.« Er schüttelte streng den Kopf.*

*»Das ist Signora Agassian, meine Gemahlin, mia moglie Paulina«, erwiderte Lauro viel zu heftig. Er wollte mich vor sich her zu einem der Besucherfauteuils schieben, doch ich sträubte mich.*

*»Ich warte draußen.« Ich machte mich von ihm los und verließ den Raum. Hinter mir erhob Lauro wieder anklagend die Stimme. Ich schloss schnell die Tür. Der Tag war regnerisch und kühl. Ich entfernte mich nicht weit, nur ein paar Schritte bis zum Kanal. Ein unangenehmer Wind blies vom Wasser her, und ich kehrte wieder um. Die Unterredung würde nicht lange dauern. Als ich ins Haus kam, hörte ich die Bürotür zuknallen. Zugleich erhob sich von oben ein durch-*

*dringendes knirschendes Geräusch. Im Entree der Fabrik hing ein riesiger Lüster aus Muranoglas, wunderbar geschliffen und gefärbt in Rosa, Blau und Gold, ein Aushängeschild des Könnens der Glasmanufaktur Agassian. Vor meinen Augen begann er zu schwanken und stürzte unter furchtbarem Klirren zu Boden. Ich hörte einen Schrei, Lauro. Es war Lauro! Ich lief hin und konnte nichts sehen, die funkelnden farbigen Scherben bedeckten seinen Körper, und darüber hing Mauerstaub in einer großen, erstickenden Wolke. Ich kniete hin, schob das Glas mit beiden Händen weg, schnitt mich und spürte nicht einmal einen Schmerz, und die ganze Zeit schrie und weinte ich, aber ohne einen Laut, ohne eine Träne.*

*Dann hielt ich ihn in den Armen, das, was mir von Lauro geblieben war. Sein Gesicht eine blutige Masse, der Hals durchschnitten. Kein Funke Hoffnung. Mein Lauro war tot.*

# 10.

Der Mittagspatient sagte ab, zehn Minuten vor seinem Termin. Statt zu schimpfen, ergriff Adele die Gelegenheit. Sie zog sich um und ging zu Fuß los. Einen Teil des Weges, vom Brahmsplatz bis zur Oper, legte sie im Laufschritt zurück, dann, an der Ringstraße angekommen, wurde sie langsamer. Die Wiener Innenstadt war zu jeder Jahreszeit eine verwitterte Schönheit, doch der Herbst stand ihr besonders gut. Die Alleebäume trugen noch ihr letztes orange und gelb leuchtendes Laub, am Himmel zogen die Wolken schnell und gaben immer wieder kleine blaue Ausschnitte frei. Sie ging am Goethedenkmal vorbei. Ein Windstoß fuhr um die Ecke und riss an Adeles Haar, was sie nicht leiden konnte. Doch deshalb, hieß es, war Wien die Großstadt mit der besten Luftqualität. Windstille gab es hier nur ausnahmsweise.

Die *Galerie Rosen* hatte erst vor Kurzem eröffnet. Adele grübelte, was für ein Geschäft vorher hier gewesen war. Es fiel ihr nicht ein. Sie öffnete die gläserne Eingangstür und trat ein. Drinnen herrschte eine Stille eigener Art wie in einer Kirche oder einem Museum. Über eine Freitreppe gelangte man in drei große Ausstellungsräume im Obergeschoss, der ehemaligen Beletage eines Ringstraßenpalais. Durch die Fenster sah man auf den alten Wiener Prachtboulevard, ein Blick, der sie an Bilder französischer Impressionisten erinnerte. Trotz des grauen Wetters war die Aussicht auf die Museen und weiter vorne das Parlament großartig. Die Miete hier musste horrend hoch sein. Im letzten der drei Räume gab es eine Sitzecke mit einem Kaffeeautomaten. Eine Frau in kurzem Kleid und hohen klappernden Absätzen legte Kataloge zurecht und zog sich wieder zurück.

Adele war die einzige Besucherin der Ausstellung und sofort fasziniert. Es waren Gesichter, vor allem Frauengesichter, gemalt, gezeichnet, fotografiert. Mit Geschick, ja, Raffinesse hingen sie in Augenhöhe des Betrachters und traten mit ihm in Dialog, fingen seinen Blick ein, hielten ihn fest. Dann stand sie vor den Lardinis. Es war ein Hochzeitspaar. Die Frau sehr jung, ein Mädchen mit mandelförmigen schwarzen Augen und schwarzem geflochtenem Haar, darauf kein Hochzeitsschleier, sondern ein mit Perlen besticktes Netz. Es war ohne Zweifel die junge Pauline. Das zweite Bild, so dicht gehängt, dass sich die Rahmen beinahe berührten, stellte die Fortsetzung dar. Den Bräutigam mit schwarzen Locken und großen, ernsten Augen. Sie lächelten nicht, aber die Frau strahlte ihr junges Glück aus, der Mann wirkte in tiefe Nachdenklichkeit versunken.

»Kann ich Ihnen helfen?« Es war die Frau mit den High Heels. Adele stieg der Duft ihres Parfum in die Nase, süß und zu intensiv. Sie wandte sich nach ihr um. Das Haar der jungen Frau war sorgfältig glatt geföhnt und fiel wie ein dunkler Vorhang um ihre Schultern. Ihr Lipgloss glänzte. Trug sie künstliche Wimpern? Adele spürte einen heftigen Widerwillen gegen ihre Erscheinung, befiel sie schon die Eifersucht der alten Frau im Angesicht der Jugend?

»Ich möchte gern mit Herrn Rosen sprechen«, sagte sie ruhig.

»Ich bin Pia Grunsky, Herrn Rosens Assistentin. Herr Rosen ist leider nicht im Haus.«

Adele wandte sich noch einmal den Lardinis zu. Alle Bilder trugen Preisschilder außer diesen beiden, da stand: auf Anfrage. Was mochten sie kosten? Adele fragte nicht. Rosens Assistentin klapperte davon und war nicht mehr zu sehen. Kurze Zeit darauf hörte sie unten im Erdgeschoss Schritte und ging zur Treppe. Ein schlanker kleiner Mann durchquerte die Halle. Sie erkannte den Galeristen und rief hinunter.

»Berti! Du wirst erwartet.«

Er warf einen kurzen ungehaltenen Blick hinauf und schüttelte den Kopf, da setzte sie hinzu:

»Es handelt sich um die Bilder von Pauline Agassian.«

Bildete sie sich sein Zusammenzucken ein? Er blieb jedenfalls stehen und erwartete sie am Fuß der Treppe.

»Mein Name ist Doktor Lorenz.« Sie gab ihm die Hand.

»Albert Rosen. – Bitte.« Er wies ihr den Weg zu seinem Büro.

Aus dem Augenwinkel sah Adele, dass Pia oben an der Treppe stand und mit einer seltsam verkniffenen Miene auf sie heruntersah.

»Was kann ich für Sie tun?«, fragte Rosen. Er bot Adele Platz an seinem Schreibtisch an und suchte nach einem Aschenbecher. »Rauchen Sie?«

»Nein, nicht mehr.«

»Ein Laster, ich weiß.« Er zündete sich eine Zigarette an.

»Ich bin hier, weil ich mich für die Herkunft der zwei Lardinis interessiere«, sagte Adele.

Rosen paffte. »Herkunft?«, wiederholte er. »Darf ich fragen, warum?«

»Pauline Agassian war die Besitzerin dieser Bilder. Sie ist gestorben, und ich habe den Verdacht, dass ein Verwandter von ihr, Marlon Waterman, sie unberechtigterweise verkauft hat.«

Diesmal war die Reaktion des Galeristen unverhohlen, er stand sogar auf vor Empörung.

»Was wollen Sie? Ich habe mit diesem Mann nichts zu tun. Und ich weiß noch immer nicht, mit welchem Recht Sie sich für diese zwei Bilder interessieren. Sind Sie eine Verwandte von Frau Agassian?«

Adele schüttelte den Kopf. »Sie war eine Freundin meiner Familie und stand uns sehr nahe.«

Rosen ging zur Tür. »Meine Zeit ist beschränkt. Ich ersuche Sie, wenn Sie weitere Auskünfte wünschen, sich schriftlich an die Galerie zu wenden, mein Rechtsberater wird sich dann damit befassen.«

Adele erhob sich. »Marlon war bei der Vernissage, er hat mit Ihnen gesprochen. Und nun ist er auf einmal tot. Seltsam, dass Sie sich nicht erinnern wollen.«

Er war nun wütend, doch er beherrschte sich. »Pia!«, rief er.

Pia erschien in der Tür.

»Bitte die Frau Doktor um Ihre Karte, damit wir uns gegebenenfalls mit ihr in Verbindung setzen können«, wies er sie an.

»Das ist nicht nötig«, erwiderte Adele. Sie schob sich an Pia vorbei. »Was kosten die Lardinis eigentlich?«, fragte sie.

»700.000«, sagte Pia prompt. »Pro Bild. Aber sie sind nur gemeinsam zu kaufen.«

»Ich muss mich verabschieden.« Rosen hob grüßend die Hand und schloss seine Bürotür.

Pia und Adele standen einander gegenüber, nur einen Moment, aber er genügte, um Adeles Widerwillen von Neuem anzufachen. Sie verabscheute dieses aufgetakelte Mädchen.

»Auf Wiedersehen. Wenn Sie mir Ihre Daten geben, kann ich Sie über unsere nächsten Ausstellungen informieren«, bot Pia ihr an, doch Adele war schon auf dem Weg zur Tür.

Wie Rosen hob sie nur grüßend die Hand und verließ die Galerie. Draußen empfing sie der kalte Herbstwind. Sie zog den Kopf ein und sprintete los. Zornig über sich, resümierte sie den Verlauf des Gesprächs. Warum war sie mit der Tür ins Haus gefallen? Wie hatte sie erwarten können, dass er zugab, mit Marlon in Kontakt gewesen zu sein? Einem Mann, der ein paar Stunden später unter solchen Umständen zu Tode gekommen war? Aber Pauline kannte er, das hatte er faktisch zugegeben. Das bedeutete allerdings nicht viel, Pauline hatte viele Jahre Kunst gesammelt und sich in Fachkreisen damit bestimmt einen Namen gemacht. Wie der fliegende Robert eilte Adele die Ringstraße entlang. Erst als sie in ihr Viertel kam und ihr allmählich der Atem ausging, verlangsamte sie ihr Tempo. Unter der Platane vor dem Haus blieb sie stehen und sah auf die Uhr. Eine halbe Stunde Zeit blieb ihr für ein schnelles Mittagessen, bevor die Nachmittagsordination begann. Sie kramte ihren Schlüssel aus der Tasche. Auf der anderen Straßenseite hielt ein grüner Sportwagen, es war ein Oldtimer-Porsche. So einer hatte doch bei der Galerie geparkt! Eine Frau saß am Steuer. Dunkles langes Haar wie Rosens Assistentin in der Galerie. Adele schaute ein zweites Mal hin. Wahrscheinlich täuschte sie sich. Was sollte die Frau hier zu suchen haben? Adele ging ins Haus.

»Mirza?« Adele sperrte die Wohnungstür ihrer Mutter auf. Das Vorzimmer lag im Halbdunkel. In der Küche lief das Wasser, Mirza wusch gerade ab.

»Kommen Sie, Frau Doktor. Bin gleich fertig.«

»Gibt's noch eine von den herrlichen Krautrouladen?«

Mirza lachte. »Na, sicher. Drei Minuten, und Sie können essen.«

Adele ging ins Wohnzimmer, um nach ihrer Mutter zu sehen. Margareta saß am Fenster. Mirza hatte ihr einen Polster in den Rücken geschoben und einen zweiten, kleineren in den Nacken, sodass sie den Kopf anlehnen konnte. Sie schaute gern dem Treiben auf der Straße zu, die Geräusche von draußen machten ihr, seit sie nicht mehr so gut hörte, nichts aus. Adele wollte sie ansprechen, doch rechtzeitig entdeckte sie, dass die alte Frau eingenickt war. Schade, sie hätte ihr gern die zwei großartigen Hochzeitsbilder beschrieben. Vielleicht erinnerte sich Margareta daran. Doch wenn auch nicht, Adele war sich sicher, dass das Bild Pauline darstellte. Und von Lauro Agassian musste es auch irgendwo ein Foto geben.

Sie sah auf die Uhr, die Zeit lief ihr davon. Jetzt schnell noch ein paar Bissen, dann musste sie an die Arbeit. Mirza hatte ihr einen Teller auf den Tisch gestellt.

»Sarma muss man in Ruhe essen, sonst rebelliert Bauch«, warnte Mirza, aber Adele schlang im Stehen eine halbe Roulade hinunter. »Am Abend esse ich weiter!«, kündigte sie an und winkte zum Abschied.

In der Ordination roch es durchdringend nach Gulasch. Julia konnte nicht kochen und ernährte sich zu Mittag vornehmlich von Dosen. Adele hatte ihr schon öfter andere Fertiggerichte angeboten, doch Julia bevorzugte deftige Speisen – Krautfleisch, Würstel mit Saft, Bohneneintopf und Gulasch in allen Variationen. Adele riss die Fenster im Wartezimmer auf, ging weiter ins Büro und öffnete auch dort das Fenster. Ein Windstoß fuhr herein und bewegte die Papiere auf dem Schreibtisch. Adele stürzte hin und brachte sie in Sicherheit. Ein Gedanke fuhr ihr durch den Kopf, eine Erinnerung, die ihr sofort wieder entwischte. Der Summer ertönte, das war der Fünfzehn-Uhr-Patient. Adele beugte sich über den Terminkalender. Die lange besprochene Wurzelbehandlung. Wo lag die Kartei?

»Julia? Was haben Sie vorbereitet?«

»Alles da, Frau Doktor. Die Kartei ist schon drinnen, die Röntgen hängen, das Panorama machen wir neu, haben Sie gesagt.«

»Eine Minute noch, dann geht's los.«

Adele tippte eine Nachricht in ihr Handy. Sie drückte auf Senden.

U.

Chris war bestimmt zwanzig Jahre nicht mehr im *Café Rathaus* gewesen, doch die Zeit schien hier stehen geblieben zu sein. Die schwarz-weißen Marmortische, die alten Hängelüster, die biedermeierlichen Stadtansichten an den Wänden – alles, wie sie es in Erinnerung hatte. Die Sitzbänke waren aufgepolstert worden und hatten neue Bezüge bekommen, die den alten aufs Haar glichen, und der Samtvorhang an der Tür, der vor Zugluft schützen sollte, mochte auch durch einen anderen ersetzt worden sein. Die Stimmung aber war unverändert. An einem Nachmittag um zwei Uhr, wenn die arbeitende Bevölkerung wieder in die Büros und Geschäfte zurückgekehrt war, füllte sich das Lokal langsam mit einer anderen Art von Besuchern, die über Zeit verfügten und sich Zeit ließen: den Pensionisten und den Studenten. Eine köstliche Stille herrschte im Lokal. Die meisten lasen, die ältere Generation Zeitungen, Magazine, Bücher, die Jungen vom i-Pad oder Laptop. Chris entdeckte, dass der Missmut, der sie seit ihrer Pensionierung befallen hatte und nur selten schwand, wie weggeblasen war. Sie fühlte sich wohl. Konnte es sein, dass sie das neue Leben zu genießen begann, die Freiheit, mit allen Stunden des Tages anzufangen, was ihr gefiel? Sie musste plötzlich in sich hineingrinsen.

Chris hatte die Tageszeitungen neben sich aufgestapelt, las aber halb versteckt in einem Magazin einen Artikel über die unfehlbarsten Diäten. Sie glaubte kein Wort davon, aber das weiche Papier, das übersichtliche Schriftbild, die großen Bilder, die vollkommene Anspruchslosigkeit der Lektüre trösteten sie. Warum sollte sie, die im Beruf jahrzehntelang Bücher gelesen und bewertet hatte, sich nicht aus der Welt der Literatur verabschieden und nur mehr lesen, was ihr kein Kopfzerbrechen machte? Sie fand ihr Plädoyer für die Seichtheit lächerlich, doch führte sie es nur mit sich selbst. Außerdem waren die sogenannten Frauenmagazine gar nicht so seicht und Überheblichkeit ohnehin ein Laster, dem sie lang genug gefrönt hatte. Chris sah auf die Uhr. Biggi war zu spät, immer zu spät. Chris versuchte, tolerant zu sein, absolute Pünktlichkeit war spießig, und was lief ihnen denn davon, sie waren in Pension und hatten Zeit genug. Doch ihr Bauch begann, vor Ungeduld zu kribbeln, wenn sie warten musste, an der Supermarktkassa, an der U-Bahnhaltestelle, beim Arzt. Sie musste sich zur Geduld erziehen, sonst vergällte sie sich ihren Lebensabend. Was für ein Wort – Adele hätte sich die Ohren zugehalten. Wie als Antwort darauf piepste in ihrer Handtasche das Handy. Wenn Biggi ihr nun mit irgendwelchen Ausflüchten kam – das Treffen um drei Uhr im *Café Rathaus* war ihr Wunsch gewesen! Aber die SMS kam von Adele.

»*Galerie Rosen* besucht. Die Lardini-Bilder eindeutig Pauline. Rosen wehrt Fragen ab, leugnet Bekanntschaft Marlon. Tel später, Wurzelbehandlung wartet.«

Chris befühlte sofort das Loch in ihrem Zahn. Abscheulich, wie die Ärzte die Patienten mit ihrer Krankheit oder deren Behandlung gleichsetzten. Aber ihre dumpfen Gedanken waren verflogen, sie fühlte sich hellwach. Herr Rosen, ein Ungustl erster Klasse, wenn man ihn nach seinem Fernsehauftritt beurteilte, benahm sich also verdächtig. Sie hatten sich den TV-Beitrag mehrmals angesehen, das war kein unbeabsichtigtes Zusammentreffen zweier Fremder, Marlon sprach mit Rosen, und der reagierte darauf. Und wie? Abwehrend. Marlon hatte ihm etwas gesagt, das er nicht hören wollte – eine Frage, eine Drohung?

»Hey, tut mir leid, ich glaub, ich bin zu spät.« Biggi stand vor ihr mit erhitzten Wangen und blitzenden Augen.

»Ich glaube?«, wiederholte Chris spöttisch.

Biggi lachte. »Etwas hat mich aufgehalten.«

»Wie gewöhnlich, es gibt immer einen Grund.«

»Jemand«, präzisierte Biggi.

Chris zog die Augenbrauen in gespielter Überraschung hoch.

»Stell dir vor, der Mann, der mich in die Champagnerbar einladen wollte, hat vor dem Geschäft auf mich gewartet.«

»Seit eurer letzten Begegnung vor … einer Woche, oder wie lange ist es her? Ich bin beeindruckt.«

»Natürlich nicht.« Biggi ließ sich nicht aus der Fassung bringen. »Aber er ist einige Male gekommen, hat er gesagt, er wollte mich unbedingt wiedersehen.« Sie seufzte auf. »Er ist nett.«

»Und weiter?«, fragte Chris und schluckte, weil sie die Spitzen und Spötteleien, die ihr jederzeit so leicht über die Lippen kamen, plötzlich gemein fand. Biggi sah so vergnügt aus wie schon lange nicht.

Biggi schüttelte leicht den Kopf. »Keine Ahnung. Ich habe seine Telefonnummer und werde ihn anrufen. Ich konnte dich doch nicht versetzen, meine liebe Freundin.«

Chris überhörte das leise Bedauern in Biggis Stimme. »Du hättest auch was versäumt«, beschloss sie, das Thema zu wechseln. »Hast du dir deine Nachrichten angesehen?« Chris ließ ihr Handy entweder zu Hause liegen oder hatte es so tief in ihrer Tasche vergraben, dass sie es nicht rechtzeitig fand. Sie hob selten ab und las ihre Nachrichten mit solcher

Verspätung, dass man sich sparen konnte, ihr zu schreiben. Jetzt war sie stolz, die Schnellere gewesen zu sein.

Biggi las Adeles SMS. »Ich frage mich nur, wenn der Galerist mit Marlons Tod wirklich etwas zu tun hat – kannst du dir vorstellen, dass er ihn ermordet hat?«

Chris zuckte die Achseln. »Ehrlich gesagt, ich kann mir das von gar niemandem vorstellen. Aber es passiert.«

Biggi steckte ihr Handy ein. »Ich wollte mich mit dir treffen, weil hier in der Nähe ein Kloster ist, da sollten wir hin.«

Chris schaute sie abwartend an.

»Ich habe dir von meinem armenischen Freund erzählt. Er hat mir einmal die Kirche in der Neustiftgasse gezeigt. Um die Ecke ist das Kloster der Mechitaristen.«

Biggi hatte in Erfahrung gebracht, dass man dort eine Führung machen konnte.

»Die Klosterbibliothek ist weltberühmt.«

Chris nickte. »Okay, du meinst, für mich als Bibliothekarin muss das interessant sein, aber …«

Biggi unterbrach sie. »Nein, nicht deshalb. Ich habe mir gedacht, wir könnten etwas über die Armenier herausfinden.«

Chris überlegte. »Du meinst, das hat auch etwas mit der Galerie zu tun?«

»Wenn nicht, ist es zumindest ein schönes Nachmittagsprogramm.«

Ganz in der Nähe war es natürlich nicht, eine typische Biggi-Wegbeschreibung. Obwohl so nahe an den großen Verkehrsadern gelegen, wirkte das Viertel verschlafen. Die meisten Häuser waren schmal und nieder, Architektur der Biedermeierzeit. Wenn hin und wieder ein Tor offen stand, sah man in grüne Innenhöfe mit Pawlatschen und konnte sich vorstellen, dass jeden Moment ein Leierkastenmann zu spielen begann oder ein Bänkelsänger ein Ständchen zum Besten gab. Sie trabten zwanzig Minuten durch das Gässchengewirr des achten und siebenten Bezirks, bis sie vor der armenischen Kirche gelandet waren. Um die Ecke führte der Weg zum Kloster. Neben einem holzgeschnitzten alten Tor mit einem eisernen Türklopfer war eine steinerne Vertiefung mit einer kleinen Glocke, darunter ein Schild aus Pappe mit zerlaufener Tintenschrift. Sie läuteten und horchten dem Klang tief im Inneren nach. Lange war nichts zu hören als der tobende Nachmittagsverkehr, dann, unvermittelt, öffnete sich das Tor. Ein Mann in grauem Arbeitsmantel mit Sandalen und Kappe warf ihnen einen Blick zu.

»Bibliothek?«, fragte er grußlos und wandte sich ab, ohne die Antwort abzuwarten.

Mit einer Handbewegung forderte er sie zum Eintreten auf. Er selbst verschwand linker Hand durch die Tür zur Portierloge, Biggi und Chris gingen durch das Vorhaus in einen großen Hof. Über die Klostermauer sah man ein hohes, erst vor Kurzem erbautes Bürohaus, der einzige Hinweis darauf, dass sie sich mitten in einer Großstadt befanden. Innerhalb der Mauern herrschte vollkommene Stille. Als ob sie aus der Zeit gefallen wären, ging es Chris durch den Kopf. Einige Minuten vergingen, dann trat ein Mann in hellem Mönchshabit ins Freie. Er war schlank, fast schmächtig, das schüttere Haar schwarz wie die Augen, die Haut golden. Chris versuchte, sein Alter zu schätzen, er mochte vierzig, aber auch sechzig sein. Seine Haut war glatt, seine Lippen rosig. Er hatte, wie sie es bei unbeweibten Männern oft beobachtet hatte, etwas Zartes, fast Mädchenhaftes in seinem Gehaben.

»Ich bin Pater Milo.«

Chris hörte einen schwachen Akzent, den sie nicht einordnen konnte. Er schüttelte ihnen die Hand.

»Hat Ihnen der Portier ausgerichtet, dass wir heute kommen?«, fragte Biggi. »Ich habe mehrmals angerufen, doch er wollte mich nicht mit Ihnen verbinden.«

Pater Milo lächelte mit leichtem Kopfschütteln. »Das ist kein Problem. Ich bin gern für Sie da. Ich nehme an, Sie wollen unsere berühmte Bibliothek besuchen?«

Biggi nickte eifrig. »Unbedingt!«

»Wir interessieren uns auch für die Geschichte des Ordens«, fügte Chris hinzu. »Ich habe erst vor Kurzem zum ersten Mal von den Mechitaristen gehört.«

»Das glaube ich.« Pater Milo zeigte ihnen den Weg ins Kloster, er ging voran. »Es ist still um uns geworden, seit wir die Druckerei schließen mussten. Das war ein schwerer Schritt, die Mechitaristen haben dreihundert Jahre Erfahrung im Buchdruck. In der Bibliothek befinden sich viele wertvolle Bücher aus alter Zeit.«

Sie gingen durch einen Raum mit einem lang gestreckten Tisch und einer Sitzbank an der Wand. Gegenüber war eine Art Altar mit einem Gemälde, umkränzt von Blumen und goldenen Girlanden. Pater Milo machte davor Halt.

»Das ist unser Gründer Mechitar von Sebaste. Er ist auf San Lazzaro gestorben im Jahr …«

»San Lazzaro?«, wiederholte Biggi. »Wo ist das?«

»Eine Insel in der Lagune von Venedig. Ich bin erst vor einer Woche zurückgekommen.«

»Hörst du, Chris, in Venedig!« Biggi schluckte vor Aufregung.

»Wir sind auf der Fahrt zum Lido vorbeigekommen«, antwortete Chris.

Pater Milo sah von einer Frau zur anderen. »Unser Kloster hat eine lange Geschichte: als Leprastation, als Krankenhaus, dann kamen die Mechitaristen und suchten Zuflucht dort. Es ist unser Stammhaus.«

Er begann von den Ordensregeln der Benediktiner zu erzählen, denen auch die Mechitaristen folgten, und warum das so war. Chris' Gedanken wanderten zurück zu Adele und dem Tod der Tante. Wie passte das alles zusammen – die wertvollen Bilder, der Neffe, der plötzlich in Wien auftauchte und gleich darauf tot im Donaukanal aufgefunden wurde, und das armenische Mönchskloster in Venedig? Die einzige Verbindung war Paulines Ehemann, der Armenier gewesen war. Vielleicht führte das gar nirgends hin. Die Lardinis dagegen waren eine realistische Spur. Wenn Rosen die Bilder nicht auf legalem Weg erworben hatte, konnte das schon ein Motiv sein. Ein Motiv, das hieß in diesem Fall ein Mordmotiv.

Biggi hatte im Gegensatz zu Chris Pater Milos Ausführungen gelauscht. Sie stieß Chris mit dem Ellbogen an, als der Pater sich in Richtung Treppenhaus in Bewegung setzte. »Er spricht von einem armenischen Holocaust. Das ist ja entsetzlich! Ich schäme mich, dass ich nicht die geringste Ahnung habe. Ich weiß nur, dass die Türken die Armenier irgendwie verfolgt und schlecht behandelt haben.«

»Und umgebracht«, sagte Chris. »Mehr als eine Million! Bis heute wird das nicht zugegeben, von Bereuen oder Wiedergutmachung ganz zu schweigen.«

Sie stiegen hinter Pater Milo die zwei Stöcke zur Bibliothek hinauf. Er blieb unter einem großen Landschaftsgemälde stehen. Ein Berg, der beinahe das ganze Bild ausfüllte, die Spitze umgeben von weißen Wolkenschleiern.

»Das ist der heilige Berg der Armenier«, erklärte er, und mit einem Blick zu Biggi: »Ich habe Ihre Bemerkung gehört und freue mich über Ihr Mitgefühl. Es ist wahr, leider ist unsere Verfolgung und Ermordung immer noch nicht allgemein bekannt. Das meiste haben wir einem Roman zu verdanken, den ein großer österreichischer Dichter schrieb: Franz Werfel.«

»*Die vierzig Tage des Musa Dagh*«, sagte Chris, und Pater Milos Augen leuchteten auf.

Sie gingen durch einen langen schmalen Durchgang zwischen bis zur Decke reichenden Bücherschränken, der sich zur Bibliothek hin öffnete. Drinnen herrschte ein mildes Dämmerlicht. Die Bücherbestände waren jahrhundertealt, sie füllten die Schränke, die Regale und Vitrinen. In der Mitte der Bibliothek führte eine schmale Wendeltreppe in eine hohe Kuppel. Dort oben, in dem schwachen Licht kaum auszunehmen, waren die Wände rundherum voller Bücher, den kostbarsten Raritäten der Mechitaristen.

In der Mitte des Raumes stand ein Tisch mit einer gläsernen Platte. Der Pater zog einen Schlüssel aus seiner Soutane und öffnete ein kleines Schloss an der Seite, dann ließ sich die Platte hochklappen.

Er trat zur Seite, damit Chris und Biggi den Inhalt ansehen konnten. In der Mitte lag die Erstausgabe von Werfels Roman, vorne aufgeschlagen, sodass man die Widmung mit Dank an die Mechitaristen lesen konnte, neben einem Brief, in dem Werfel beschrieb, wie er als Vorarbeit für sein Buch in den Bibliotheksräumen die Geschichte des armenischen Volkes erforscht hatte.

»Franz Werfel und seine Frau Alma Mahler-Werfel machten vor etwa hundert Jahren eine Reise in den Vorderen Orient. Sie erfuhren die Geschichte der armenischen Vertreibung aus erster Hand von Überlebenden, die nach Damaskus geflohen waren und dort armselig ihr Leben fristeten. Sie ließen sich ihre Schicksale erzählen, die später in die Figuren des Romans einflossen. Die Beschreibung der Schlacht und der wochenlangen Belagerung des Berges Musa Dagh, wohin die Armenier sich geflüchtet hatten, folgt genau den realen Begebenheiten.«

Pater Milo wies sie auf das Filmplakat in der Vitrine hin. Franz Werfel war auch im amerikanischen Exil ein bekannter Dichter gewesen, dessen Werke verfilmt wurden. Doch

*Die vierzig Tage des Musa Dagh* hatte niemals den Weg ins Kino geschafft, das hatten die Türken verhindert. Der Pater sprach von der tiefen Dankbarkeit für Franz Werfel. Ohne seinen Roman hätte sich niemand für die grausame Vertreibung und Ermordung der Armenier interessiert.

»In jeder Familie gibt es Opfer von damals, sie sind unvergessen und ungesühnt.«

Auch die eigene Verwandtschaft im Irak, woher er stammte, erwähnte Pater Milo beiläufig. Biggi und Chris starrten stumm in die Vitrine auf das Porträt des Dichters mit Feder und Zigarre in der Hand über sein Manuskript gebeugt. Chris suchte nach einem Schlusswort, doch Pater Milo war gewohnt, seinen Vortrag in voller Länge zu halten. So bekamen sie noch die Sondermarke für Franz Werfel zu sehen und das Manuskript der Handschrift des Romans, ein Faksimiledruck, das Original befand sich im literarischen Nachlass in der Nationalbibliothek.

Armenier in aller Welt verehrten Franz Werfel wie einen Heiligen. Nicht der österreichische Staat oder die Stadt Wien, sondern die armenische Gemeinde hatte Franz Werfel ein Denkmal gesetzt, mitten in der Stadt. »Sie finden es hinter der *Akademie der Bildenden Künste* auf dem Schillerplatz. Sehr ähnlich, sehr schön. Das müssen Sie besuchen.«

Mit dieser Aufforderung endete die Bibliotheksführung. Chris und Biggi versicherten es. Pater Milo begleitete sie zum Tor. »Kommen Sie wieder«, sagte er freundlich. »Sie sind hier immer willkommen.« Nach einer kleinen Pause fügte er hinzu: »Und besuchen Sie San Lazzaro.«

Draußen war es schon dunkel, ein Nebelschleier hüllte die alten Häuser der Mechitaristengasse ein.

»Reden können sie, die Pfaffen, ich bin ganz erledigt!« Chris rieb sich die Schläfen.

»Er kann auch singen«, teilte Biggi mit.

»Woher weißt du das?«

»A cappella am Sonntag in der Kirche. Hast du nicht zugehört?«

»Nur teilweise.«

Sie gingen bis zur Straßenecke, es waren nur ein paar Schritte, doch Chris kam es vor, als kehrten sie mit jedem Meter näher in die Gegenwart zurück.

»Gehen wir zurück ins *Café Rathaus*«, schlug sie vor.

Biggi sah auf die Uhr. Sie zögerte.

»Hast du noch etwas vor?« Dann verstand Chris. »Du willst mit deinem Verehrer champagnisieren?«

Biggi lachte ein bisschen verlegen. »Das ist noch nicht gewiss.«

Chris beugte sich zur Seite und küsste ihre Freundin auf die Wange. »Schönen Abend wünsche ich dir.«

Sie wollte gehen, doch Biggi hielt sie zurück.

»Schauen wir uns morgen das Werfel-Denkmal an?«

Der nächste Tag war ein Samstag. Sie konnten mit Adele gehen.

»Um zehn Uhr?«

»Sagen wir lieber elf Uhr.« Chris winkte Biggi zum Abschied und überquerte die Straße. Nach zwanzig Jahren gleich zweimal am Tag ins *Café Rathaus*? Warum nicht?

Auf dem Rückweg fiel ihr ein, warum sie das Lokal lange gemieden hatte. Bei ihrem letzten Besuch war sie ebenfalls mit Biggi dort gewesen. Biggi hatte sich früher verabschiedet und war dann, kaum, dass sie das Lokal verlassen hatte, wieder an ihren Tisch zurückgekehrt. »Wenn ich mich nicht täusche, sitzt draußen im Schanigarten dein Mann. In Begleitung.« Zu zweit waren sie zum Fenster gegangen und hatten hinter dem Vorhang hinausgespäht. Die Begleitung war »kaum den Kinderschuhen entwachsen«, wie Biggi sich ausdrückte und eben im Begriff, mit Chris' damals etwa fünfundvierzigjährigen Ehemann einen innigen Kuss zu tauschen. Ohne lang nachzudenken, hatte Chris sich zu ihnen begeben und der Szene mit einem Faustschlag auf die Tischplatte ein Ende gemacht. Dabei waren die Sektgläser umgestürzt und zerbrochen, worauf Chris dem murrenden Kellner ein »Der Herr bezahlt alles« zugerufen hatte und abgerauscht war.

Was Biggi mit spitzer Zunge »Fredis Johannistrieb« nannte, war das Ende von Chris' Ehe gewesen. Sie hätte den Seitensprung verziehen, doch Manfred Berger war entschlossen, sich an der Seite der jungen Studentin neu zu erfinden. Mit fast fünfzig war er dann Vater von drei weiteren Kindern geworden und unterrichtete nicht länger im Gymnasium Deutsch und Geschichte, sondern gab den Hausmann. Chris hatte ihn bei der Scheidung zum letzten Mal gesehen. Hin und wieder ließ Oliver eine Bemerkung fallen. Ihr Sohn Oliver hatte die Beziehung zu seinem Vater nie abgebrochen, im Gegenteil seiner Mutter übel genommen, dass sie nicht energischer um ihren Mann gekämpft hatte. Aber auch das war schon lange kein Thema mehr. Oliver führte sein eigenes Leben, in dem Chris so gut wie keine Rolle spielte.

Sie grübelte eine Weile, bis ihr der Name ihrer Nachfolgerin einfiel. Karina.

# 11.

*Lauro ist ein schöner Name und doch, einmal, als ich in seiner Umarmung lag und die Linien seines schönen Gesichtes nachzeichnete, das ich im langsam einfallenden Licht nur schwach ausnehmen konnte, flüsterte ich ihm zu: »Du bist mein Laurin. Zauberischer Laurin.«*

*Ich sprach Deutsch, und er fragte mich, was das bedeutete. Ich wusste es selbst nicht recht. Ich hatte immer schon Märchen und Legenden geliebt und ganz besonders die Sagen aus den Dolomiten, wo gesponnenes Mondlicht und Bäume, in denen verwunschene Menschen steckten, vorkamen, ein Halsband aus blutigen Tränen, das sich nicht mehr öffnen ließ und ein zu Stein gewordener Rosengarten. Ich erinnerte mich nicht an Laurins Geschichte, und so erfand ich in dem rosa Licht des Sonnenaufgangs die Liebe des Mädchens Aurora aus den Dolomiten zu Laurin, der ihr hoch oben im Gebirge begegnete, wo kein Baum, kein Strauch, kein grünes Gras mehr wuchs, in einer Landschaft aus weißem Stein. Sie küssten sich und sie liebten sich, doch Laurin konnte nicht bleiben, er kam von einem anderen Stern, das Licht der Sonne blendete ihn, bis er nichts mehr sah. Sie konnten es nicht ertragen, voneinander getrennt weiterzuleben, und so willigte sie ein, ihm zu folgen in die schwarzen Berge, wo sein Zuhause war.*

*Doch die Dunkelheit trübte ihr Gemüt und nahm ihr alle Energie und alle Freude am Leben. Nur Laurins Umarmung konnte sie trösten. Bis sie so schwach wurde, dass nicht einmal seine Berührung sie erwecken konnte. Da brachte er sie nach Hause. Er versprach zu bleiben, solange er es vermochte.*

*Lauro betrachtete mich, während ich erzählte, mit einer unergründlichen Miene. Die Sage gab es nicht, ich sprach, halb im Schlaf, was mir aus den Dolomitensagen in Erinnerung geblieben war, und vermischte die Geschichten.*

*»Und dann?«, fragte Lauro, es klang seltsam, fast, als zitterte seine Stimme. »Das kann doch nicht das Ende sein, sie müssen zueinanderfinden!«*

*Aber so waren diese Sagen nicht, schön und schaurig und nicht zum Trösten.*

*»Nein«, sagte ich. »Es gibt nicht immer ein gutes Ende. Das wissen wir doch, du aus deiner und ich aus meiner Geschichte.«*

*Warum sprach ich davon? Für andere galt es, aber doch nicht für uns, für uns hatte es ein gutes Ende genommen, wir hatten einander gefunden. Woher kam die Melancholie? Ein langes Leben lag vor uns wie der funkelnde Morgen über der Lagune vor unserem Fenster, jeder Tag eine Perle, die sich an die nächste reihte, nur glückliche Bilder vor meinen Augen, keine Vorahnung, nichts dergleichen. Und doch, wenn ich später zurückdachte an meine Worte von Laurin und seiner Aurora, schauderte mich. Der richtige Laurin war ein König und hatte den schönsten Rosengarten in den Dolomiten, doch als er ins Unglück kam, verfluchte er seine Rosen und verwandelte den Garten zu Stein. Nur manchmal in der Dämmerung kann man im prächtigen Farbenglanz einen Rosenschimmer erkennen.*

*Vor Lauros Begräbnis zwang ich mich, seinen Vater aufzusuchen. Ich ging in die Fabrik und ließ mich beim Portier anmelden. Ich stand in der Eingangshalle, wo der unse-*

*lige Luster gehangen war. Die Wucht des Aufpralls hatte den Steinboden beschädigt. Ein Teppich lag dort, wo Lauro erschlagen worden war. Herr Agassian ließ mich so lange warten, bis ich dachte, er würde mich gar nicht empfangen. Doch das war nicht sein Stil. Nach einer Stunde kam er in die Halle und bat mich zu sich herein. Er schloss die Tür sorgfältig hinter sich, wir waren allein, ohne Zeugen. Er setzte sich an seinen Schreibtisch. Wie bei unserer ersten Begegnung bot er mir keinen Platz an. Doch diesmal wartete ich nicht auf seine Erlaubnis, bei seinen ersten Worten setzte ich mich. Er sah auf seine Hände, während er sprach, wir wechselten keinen Blick.*

*»Ich werde Ihnen nie verzeihen, Fräulein Pauline. Ohne Sie wäre er seinem Vater niemals ungehorsam geworden.«*

*»Er wollte seinen Weg als Künstler gehen. Es gibt eine Pflicht dem eigenen Leben gegenüber, die zählt vielleicht mehr als Gehorsam.«*

*»Leben!« Agassian stieß das Wort bitter hervor. »Wo ist jetzt sein Leben?«*

*Ich hörte die Tränen in seiner Stimme.*

*»Lauro hat sich so lange mit dieser Entscheidung herumgeschlagen und sie endlich getroffen. Er war glücklich. Vielleicht glücklicher als je zuvor. Für mich ist das ein Trost. Und für Sie …?«*

*Aber nicht für seinen Vater. Er schüttelte nur resigniert den Kopf.*

*»Lassen wir das. Ich will keinen Trost, und schon gar nicht will ich mit Ihnen darüber Konversation machen.«*

*Das Wort Konversation war so unpassend, dass er mir beinahe leidtat. Er hatte zwei Söhne verloren und sah keine Zukunft mehr. Und da saß ich, die Fremde, der Eindringling in sein Reich. Natürlich war ich für ihn die Schuldige. Und was machte es schon für einen Unterschied?*

*»Wir werden uns auf dem Friedhof begegnen und dann nie wieder«, sagte Elia Agassian, den Blick noch immer auf seine Hände gerichtet. Die Finger waren so fest verschränkt, dass die Knöchel weiß hervortraten. »Ich wünsche mir, dass Sie den Palazzo so bald wie möglich räumen. Ich werde Sie natürlich finanziell entsprechend entschädigen. Mein Anwalt wird sich nach dem Begräbnis mit Ihnen in Verbindung setzen.«*

*Ich stand auf. Wäre ich nicht von meinem Schmerz wie zerbrochen gewesen, hätte ich vielleicht geschrien. Aber das konnte ich nicht, war ich in dem Augenblick gar nicht imstande. Ich sagte nur entschieden: »Nein, Herr Agassian. Ich werde nicht fortgehen. Das hätte Lauro nicht gewollt. Der Palazzo gehörte ihm, ich bin seine Erbin. Ich bleibe.«*

*Beinahe hätte er mich nun doch angesehen, mich mit seinem diktatorischen Blick in die Schranken weisen wollen. Ich spürte seine Empörung, weil ich es wagte, ihm Widerstand zu leisten. Doch ich war im Recht, das wusste er.*

*»Trotz allem, bevor ich gehe, möchte ich Ihnen sagen, warum ich gekommen bin, Herr Agassian: Le mie più sincere condoglianze! Mein herzlichstes Beileid.«*

*Er regte sich nicht, antwortete mit keinem Wort. Ich wartete einen Moment, dann verließ ich sein Büro. Bevor ich die Tür hinter mir schloss, sah ich noch einmal zurück. Ich war sicher, er weinte, doch er hielt den Kopf so tief gesenkt, dass ich sein Gesicht nicht sah.*

*Ich hatte Angst gehabt vor dem Begräbnis. Ich fürchtete, jemand aus der Familie der Agassians würde mir sagen, ich sei hier unwillkommen. Doch da war niemand. Nur der Vater, die Angestellten, viele Freunde und Bekannte Lauros. Ich hatte keine Erfahrung mit Bestattungsriten, es war überhaupt das erste Begräbnis, zu dem ich ging. Mein Großvater in Wien war gestorben, als ich drei oder vier Jahre gewesen war, zu jung, um auf den Friedhof mitzugehen. Die Gruft der Agassians war eindrucksvoll, ein richtiges Totenhaus aus weißem Marmor. Die Bodenplatten waren geöffnet, Stufen führten in die Tiefe. Dort wurde Lauros Urne hinuntergetragen. Ein Priester sprach auf Armenisch. Er versprengte Weihrauch, und dann sang er, mit einer dünnen, klagenden Stimme, ein viele Strophen langes Totengebet für Lauro. Ich fragte mich, was er davon gehalten hätte, und dann dachte ich daran, dass er ein paar Jahre früher auch hier gestanden war und seinen Bruder begraben hatte. Dass wir nichts von unserer Zukunft wussten, und dass es gut so war. Wir mussten genießen, was wir bekamen. Wir hatten so viel bekommen, Lauro und ich. Es war ein Wunder für mich, dieses Glück mit ihm. Es hatte nicht lange gedauert, aber das schmälerte es nicht. Er war der Engel, der mich auf allen meinen Wegen begleitete. Nun war er unsichtbar. Doch er blieb bei mir. Er behütete mich.*

# 12.

Der Samstag begann verhangen, aber die Morgennebel hoben sich, und der Himmel trug ein leuchtendes Oktoberblau. Um kurz vor zehn Uhr stieg Chris aus der Straßenbahn und ging die wenigen Meter bis zum Schillerplatz. Wo war denn nun das Denkmal der Armenier? Die *Akademie der bildenden Künste* lag still im Vormittagslicht. Das Eingangstor war geöffnet, doch am Samstag kamen wohl nur sehr eifrige Studenten zur Vorlesung. Der Platz sah viel gepflegter aus, als Chris ihn in Erinnerung hatte. Vor der Kunstakademie waren die Grünflächen zu einem kleinen Park gestaltet worden. Ein Weg führte rundherum. Biggi wartete schon! An eine Parkbank gelehnt, fotografierte sie mit ihrem Handy. Chris kam ihr nach. Da war das Denkmal, viel größer, als sie vermutet hatte. Eine hohe Marmorstele mit Werfels monumentalem Kopf als Bronzeguss in der Mitte.

»Wir haben doch gestern bei den Mechitaristen sein Foto gesehen. Das Denkmal schaut ihm richtig ähnlich. Diese großen Augen!« Chris war beeindruckt. Sie studierte die Inschriften in deutscher und armenischer Sprache. »Franz Werfel. Geboren 1890 in Prag, gestorben 1945 in Beverly Hills.«

»Wo bleibt Adele?« Biggi war immer über die Maßen erfreut, wenn jemand anders als sie sich verspätete.

Aber Adele hatte sich schon am Abend entschuldigt, sie hatte so viel zu tun, ihre To-do-Liste nahm gar kein Ende. Worauf Chris sie unterbrochen und Biggi und sich zum Kaffee eingeladen hatte.

»Ah, und was hat sie dazu gesagt?«

»Sie freut sich auf uns. Angeblich.«

Biggi lachte. »Welche Zeit?«

»Wann wir wollen, ab Mittag ist ihr alles recht.«

Sie überlegten, was sie mit dem Rest des Vormittags machen sollten.

»Der Naschmarkt ist nicht weit. Wir könnten eine Runde über den Flohmarkt drehen und uns dann Falafel oder was anderes Feines kaufen«, schlug Chris vor.

Bei der Erwähnung des Flohmarkts zog Biggi eine Schnute. »Hast du noch immer nicht genug. Alte Schachteln sind wir selbst! Aber Falafel geht in Ordnung. Und dann kaufen wir noch bei dem Bäcker diesen böhmischen Kuchen zum Kaffee. *Egerländer* heißt er, weißt du noch? Den haben wir oft nach der Schule am Naschmarkt gegessen. Ich hoffe, das Standl hat nicht zugesperrt.«

Der Weg vom Schillerplatz zum Naschmarkt führte an der goldenen Kuppel der *Wiener Sezession* vorbei. Der Beethoven-Fries von Gustav Klimt war inzwischen wieder öffentlich ausgestellt, doch Chris und Biggi verschoben den Besuch auf ein andermal. Chris wollte, wenn schon nicht auf den Flohmarkt, dann wenigstens zum *Nippon-Supermarkt* am Naschmarkt, um ihren Vorrat an japanischen Gewürzen aufzufüllen.

»Wasabi und Teriyaki?« Mehr kannte Biggi nicht von der japanischen Küche.

»Mirin ist wichtig, das ist ein Sake zum Kochen. Kombu, Miso. Und Tamarindenpaste, die bekomme ich bei mir in der Gegend in keinem Geschäft«, erklärte Chris. »Und wenn wir ein Stück weitergehen, zeige ich dir noch das *Kuishimbo*, das ist für mich der beste Japaner in Wien.«

Das Lokal war am Ende des Naschmarkts gegenüber der U-Bahnstation Kettenbrückengasse, wo sich der Flohmarkt jetzt um die Mittagszeit allmählich füllte. Sie kamen gerade rechtzeitig, um einen der wenigen Plätze zu ergattern, und füllten ihre Teller mit frittierten Kroketten, Algen-Fischsalat und Donburi.

»Der beste Japaner im kleinsten Lokal und im schönsten Haus von Wien«, schwärmte Biggi nachher, als sie vor dem *Kuishimbo* standen und die berühmten Majolika-Bilder an der Hausfassade betrachteten. »Danke, Chris. Der Umweg hat sich ausgezahlt!«

Chris lächelte erfreut. »Und jetzt weiter zum böhmischen Gegenprogramm. Du führst, Biggi, weil ich nicht mehr weiß, wo wir damals nach der Schule geschlemmt haben. Der Diltsch und du, besser gesagt, denn ich habe mir das damals sicher nicht leisten können.«

Sie fanden Adele in ihrer Ordination, umgeben von Stapeln verschiedenfarbiger Papiere.

»Zahnbehandlungsscheine«, erklärte sie. »Ich bin ein Fossil, ich rechne die Krankenkasseneinnahmen noch immer auf den alten Zahnscheinen ab. Ich habe auch für jeden Patienten eine Kartei, wie früher. Die Assistentin überträgt dann alles in den Computer. Sie findet mich lächerlich, doch ich weiß dafür von meinen Patienten jeden einzelnen Behandlungsschritt, und sollte ich einmal etwas vergessen einzutragen, erinnere ich mich sofort, wenn ich die Kartei wieder in der Hand halte. Bei einer Computerdatei ist das eher unwahrscheinlich.«

Sie sah Chris, die unruhig im Büro herumging, forschend nach. »Was gibt's?«

Chris warf einen ängstlichen Blick auf den Zahnarztstuhl. »Ich war schon ewig nicht beim Zahnarzt, ich …«

Adele legte ihren Stift weg. »Hast du ein Problem?«

Chris zuckte die Achseln.

»Ein Loch im Zahn«, antwortete Biggi für sie.

»Was soll das?«, fauchte Chris. »Ich bin kein Kind!«

Biggi stieß einen kleinen Lacher aus. Adele stand auf und kam um ihren Schreibtisch herum.

»Angst vorm Zahnarzt ist die Begleiterscheinung meines Berufs. Wenn du willst, schau ich mal rein.«

Sie holte Sonde und Spiegel aus dem Sterilisator. Chris regte sich nicht.

»Oder wir lassen es«, meinte Adele gleichmütig.

Biggi seufzte theatralisch, sagte aber nichts mehr, weil Chris sich drohend nach ihr umsah. Dann setzte sie sich zögernd in Bewegung.

»Okay.« Sie warf sich in den Zahnarztsessel.

Adele lächelte. »Es ist nicht der elektrische Stuhl. Und entspanne dich, ich schaue nur, ohne Assistentin mache ich keine Füllungen.«

Chris nickte, öffnete den Mund und kniff fest die Augen zu. Eine Minute und mehr war es still im Raum, während Adele Chris' Gebiss Zahn für Zahn betrachtete, Wasser und Luft darauf blies, mit der Sonde prüfte, wo sie hängen blieb.

»Und?«, fragte Chris besorgt, als Adele sich wieder aufrichtete und das Besteck weglegte.

»Außer Zahnstein und ein paar uralten Amalgamplomben, von denen du schon eine los bist, bist du ein leichter Fall. Die Füllungen gehören alle ersetzt. Aber nichts ist dringend.« Sie öffnete ein Döschen und schmierte eine kühle, scharf schmeckende Substanz auf den Zahn. »Das ist ein provisorischer Verschluss, Cavit.«

Sie berührte Chris' Wange. »Du kannst die Augen wieder aufmachen.«

Die sprang befreit in die Höhe. »Danke.«

Sie gingen hinauf in Adeles Wohnung in der ersten Etage. Biggi hatte den alten Naschmarktstand gefunden, und wirklich gab es dort wie früher *Egerländer*.

»Das ist die Originalmehlspeise mit Mohn, Nuss, Powidl, Topfen. Wisst ihr noch, wie der Heinz Conrads gesungen hat: ›Als Böhmen noch bei Öst'reich war, vor finfzig Jahr', vor finfzig Jahr', hat sich mein Vata g'holt aus Brünn a echte Weanarin.‹«

Adele nickte anerkennend. »Nicht schlecht.«

»Und den Text weißt du auch noch!«, fügte Chris hinzu.

»Na ja, Langzeitgedächtnis«, meinte Biggi.

Adele hatte im Wohnzimmer die Kaffeetafel gerichtet. Das Jugendstilgeschirr stammte von Pauline, glaubte sie sich zu erinnern. Es wurde sonst nie verwendet, Adele trank ihren Filterkaffee aus einem Keramikbecher, der für das Zahnlabor warb, in dem sie ihre Kronen und Brücken herstellen ließ.

»Heute hätte ja italienisch besser gepasst als böhmisch«, meinte Biggi, während sie die Kuchenstücke auf die schönen schwarz-weiß gemusterten Teller legte.

Adele schaute sie fragend an.

»Na, wegen San Lazzaro. Dort sind die Mechitaristen gegründet worden.«

»Aha, und weiter?«

Biggi begann zu erzählen, wie sie sich an den Besuch in der armenischen Kirche erinnert hatte und das Kloster daneben, und dann mit Chris hingegangen war. Ein Pater hatte sie in die weltberühmte Bibliothek geführt, er hieß wie die Venus, stammte aber aus dem Libanon. Oder war es der Irak?

Adele aß den *Egerländer* und hörte geduldig zu, was Biggi vom heiligen Berg der Armenier und Franz Werfels Roman, der dort handelte, erzählte.

»Sagtest du nicht etwas von Italien?«, warf sie schließlich ein. »Der böhmische Kuchen ist übrigens köstlich.«

»Mechitar von Sebaste hat den Orden gegründet. Das war im Jahr 1701 in Konstantinopel«, begann Chris, nachdem sie längere Zeit, während die anderen zwei aßen, die provisorische Füllung in ihrem Zahn mit der Zunge befühlt hatte. »Die Vorgeschichte, auf welchen Wegen die armenischen Mönche bis Italien kamen, lasse ich jetzt aus.«

»Hast du nicht gesagt, dass du gestern bei der Führung nicht aufgepasst hast?«, fragte Biggi beinahe eifersüchtig.

»Ich habe nachgelesen. Für den Fall, dass es sich doch als interessant für uns herausstellen sollte«, erklärte Chris. »Auf der Insel San Lazzaro durften sie jedenfalls bleiben und dort in der alten Leprastation Venedigs ihr Kloster gründen.«

»Venedig?« Adele ließ die Kuchengabel sinken. »San Lazzaro ist …«

»… eine Insel in der Lagune von Venedig«, vollendete Biggi. »Was ist los?«, fragte sie, weil Adele plötzlich mit ihren Gedanken weit entfernt schien.

»Ich … ich habe mich die ganze Zeit zu erinnern versucht …«

»Woran?«

»Ja, das wusste ich eben nicht.« Adele stand auf und ging hinaus in ihr Vorzimmer, wo an der Garderobewand ein weißer Arbeitsmantel hing. »An dem Tag, als ich aus Venedig zurückgekommen bin, war so ein Chaos in der Ordination. Die Assistentin krank, nichts für die Arbeit vorbereitet, ich hatte nicht einmal Zeit, mich umzuziehen, und in der Röntgenkabine hing der alte Arbeitsmantel, den habe ich mir schnell geholt.«

Der Postbote hatte die Post hereingebracht und dazu noch eine Ansichtskarte. »Die ist in Ihrem Praxispostfach gelegen«, hatte er gesagt, und Adele wunderte sich, dass jemand Urlaubsgrüße in ihren Briefkasten warf, statt sie mit der Post aufzugeben. Und was sonst als Urlaubsgrüße sollten es sein auf einer Karte von einem schönen alten Schloss am blauen Meer? Sie hatte nur einen kurzen Blick darauf geworfen, den Namen der Insel gelesen, sie eingesteckt und im nächsten Moment darauf vergessen.

Adele griff in ihren Arbeitsmantel und zog die Ansichtskarte heraus.

Biggi und Chris sprangen auf und kamen zu ihr. Sie sahen ihr gespannt über die Schulter. Es war die Abbildung eines Klosters, umgeben von blühenden Gärten nahe am Ufer mit einem Bootshafen. Adele drehte die Karte um. Keine Urlaubsgrüße. Die Anrede fehlte ebenso wie die Unterschrift. Da stand nur eine einzige kurze Zeile:

›Der Likör der Mönche kann Tote zum Leben erwecken.‹

Was immer es bedeutete, es war eine Botschaft. Eine Botschaft für Adele. Eine stumme Minute verging, in der die drei Frauen die Karte studierten. Die Schrift, in Blockbuchstaben, wirkte irgendwie ungelenk, doch das konnte auch Absicht sein.

»Likör der Mönche?«, meldete sich Biggi schließlich zu Wort. »Das wird wohl nicht …?«

»Sag's nicht, sag's nicht!«, warnte Chris.

»… anzüglich gemeint sein?«, setzte Biggi dennoch fort.

Chris schüttelte den Kopf über ihre Freundin. »Noch immer in der Pubertät?«

Biggi grinste.

»Jetzt muss der Blechtrottel her.« Adele stand auf und brachte ihren Laptop zum Tisch. Sie sah Chris und Biggi an. »Haltet ihr mich für verrückt, weil ich mir einbilde, die Karte kommt von Pauline?«

Die Ansichtskarte war nicht mit der Post verschickt worden. Wer hatte sie in Adeles Ordinationspostkasten geworfen? Jemand, der bei Pauline gewesen war und die Karte nach Wien mitgebracht hatte? Es klang fantastisch.

»Du glaubst, Pauline ist nicht gestorben und gibt dir auf diese Weise ein Lebenszeichen?«, fragte Chris.

Adele nickte zögernd. Auch das klang nicht gerade wahrscheinlich. Warum hatte sie nicht einfach angerufen?

»Und sie ruft nicht an, weil?«, fragte Chris weiter.

»Weil es gefährlich ist, zum Beispiel?«, ergänzte Biggi.

»Ja, das glaube ich«, antwortete Adele nach kurzem Überlegen. »Jemand wollte ihr ans Leben.«

Chris räusperte sich. »Entschuldige, Dilly, das ist aber doch ein sehr kühner Schluss. Immerhin waren wir bei ihrem Begräbnis. Würde sie leben, müsste sie doch nach der Polizei schreien, nicht sich verstecken.«

»Aber vielleicht kann sie nicht sprechen, vielleicht ist sie verletzt, nicht bei Bewusstsein …«, mutmaßte Biggi.

»Tut mir leid, aber das ist doch alles an den Haaren herbeigezogen. Schlechter Fernsehkrimi!« Chris beugte sich noch einmal über die Karte. »Wenn es nun nicht mehr und nicht weniger ist als ein Feriengruß? Keine versteckte Botschaft, kein Geheimnis, nur ein Patient, der das Porto sparen wollte?«

Während der Kaffeejause hatten das Handy und das Haustelefon mehrmals geläutet, was Adele ignorierte. Nun klopfte es an der Tür. Sie stieß einen Unmutslaut aus und ging öffnen. Draußen stand Mirza und machte ein verlegenes Gesicht.

»Frau Margareta schickt mich. Sie gehen nicht zu Telefon, sie muss mit Ihnen sprechen.«

Adele schluckte eine giftige Bemerkung. »Ich komme dann.«

»Bitte, Frau Doktor.«

Adele wandte sich um. »Schmiedet noch ein paar neue Theorien. Bin gleich wieder da.«

Margareta sah schlecht aus. Ihre Hautfarbe hatte einen ungesunden Gelbton, unter den Augen lagen tiefe Schatten, ihre Wangen waren noch eingefallener als sonst.

»Sie hat heute nicht gut geschlafen«, wollte Mirza erklären, doch Margareta fuchtelte böse mit beiden Händen, sie wollte selbst sprechen.

»Ich möchte mit dir allein reden. Sag ihr, sie soll weggehen.«

Adele sah Mirza entschuldigend an. Mirza zuckte die Achseln und entfernte sich in die Küche. Mit viel Lärm begann sie, den Geschirrspüler auszuräumen.

Margareta lauschte zornig. »Das macht sie immer. Spielt die Beleidigte und zerbricht unser bestes Geschirr!«

Adele seufzte. »Wir können froh sein, dass Mirza so eine gutmütige Person ist. Sonst wäre sie dir schon lange davongelaufen. Und wer kümmert sich dann Tag und Nacht um dich?«

Margareta drückte den Kopf an die Brust, und Adele spürte die wohlvertraute Mischung von Ärger und Mitgefühl. Margareta hatte Angst vor ihr, und das hielt Adele am wenigsten aus. Margareta fürchtete, dass Adele wieder eine Übersiedlung in ein Pflegeheim vorschlagen würde. Es wäre vernünftig, und Margareta hätte mehr Ansprache, mehr Abwechslung und als Gesellschaft nicht Tag und Nacht eine Person, die sie nicht leiden konnte. Allerdings, würde ihre Mutter denn irgendjemanden je sympathisch finden?

»Also, was ist so dringend? Weshalb hast du mich geholt?«, fragte sie unwirsch.

Margareta sah vor sich hin. »Ich bin aufgewacht«, sagte sie und dann lange nichts. »Ja, und?«

Margareta machte einen langen, zitternden Atemzug. Adele erschrak.

»Mama? Was wolltest du mir erzählen?«

Margareta verkroch sich noch tiefer in sich hinein. »Ich … weiß es nicht mehr …«, klagte sie leise. »Als ich aufwachte, war es so deutlich …« Mit einem Mal war aller Kampfgeist aus ihr entschwunden.

Adele drückte die zerbrechliche Hand auf der Bettdecke, streichelte die blauen Venen auf der Handfläche. »So geht es uns doch allen. Das macht nichts. Es kann dir vielleicht auch wieder einfallen, dann rufst du mich gleich. Ja?«

»Pauline.« Die Stimme war nur mehr ein Hauch. »Sie war jung, so schön. Und auch er … In ihren festlichen Kleidern …«

Adele zog ihre Hand vorsichtig zurück. Margaretas Augen waren geschlossen, sie atmete ruhig und tief.

Mirza schaute bei der Tür herein. Adele stand auf und schlich hinaus. Pauline war in Margaretas Gedanken. Kein Wunder, wenn sie auch weit entfernt lebte, Margareta hatte sie immer geliebt, sie war die einzige Freundin, die sie im Leben gehabt hatte, und sie hatte sich nach einem Wiedersehen gesehnt. Dafür war es nun zu spät.

Es war ein sonderbares Gefühl, das sie seit Paulines Tod immer wieder befiel, als ob die Welt aus den Angeln wäre. Chris hatte recht, wie konnte sie denken, dass Pauline am Leben war, sie hatte doch zugesehen, wie sie in der Gruft begraben worden war? Nur wegen dieser Postkarte mit einem rätselhaften Satz darauf konnte man die Tatsachen nicht wegfantasieren. Sie ging in ihre Wohnung zurück.

»Und, seid ihr weitergekommen mit dem Detektiv spielen?«, fragte sie.

Die Kaffeekanne war ausgetrunken, auf dem Kuchenteller lagen nur mehr Brösel. Biggi tippte auf Adeles Laptop herum, Chris sah ihr über die Schulter zu.

Bei Adeles Eintreten richteten sie sich auf.

»Ich habe gegoogelt«, sagte Biggi. »Mechitaristen – Likör – San Lazzaro – und schon ist alles klar: Die Mechitaristen verkaufen dort im Kloster einen Kräuterlikör.«

»Aha.« Adele setzte sich zu ihnen.

»22 Euro für einen halben Liter«, las Biggi vom Bildschirm ab. »Das ist ganz schön geschmalzen, aber dafür sind die Kräuter selbst gesammelt, und der Likör wird im Klosterkeller hergestellt, alles bio, eh klar.«

»Irgendwie komisch, der Pater Milo«, fiel Chris plötzlich ein. »Warum empfiehlt er uns den Besuch von San Lazzaro?«

»Weil der für sein Mechitaristenkloster Werbung macht?«, meinte Biggi und schüttelte dann den Kopf. »Du hast recht. Es war eigenartig. So bedeutungsvoll.«

»Könnt ihr euch vorstellen, dass er ...«, begann Adele.

Biggi verstand schneller als Chris. »Du meinst, er hat die Karte bei dir in den Postkasten geworfen?«

»Der Pater? Wieso? Was soll er mit der ganzen Geschichte zu tun haben?«, fragte Chris ungläubig.

»Er war erst vorige Woche in Venedig, hat er erzählt. Auf San Lazzaro!«

»Und weil die italienische Post so langsam ist, hat er die Karte selbst abgegeben?«

»Warum denn nicht?«

Alle drei überlegten.

Adele nickte. »Möglich wäre es. Dass sie dann ungelesen im Arbeitsmantel bleibt, hat der Pater natürlich nicht geahnt.«

Sie resümierten alles, was sie an dem Vormittag besprochen hatten.

Da waren noch mehr Fragen, auf die sie eine Antwort finden mussten: Hatte der Galerist Albert Rosen die Bilder auf unrechtmäßige Weise an sich gebracht und Marlon, der es herausfand, dafür sterben müssen? Und wenn Pater Milo die

Ansichtskarte überbracht hatte, wer hatte sie geschrieben? Sollte es tatsächlich eine Botschaft für Adele sein, bedeutete es, dass Pauline am Leben war?

»Es gibt nur einen Weg, die Antworten herauszufinden«, stellte Chris schließlich fest. Sie sah in die fragenden Gesichter ihrer Freundinnen. »Wir müssen noch einmal nach Venedig.«

U

*Elisa war nicht bei meiner Hochzeit gewesen, von Lauros Tod erfuhr sie erst einige Wochen nach dem Begräbnis, als die Traueranzeige mit der Post bei ihr einlangte.*

*Als ihr Brief kam, erwartete ich Worte des Beileids, nicht mehr. Wir hatten uns lange nicht gesehen und einander nur selten geschrieben. Wenn sie sich meldete, las ich zwischen den Zeilen immer den Vorwurf meines Fortgehens, wie undankbar ich mich der Familie, die uns aufgezogen hatte, zeigte und wie lieblos zu ihr. Von Lauro kannte sie nicht einmal ein Foto, warum sollte es ihr leidtun um ihn? Ich nahm ihr nicht übel, dass sie nicht zur Hochzeit gekommen war. Wir standen uns nicht mehr nahe. Das glaubte ich jedenfalls. In dieser Zeit konnte ich nicht denken, der Schmerz hatte mich überwältigt, ich lag im Salon auf der Chaiselongue, in eine Decke gewickelt, und schaute in den Himmel. So verbrachte ich Tage, die zu Wochen wurden, einen ganzen Herbst. Dann schrieb Elisa. Das, was ich nur gedacht hatte, brachte sie nun zu Papier:*

*»Ich weiß nichts von deinem Leben in Europa. Ich habe deinen Mann nicht kennengelernt, nun ist es zu spät. Ich hätte zu deiner Hochzeit kommen können. Als deine Einladung eintraf, war ich über mich selbst bestürzt, weil ich als Erstes überlegte, ob ich wirklich so viel Geld ausgeben wollte, um*

*dich zu sehen, nachdem du es Jahre nicht für nötig erachtet hast, deine Familie zu besuchen. Das war nicht schön von mir, ich schäme mich dafür, und es tut mir sehr leid, dass du deinen Mann so früh verloren hast.«*

*Jedes Wort, das sie geschrieben hatte, stimmte, und jedes schmerzte. Ich hatte sie alleingelassen, meine einzige Schwester, und nun war ich allein. Uns trennten nur dreizehn Monate im Alter. Sie war die Jüngere, und doch, das fiel mir nun plötzlich ein, war sie es, die mir die Augen für Kunst geöffnet hatte. In unserer Bibliothek hatte es ein Buch mit Bildern von Leonardo da Vinci gegeben. Elisa liebte es, diese Bilder anzusehen, sie wurde nicht müde,* Johannes den Täufer *und* Anna selbdritt, *die* Dame mit dem Hermelin *und* Das letzte Abendmahl *zu betrachten. Sie versuchte nie zu zeichnen, sie schaute nur. Und ich, die ihr dabei oft Gesellschaft leistete, verstand, dass man, je mehr man schaute, auch umso mehr zu sehen bekam. Als wir Wien verließen, hätte sie das Buch gern mitgenommen, doch es war zu groß und zu schwer, und was wir an persönlichen Dingen einpackten, musste in einen Koffer passen. In Amerika verlor sie das Interesse an Kunst. Zwar begleitete sie mich manchmal ins Museum und hatte auch einen guten Blick für Kunstwerke, doch der Zauber, den Leonardo auf das Kind Elisa ausgeübt hatte, kehrte nicht mehr zurück. Später ging sie lieber ins Theater und in die Oper, ich dagegen fand immer, dass sich das amerikanische Theater samt den großen Broadwayproduktionen nicht mit der* Burg, *der* Josefstadt *oder dem* Deutschen Volkstheater *messen konnte. Da war mir Kino schon lieber. Ohne Elisa, erkannte ich nun im Rückblick, wäre ich wohl nie zu einer Kunstreise durch Italien aufgebrochen, ich hätte diese vielen wunderbaren Werke nie kennengelernt, oder wenn, nicht in dieser Weise aufnehmen können. Die erste Seite von Elisas Brief brach unvollendet ab. Dann, mit einigen Zeilen*

*Abstand, ging es in einem anderen Ton weiter. Offenbar war dazwischen einige Zeit vergangen. »Ich habe Nachrichten über unsere Eltern erhalten. Was wir befürchteten, ist nun gewiss, sie sind tot.«*

*Sie nannte ein Lager, 55 Kilometer entfernt von Straßburg im von den Nazis besetzten Elsass. »Natzenweiler-Struthof. Es war ein Schreckensort, selbst unter den Konzentrationslagern. Dort ist unser Vater ermordet worden.«*

Über Mutter schrieb sie nichts. *»Lies selbst, es ist zu schrecklich.«*

*Das beiliegende Schreiben war vom Suchdienst des* Roten Kreuzes *verfasst, eine der verschiedenen internationalen Organisationen, die seit 1945 nach Überlebenden aus den Konzentrationslagern suchte. Offenbar waren unsere Eltern gemeinsam bis Frankreich gekommen. Das letzte Lebenszeichen, das wir von ihnen erhalten hatten, war Vaters Brief aus der Schule in der Karajangasse. Wie waren sie von dort entkommen? Hatten sie sich in Frankreich dem Widerstand angeschlossen? Dort jedenfalls trennten sich ihre Wege. Für immer. Papa war in Bordeaux verhaftet worden. Mutters Spur ließ sich bis nach Ostdeutschland verfolgen. Mit einer Gruppe Frauen aus der französischen Résistance kam sie dort an.*

*Im Lager Markkleeberg bei Leipzig, stand in dem Schreiben, arbeiteten Häftlinge und Zwangsarbeiter für die* Junkers Flugwerke *in der Produktion von Munition und Flugzeugteilen.*

*Im April 1945 wurde Markkleeberg evakuiert, die Häftlinge machten sich auf den Todesmarsch nach Theresienstadt. Mutter war dort niemals angekommen. Laut den Nachforschungen der internationalen Suchdienste, mit denen das* Rote Kreuz *zusammenarbeitete, wurde empfohlen, sie für tot zu erklären.*

*Elisa kündigte ihr Kommen an. »Ich will dich sehen. Ich will mich von unseren Eltern verabschieden.« Sie schlug als Treffpunkt Straßburg vor. Sie hatte schon ein Hotel ausgesucht,* Vache d'Or *nahe vom Dom. »Mitte März werde ich dort sein«, endete sie. »Ich hoffe, auch du.«*

# 13.

Seit Jahren schon fürchtete sich Adele bei jeder Reise vor Margaretas Gezeter.

»Was hast du von der ewigen Herumfahrerei? Statt dass du dich in deiner Freizeit erholst, strengst du dich noch mehr an! – Wie lange bist du schon wieder weg? Eine Woche? So lange? Und mich lässt du mit dieser Person allein? Denkst du gar nicht an mich? – Ich halte das nicht mehr aus, bleib doch in Wien!« Wenn sie ganz ungehalten war, wurde es noch schlimmer: »Sterbe ich dir nicht schnell genug?«, warf sie ihrer Tochter vor, und: »Andere müssen viele Jahre Kredite zurückzahlen, dir ist die Ordination in den Schoß gefallen. Dafür könntest du dich wenigstens ein bisschen dankbar zeigen.«

Aber diesmal blieb die übliche Reaktion aus.

»Wozu?«, fragte Margareta. »Wenn es nicht mit rechten Dingen zugegangen ist, deine Detektivspiele machen Pauline auch nicht mehr lebendig.«

Adele bezähmte sich und vermied jede Andeutung. Es hatte keinen Sinn, Margareta aufzuregen und womöglich falsche Hoffnungen in ihr zu wecken. »Ich verabschiede mich schon heute, ich muss sehr früh zum Flughafen.« Sie küsste ihre Mutter auf Wange und Stirn.

Margareta sah sie an, in ihren Augen stand die Angst, wie immer, wenn Adele fortging, doch sie sagte nichts. Es schnitt Adele ins Herz. Auch wenn Joseph sagte, dass Margareta eine mit allen Salben geschmierte Komödiantin war, darin hatte er unrecht, ihre Panik, hilflos zurückgelassen zu werden, war echt. Sie traute niemandem außer Adele. War das ihre Schuld? Erpressung, nannte es Joseph. Er hatte recht, doch Adele war dennoch wehrlos dagegen.

Mirza hantierte in der Küche und hörte nebenbei Volksmusik im Radio.

»Ruhig Blut, ich bin in ein paar Tagen zurück.« Sie drückte Mirzas Arm, weil sie die Hände im Abwaschwasser hatte. »Die Adresse und Telefonnummer meines Hotels habe ich ins Vorzimmer gelegt, aber bitte nur benützen, wenn's wirklich dringend ist, ja?«

»Eine gute Reise, Frau Doktor!«, wünschte ihr Mirza.

Adele verließ die Wohnung. Im Treppenhaus war es dunkel. Sie tastete nach dem Lichtschalter. Verdammt, was war das, das Licht hatte doch vorhin noch funktioniert? Sie tappte mit den Händen an der Wand entlang zum Treppenaufgang. Plötzlich spürte sie, dass jemand sich den Korridor entlang bewegte.

»Wer ist da?«, rief sie aus. Einen Moment war es still, dann hörte sie es wieder, das fast lautlose Rascheln eines Kleidungsstückes, ein Mensch, ganz in ihrer Nähe, der sich mit großer Vorsicht bewegte. »Mirza! Mirza, Hilfe!«, rief sie, so laut sie konnte. Sie streckte die Arme aus, weil sie glaubte, in der Dunkelheit eine Silhouette vor sich wahrzunehmen. Täuschten sie ihre Sinne? Nun war es mit einem Male ganz still. »Mirza, zu Hilfe, Mirza!«, schrie sie mit aller Kraft. Plötzlich fiel ein Lichtschein auf ihr Gesicht. Mirza stand in der Tür. Adele war so erleichtert, dass ihre Knie nachgaben. »Was ist denn?«, fragte Mirza verwundert. »Frau Doktor!«, rief sie aus, als sie Adele auf der Treppe sitzend entdeckte. Sie kam auf den Flur und tastete wie vorher Adele nach dem Lichtschalter.

»Holen Sie die Taschenlampe, Mirza!«

Adele spürte einen Luftzug. Das Haustor. Sie hatte es sich nicht eingebildet, jemand war hier gewesen. Sie stand auf und wollte loslaufen, doch der Schreck saß ihr in allen Gliedern. Gemeinsam mit Mirza ging sie im Schein der Taschenlampe zum Sicherungskasten. Er stand offen, die automatische Sicherung des Flurlichts war deaktiviert.

»Wer macht so etwas?« Mirza schaltete sie wieder ein. Das Licht ging an. Schon begann Adele zu zweifeln. Vielleicht hatte sich der Bub aus dem vierten Stock mit seinen Freunden einen dummen Spaß erlaubt? Erst als sie vor ihrer Wohnungstür ankam, sah sie, dass es jemandem sehr ernst gewesen war. Die Verkleidung des Schlosses war heruntergerissen, die Tür trug gewaltsame Spuren. Doch der Einbrecher hatte sein Werk nicht vollenden können, das Schloss selbst war intakt. Adele war zu früh zurückgekommen. Ihr Herz schlug laut bis in die Ohren. War es Zufall, dass das gerade jetzt geschah? Sie besaß doch nichts, was mit Marlons Tod zusammenhing? Sie malte sich aus, was ihr Namensvetter Lorenz dazu sagen würde, und entschloss sich, die Polizei nicht zu verständigen.

Während sie ihren Trolley packte, kämpfte sie mit sich. Nicht schon wieder, Adele, es bringt nichts. Als sie fertig war, schlotterten ihre Knie immer noch. Sie stellte sich ans Fenster. Das Auto mit der Frau am Steuer fiel ihr wieder ein. Beobachtete jemand ihr Haus? Aber wozu? Was könnte dieser Jemand von ihr wollen? Es wäre schön, das Ganze als Hirngespinst abzutun, doch die Einbruchsspuren an ihrer Wohnungstür bildete sie sich nicht ein. Draußen schüttelte der Nachtwind die Baumkronen. Kein Wetter zum Ausgehen. Es war außerdem spät. Ihr Flugzeug ging am frühen Morgen. Und doch, sie holte ihr Handy. Joseph meldete sich nach dem ersten Läuten.

»Wird das jetzt zur Gewohnheit?« Im Hintergrund hörte sie Musik.

»Wenigstens schläfst du noch nicht.« Sie machte eine Pause. Er sagte nichts.

»Hallo? Bist du da?«

»Warum rufst du mich an, Dilly? Ich habe dir das letzte Mal schon gesagt, ich komme nicht auf Zuruf.«

Fast wäre sie in Tränen ausgebrochen. Warum war er so gemein zu ihr? Auch wenn es vorbei war, konnte er nicht freundlich mit ihr umgehen? Doch wenn sie ihm Vorwürfe machte, würde er nicht weiter mit ihr reden wollen. Und sie konnte mit der kalten Kugel Angst in ihren Eingeweiden nicht einfach schlafen gehen.

»Bitte, sprich mit mir«, sagte sie mit einer Piepsstimme, die ihr selbst zuwider war.

»Das kommt darauf an, worüber«, erwiderte Joseph. »Die letzten dreißig Jahre haben wir uns, wenn dir nach einem Gespräch zumute war, für gewöhnlich über deine Befindlichkeiten unterhalten, die Probleme mit der Praxis, das Personal, die Patienten, das Geld, und vor allem natürlich über die Probleme mit deiner Mutter. Wenn du deinen Müll abgeladen hast, ging's dir gleich besser. Schön für dich. Für mich blieb leider nie genug Zeit übrig. Du warst dann immer sehr beschäftigt.«

Adele erstarrte. Niemals hatte Joseph so eine schreckliche Rede gehalten. Sie hatte bis zu diesem Augenblick nicht geahnt, dass er so dachte. Hatte sie wirklich nie hingehört, wenn er mit seinen Anliegen kam?

»Aber wir waren doch beide immer beruflich eingesetzt. Du hast doch, genau wie ich, etwas erreichen wollen …«

Sie hörte sein bitteres Auflachen und sprach nicht weiter. »Es tut mir leid«, sagte sie nach einer Weile, in der nur die Musik, ein französisches Chanson – Charles Aznavour?, Gilbert Bécaud? – zu hören war. Etwas, das sie mit ihrer Jugend und dem jungen schüchternen und gleichzeitig scharfzüngigen Joseph verband. Wieder stiegen ihr Tränen in die Augen. Und jetzt ja kein Selbstmitleid, befahl sie sich, das wirkte gewöhnlich, um ihre Fassung wiederzugewinnen.

»Ich werde mich nicht mehr bei dir ausweinen, ich verspreche es.« Noch immer klang ihre Stimme erbärmlich, quietschend hoch, als flehte sie um Mitgefühl. »Ich muss dir was erzählen: Bei mir wollte jemand einbrechen, und jetzt habe ich Angst.«

Er schwieg und überlegte. Dann räusperte er sich. »Heute?«

»Ja. Kommst du, bitte?«

Wieder machte er eine lange Pause. »Ich komme nicht«, antwortete er dann. »Du solltest die Polizei anrufen.«

»Bitte, Joseph.« War das wirklich sie, bettelnd und flennend am Telefon?

Sie hörte den Türsummer, einmal und darauf noch zweimal kurz. »Bei mir läutet es. Was soll ich jetzt machen? Joseph!« Sie öffnete das Fenster und beugte sich hinaus. Da war jemand vor dem Haustor, mehr konnte sie nicht erkennen.

»Dilly, ich versuche, dir zu erklären, dass ich für deine Probleme nicht mehr zuständig bin. Du willst ein Leben nach deiner Fasson, das hast du mir immer gesagt. Und ich, nun, inzwischen will ich das auch.«

Es war der ungeeignetste Moment, um sie für ihre Verfehlungen zu bestrafen. Er war im Recht, sie hatte es verdient, und dennoch, wie konnte er? »Wo bist du jetzt, Joseph? Wieder im *Glockenspiel*?«

Er stutzte. »Willst du herkommen? Das wäre ja wirklich eine unerwartete Wendung.«

Wieder läutete es. »Warte auf mich«, sagte Adele und beendete das Gespräch, bevor er es sich überlegen konnte.

Sie fuhr in ihren Mantel, nahm die Tasche und verließ die Wohnung. Ohne Licht zu machen, ging sie die Treppe hinunter. Sie würde die Tür öffnen und, wer immer da draußen stand, beiseitestoßen. Die Überraschung war auf ihrer Seite. Sie musste nur schnell genug sein.

Sie riss die Tür auf und stürmte los, die Arme abwehrend vor sich gestreckt. Zwei Stufen führten zum Eingangstor, ein Ärgernis für Mirza, wenn sie mit Margareta im Rollstuhl aus dem Haus ging, was mittlerweile immer seltener geschah. Der Mann war voluminös, nicht nur groß, sondern auch breit, doch der unvermutete Angriff brachte ihn aus dem Gleichgewicht. Er stolperte über die Stufe hinter ihm und fiel auf den Rücken. Das Licht der Straßenlaterne traf sein Gesicht, und Adele hielt inne. Das war doch – »Herr Lorenz?« Sie beugte sich vor und wollte ihm aufhelfen, doch er wies ihre Unterstützung mit einer Gebärde zurück. Schwankend kam er auf die Beine.

»Was war das jetzt?«, fragte er ungehalten.

»Und Sie, was tun Sie hier um die Zeit vor meinem Haus?«, fragte Adele zurück. »Ich bin zu Tode erschrocken, weil …«

»Weil ich geläutet habe? Für eine Ärztin sind Sie aber äußerst schreckhaft. Können womöglich auch kein Blut sehen?«

Er hatte schon wieder diesen spöttischen Ton, der sie bei der ersten Begegnung geärgert hatte. »Hat Sie vielleicht Mirza angerufen?«

»Mirza?«

»Unsere Pflegerin, sie versorgt meine Mutter.«

Er schüttelte den Kopf und musterte sie misstrauisch. »Welchen Grund gäbe es dafür?«

Sie zögerte, es ihm zu sagen. »Warum sind Sie da?«

»Wenn es Ihnen recht ist, würde ich das lieber im Warmen besprechen.«

Es war ihr nicht recht, doch er musste einen gewichtigen Grund haben, und den wollte sie erfahren. Sie hielt ihm die Tür auf. »Bitte. Aber leise im Stiegenhaus, damit meine Mutter nichts hört.«

Sie führte ihn hinauf in ihre Wohnung und in die Küche. »Kaffee? Wasser?«

Er lachte. »Ein Bier wäre mir lieber.«

Sie holte eines aus dem Kühlschrank.

»Und Sie?«

Sie setzte sich ihm gegenüber. »Sie sind nicht gekommen, weil ich Ihnen bei meinem Besuch so unwiderstehlich sympathisch war?«

Er musste schmunzeln. »Das ist richtig.« Das Glas, das sie zusammen mit dem Bier serviert hatte, ließ er unbeachtet und nahm einen großen Schluck aus der Flasche.

»Es gab aber heute noch einen zweiten Besuch, und der ließ den Ihren in einem anderen Licht erscheinen.«

Für einen Polizisten drückte er sich direkt literarisch aus.

»Leider habe ich sie nicht selbst gesprochen, sondern erst am Abend das Protokoll des Telefonats vorgefunden.«

»*Sie*?«

»Eine junge Amerikanerin hat heute bei der Kriminalpolizei vorgesprochen, um einen Mann vermisst zu melden. Sein Name: Marlon Waterman. Er hat sein Gepäck bei ihr deponiert und ist nicht mehr aufgetaucht. Jetzt erst hat sie die Zeitungsmeldung von dem Ertrunkenen im Donaukanal gelesen und glaubt nicht an einen Selbstmord. Er hat ihr erzählt, dass ihm jemand ins Hotel gefolgt und seine Zimmernummer ausgespäht hat. Der Verfolger vermutete einen Wertgegenstand bei ihm, den er aber gar nicht hatte, sagte sie, sondern selbst suchte. Die Journalbeamtin hat sie aufs

Kommissariat bestellt, um sie näher dazu zu befragen, aber sie ist nicht gekommen.«

Bei den Worten, jemand habe bei Marlon einen Wertgegenstand vermutet, den er nicht besaß, sondern selbst auf der Suche danach war, stieg ein unangenehmes Gefühl in Adele auf.

»Nun, was sagen Sie jetzt?«, fragte Lorenz.

»Was haben Sie in seinem Gepäck gefunden?«

Er schüttelte den Kopf. »Ich konnte die Zeugin bisher nicht erreichen. Und interessanterweise auch niemanden in dieser Galerie.« Er blätterte sein Notizbuch auf. »Ah ja, das habe ich ausgelassen. Kennengelernt haben sich Marlon und das Mädchen in der *Galerie Rosen* bei der Vernissage.«

»Herr Rosen hat mich angelogen«, sagte Adele. »Er hat geleugnet, Marlon zu kennen.«

Lorenz nahm einen Zug aus der Bierflasche. »Genau dazu wollte ich ihn befragen. In seiner Wohnung war Herr Rosen nicht anzutreffen, und die Galerie ist geschlossen. Keine Erklärung auf dem Anrufbeantworter, kein Zettel an der Tür. Das finde ich merkwürdig, wenn man gerade eine Ausstellung unter so viel medialer Aufmerksamkeit eröffnet hat.« Er stellte die Flasche ab. »Und nun zu Ihnen, Frau Doktor.«

Diesmal ließ er sich Zeit und hörte ihren Bericht genau an. Am Ende seufzte er auf. »Sie müssen schon verstehen, dass ich skeptisch war. Es ist alles nur Interpretation. Mit Gewissheit wissen wir überhaupt nichts. Marlon hatte einen Verdacht, aber keinen Beweis, oder wenn, dann kennen wir ihn noch nicht.«

»Wir«, hatte er gesagt. Er hatte zugegeben, dass er sie abgewimmelt hatte, und war mitten in der Nacht zu ihr gekommen, um ihre Seite der Geschichte zu erfahren. Adele entschloss sich, ihm zu vertrauen.

»Aber es gibt nicht nur Beweise, sondern auch Indizien. Auch bei mir hat dieser Jemand etwas gesucht.« Sie führte ihn zum Eingang und zeigte ihm die Spuren an Tür und Türschloss. Sie erzählte ihm, wie sie den Einbrecher im dunklen Stiegenhaus überrascht hatte. An Lorenz' Miene sah sie, wie ernst er die Situation einschätzte.

»Sie müssen aufs Kommissariat kommen, wir nehmen ein Protokoll auf«, sagte er zuletzt.

»Jetzt gleich?«

»Morgen ist Zeit genug. Als Erstes werde ich die Amerikanerin befragen. Anschließend melde ich mich bei Ihnen.«

Sie sagte ihm nicht, dass sie in wenigen Stunden nach Venedig fliegen und nach Pauline suchen würde. Er würde sie abhalten und die italienische Polizei einschalten wollen. Doch die hatte bisher keinen Grund zum Handeln gesehen, und bis Lorenz sie vom Gegenteil überzeugte, war es für Pauline womöglich zu spät.

»Sie wollten noch ausgehen?« Lorenz sah auf die Uhr.

Adele nahm ihr Handy. Es war schon nach ein Uhr. Sie entdeckte, dass es stumm geschaltet gewesen war. Sieben Mal hatte Joseph angerufen. Als Letztes hatte er ihr eine Bildnachricht geschickt. »Beim Aufräumen im Schreibtisch gefunden. Erinnerst du dich noch daran?« Sie klickte die Nachricht weg.

»Ist es nicht zu spät für Ihren Freund?«, fragte Lorenz.

Sie warf ihm einen erstaunten Blick zu, und er sah beschämt drein.

»Entschuldigung, geht mich nichts an. Ich wollte Ihnen nur anbieten … Ich meine, Sie sollten vorsichtig sein, sich um die Nachtzeit vielleicht nicht allein auf der Straße bewegen. Es war immerhin …« Er machte eine Pause und musterte sie, nun wieder ganz gelassen. »Sie besitzen oder wissen etwas, das jemanden so aus der Fassung gebracht hat, dass er bei Ihnen einbrechen wollte.«

Das war so ziemlich der Schluss, zu dem sie selbst gekommen war. Aus dem Mund eines Polizisten klang es nicht mehr fantastisch, sondern erschreckend real.

»Danke für die Warnung«, sagte Adele. »Aber keine Sorge. Ich bleibe zu Hause.«

Er lächelte, ein richtig sympathisches Lächeln. Und gar nicht so übel aussehend, dieser Lorenz. Eigentlich gefiel er ihr sogar.

Beim Abschied hielt er ihre Hand ein wenig länger als nötig. »Sie sind die erste Zahnärztin, die ich privat kennenlerne.«

»Privat?«, wiederholte Adele. »Sie sind doch im Dienst, Herr Lorenz, trotz Bier, oder?«

Er lachte. »Ich meinte, nicht als Patient.« Auch sein Lachen war nett. »Also, bis morgen.«

Nun, bevor er ging, geriet sie doch in Versuchung, ihm von ihrer Venedigfahrt zu erzählen. Nein. Lieber per SMS.

# 14.

*Ich kam genau am 15. März in Straßburg an. Meine Zugreise durch die Schweiz war noch dazu bei sonnigem frühlingshaftem Wetter idyllisch, erst als wir über die Grenze ins ehemalig deutsch besetzte Elsass kamen, sah ich die Spuren des Krieges – von Bombenschäden gezeichnete Ortschaften, unbestellte Felder, Straßen voller Schlaglöcher. Kaum ein Mensch hielt sich im Freien auf.*

*Auch in Straßburg herrschte gespenstische Stille. Ich ging zu Fuß vom Bahnhof in die Altstadt, die wunderschön und völlig intakt war, als würde ich mich drei Jahrhunderte von der Gegenwart entfernen. Das Hotel* Vache d'Or *war ein ehemaliges Schlösschen, romantisch, aber wenig komfortabel. In den dicken alten Mauern saß noch die Winterkälte. Bei der Rezeption fragte ich nach Elisa. Ich besann mich rechtzeitig darauf, dass Deutsch hier die Sprache des Feindes war, und fragte auf Italienisch. Elisa war bereits angekommen und gleich zur Kathedrale gegangen, erfuhr ich. Ich ließ meine Tasche beim Portier und lief los. Auf dem kurzen Weg zählte ich die Jahre, es waren fast fünf. Dann stand ich vor dem gewaltigen Straßburger Dom aus seinem überirdisch rosa schimmernden Stein und begann, die Turmstiege hochzusteigen. Ich dachte an den Tag, als ich mit Lauro auf den Cam-*

panile hinaufging, an das Licht, an das Meer, die italienische Sonne. Lauro, der mir die Geschichte der Glocken erzählte. Auch dieser Dom hatte eine lange Geschichte, im Vorbeigehen hörte ich Bruchstücke davon – der Stein, der aus den Vogesen stammte, das Alter, fast achthundert Jahre seit Baubeginn, der Name Liebfrauenmünster. Der Platz, an dem ich Elisa wiedersah. Sie stand etwa auf halber Höhe, den Kopf an eines der schmalen Fenster gelehnt. Beinahe wäre ich an ihr vorübergegangen, so elegant wirkte sie, in einem dunkelblauen, eng gegürteten Mantel, Schuhen mit hohen Absätzen, einer grünen Sonnenbrille, sehr rotem Lippenstift. Ihr lockiges Haar hatte sie abgeschnitten und zu einem Bubikopf frisiert. Amerikanisch, dachte ich. Hierzulande schminkten sich Damen nicht, oder jedenfalls nicht auffällig. Sie trugen das Haar lang, aufgesteckt und gingen nicht ohne Hut und Handschuhe aus. Elisa war es, die mich erkannte, sie wandte sich um und stieß einen kleinen Schluchzer aus. Wir umarmten einander, sie sah anders aus, aber sie roch, wie sie immer gerochen hatte. Wie hatte ich denken können, dass uns nichts mehr verband? Sie war der Mensch, mit dem ich allein in die Welt gegangen war. Hand in Hand stiegen wir zur Turmspitze hinauf. Beide atemlos vom Aufstieg, schauten wir hinunter. Die Menschen auf dem Platz sahen winzig klein aus. Die Märzsonne tauchte die Landschaft in leichte Schleier. Hier war unser Vater gestorben. Und Mama auf einer unbekannten Straße. Am Wegrand hingesunken, in einen Straßengraben geworfen.

»In Wahrheit bin ich gekommen, um dich nach Hause zu holen«, sagte Elisa später beim Essen. Wir saßen in einem Bistro nahe vom Fluss, dessen Namen ich vergessen habe.

Wir würden nicht in das KZ fahren, hatten wir beschlossen, wir waren uns völlig einig darüber. Schwer genug zu akzeptieren, dass wir unsere Eltern nie wiedersehen wür-

*den. Der Besuch dieses Todesortes konnte uns keinen Trost bringen. Wir würden auch die Suche nach Mutter nicht fortsetzen. Es gab keine Hoffnung, das hatte der Brief deutlich genug ausgedrückt.*

*»Du meinst, Wien?«, fragte ich sie. »Du wolltest doch nie zurück.«*

*»New York, das ist unsere Heimat.«*

*Elisa sprach mit Überzeugung. Eine Überzeugung, die ich nicht besaß. Ich hatte keine Heimat mehr. Bei Joseph Roth las ich die Sätze, die genau das ausdrückten: »Das ist ein seltsames Gefühl, wenn die Stadt, in der man geboren ist, nicht mehr vorhanden ist. Es ist, als wäre man tausend Jahre alt und gerade vom Jenseits zurückgekehrt. Wenn man mich fragt, wo ich zur Welt gekommen bin, weiß ich nichts zu sagen. Und weil meine Heimat nicht mehr vorhanden ist, bin ich nirgends mehr zu Hause.«*

*Nun, nachdem so lange Zeit, mein ganzes Leben vergangen ist, hat sich daran nichts geändert.*

*»Komm du mit mir«, schlug ich Elisa vor. »Ich lebe in der schönsten Stadt der Welt. Vielleicht willst du bleiben?«*

*Sie schüttelte den Kopf, aber sie lächelte dabei. Dann streckte sie die Hand nach mir aus und streichelte meine Wange.*

*»Ich werde darüber nachdenken«, sagte sie.*

*Und wirklich, nachdem wir Straßburg besichtigt und Käse und Champagner eingekauft hatten, packten wir unsere Reisetaschen wieder ein und stiegen in den Zug nach Venedig.*

U

Wie lange hatte sie geschlafen? Hatte sie überhaupt geschlafen? Sie wusste nur noch, dass sie den Kopf auf das Kissen gebettet und gedacht hatte: endlich. Und nun hämmerte es an ihrer Tür. Sie taumelte hoch. Sollte sie öffnen? Aber kein Einbrecher machte so einen Lärm. Und jetzt hörte sie auch Mirzas Rufen.

»Bitte, Frau Doktor! Es ist dringend.«

»Schon wieder dringend«, murrte Adele. »Ich werde bald durchdrehen, und was macht ihr dann alle miteinander!« Sie sperrte auf.

Draußen stand Mirza im Schlafrock und mit bloßen Füßen.

»Nicht böse sein, liebe Frau Doktor. Sie haben es der Frau Greterl versprochen, noch einmal zu kommen.«

»I man, i dram.« Adele hängte sich ihren Anorak um.

»Wie?«

»Ich meine, ich träume«, sagte Adele giftig. »Müssen Sie denn alles, was meine Mutter will, befolgen, das ist ja pure Sklaverei!«

»Der Traum, ja, das ist der Grund.« Mirza nickte eifrig. »Kommen Sie nur schnell, es ist wichtig.«

»Ja, ja.« Adele folgte ihr ins Schlafzimmer der Mutter. »Ich weiß, es ist immer wichtig.«

Margareta war auf mehrere Kissen gebettet, mehr sitzend als liegend sah sie Adele hellwach entgegen.

»Stell dir vor, Dilly, es ist mir eingefallen. Ich weiß, ich habe dich aufgeweckt, aber du wolltest doch unbedingt wissen ...«

Adele sank auf den Bettrand, sie war zu müde, um zu protestieren. Margareta sah viel besser aus als am Abend, oder täuschten die roten Wangen nur Frische vor?

»Ich habe geträumt«, sagte sie. »Und stell dir vor, im Traum war ich in Paulines Haus. Ich konnte wieder gehen, ich hatte keine Schmerzen, es war so schön. Ich suchte nach den Bildern, und dann fiel mir ein, im Traum fiel es mir ein, sie hingen im Schlafzimmer. Und dort fand ich sie auch.«

»Du hast im Traum die Bilder gesehen?«, fragte Adele. Mit einem Mal verflog ihre Müdigkeit.

Margareta nickte. »Ganz genau.« Und dann begann sie das junge schöne Hochzeitspaar zu beschreiben, die großen schwarzen Augen der Frau, das schwarze geflochtene Haar, die wunderbar gemalte Spitze des Kleides. Und den Bräutigam mit den Mandelaugen, dem verhaltenen Lächeln, der Aura von Melancholie, die der Maler so gut eingefangen hatte. Das waren die Bilder, die in der *Galerie Rosen* hingen, und ihre Mutter konnte sie dort nicht gesehen haben, also trog sie die Erinnerung auch nicht. Es war ein Beweis, aber was ließ sich nun damit anfangen?

Warum hatte Marlon sterben müssen?

»Er wusste etwas, das diesem Galeriebesitzer gefährlich werden konnte«, sagte Margareta als Antwort auf Adeles Gedanken.

»Über Pauline? Paulines Tod?«, fragte Adele. »Falls sie wirklich tot ist.«

Sie hörte einen überraschten, halb erstickten Laut. Margaretas Gesicht überzog sich mit einem Mal mit einem heftigen ungesunden Lilaton. Im nächsten Moment stürmte Mirza herein, sie hielt den Notfallspray in der Hand.

Margareta riss ihn ihr weg und inhalierte tief.

»Was hast du gesagt?«, keuchte sie. »Du glaubst, Pauline …«

Sie schloss erschöpft die Augen.

»Ich weiß es nicht, Mama. Ich will keine falsche Hoffnung wecken.« Adele sah auf die Uhr. »Jetzt brauche ich mich gar nicht mehr niederzulegen. Ich bin nur ein Wochenende weg. Wenn ich zurückkomme, weiß ich mehr.« Sie küsste ihre Mutter, und Margareta hob die Hand und streichelte die Wangen ihrer Tochter zum Abschied.

Margareta hatte die Lardinis exakt beschrieben. Adele glaubte nicht an übersinnliche Phänomene. Das bedeutete, Margareta hatte die Bilder gesehen. In Paulines Haus.

Bis jetzt war es ein Puzzle gewesen, das sie mit Chris und Biggi langsam zusammengetragen hatte. Doch nun fragte sich Adele, was für eine Rolle ihr darin zugedacht war. Was hatte der Einbrecher in ihrer Wohnung finden wollen? Oder – und dieser Gedanke hatte etwas merkwürdig Irreales und erschreckte sie nicht besonders – war sie selbst in Gefahr? Sie rief ein Taxi an. Obwohl ihr die Müdigkeit in den Knochen steckte, freute sie sich aufs Wegfahren. So früh war sie noch nie auf dem Flughafen angekommen. Am Eincheckschalter war sie die Dritte in der Reihe. Während sie wartete, fiel ihr Joseph ein. Sie hatte sich per SMS kurz entschuldigt, seine Antwort blieb aus. Er war beleidigt, und seltsamerweise machte es ihr gar nichts aus.

# 3. TEIL

# 15.

Chris war schon beinahe eine Stunde vor der Abfahrt auf dem Bahnsteig. Ausgerüstet mit einer Tageszeitung und einem Roman von Ingrid Noll im Gepäck. Die Autorin hatte mit einem einzigen Spruch, »Wenn alte Schachteln brennen, brennen sie lichterloh«, Chris für sich gewonnen, und wenn auch in ihren Büchern die unwahrscheinlichsten Wendungen stattfanden, Chris amüsierte sich köstlich dabei. Doch nicht, wenn sie wie jetzt nervös und von Minute zu Minute ungeduldiger wurde, davon konnte sie leider nichts ablenken. Auf dem Bahnsteig zog es erbärmlich, und die Sitzbank war äußerst ungemütlich. Sie packte ihre Lektüre wieder ein und stand auf. Sie fixierte den Zeiger der Bahnhofsuhr, bis er nach einer kleinen Unendlichkeit träge eine Minute weitersprang. Noch nicht einmal eine Viertelstunde war vergangen! Biggi ließ sich immer Zeit, sie war imstande, erst unmittelbar vor der Zugabfahrt angelaufen zu kommen, Chris hatte es schon erlebt. So sehr sie ihre Freundin mochte, nicht, wenn sie auf sie warten musste. Ein älterer Mann schaute sich auf dem Bahnsteig um. Er war förmlich gekleidet mit Anzug und Krawatte, die Schuhe glänzten. Nur der Hut fehlte zum Gentleman alter Schule – ein Ausdruck, mit dem man sich heutzutage als eindeutig zum alten Eisen gehörig outete. Er hielt ein weiß-goldenes Päckchen in der Hand, die seidigen Bänder flatterten in der Zugluft, während er langsam hin und her ging. Mehrmals blickte er fragend in Chris' Richtung und sprach sie dann plötzlich an:

»Das ist doch der Zug nach Venedig, der hier abfährt?« Die Stimme war angenehm, ein gepflegtes Deutsch, das so wie seine ganze Erscheinung einer anderen Ära angehörte. Chris nickte. Sie hätte gern etwas Schlagfertiges erwidert, doch in solchen Situationen fiel ihr nie etwas ein. Biggi würde sagen: »Hat sie Sie versetzt?«, oder etwas in der Art, sie dachte gar nicht nach, sondern begann einfach eine Plauderei, auch wenn sie irgendeinen Unsinn von sich gab, das war ihr egal. Chris hatte das nie gekonnt. Jetzt war es noch eine halbe Stunde bis zur Abfahrt. Allmählich könnte Biggi auftauchen. Im alten Bahnhof hatte man von oben in die große Kassenhalle gesehen und den ganzen Bahnhof überblicken können. Seit dem Umbau war es mehr Shoppingmeile und Fresstempel, und man musste sich einen genauen Treffpunkt ausmachen, wenn man sich nicht verfehlen wollte. Endlich entdeckte sie Biggi in der Bäckerei, aus der aufdringliche Schwaden von Fett- und Buttergeruch drangen. Sie hatte eine Jausentasche vollgepackt und steckte sich gerade ein letztes Stück ihrer Brezel in den Mund, während sie auf Chris zustrebte. Da plötzlich riss sie überrascht die Augen auf.

»Gottfried?«

Wer war Gottfried? Chris drehte sich um. Der Herr im Anzug strahlte über das ganze Gesicht.

»Ich habe es mir nicht nehmen lassen können.« Er überreichte Biggi das Päckchen. »Für die Reise.«

Biggi schüttelte lächelnd den Kopf. »Aber bitte, das wäre doch nicht nötig gewesen. Ich bin doch gleich wieder zurück in Wien.«

»Hoffentlich, liebste Biggi. Ich kann es kaum erwarten.«

Biggi wandte sich nun endlich Chris zu.

»Das ist der Gottfried«, sagte sie mit einem spitzbübischen Lachen, zu dem es, fand Chris, keinen Anlass gab.

»Der Verehrer?« Sie hoffte, dass sie nicht giftig klang.

Gottfried verbeugte sich höflich. »Die beste Freundin, über die ich schon viel gehört habe. Sehr erfreut.«

Biggi machte Anstalten, das Päckchen zu öffnen, doch da verlor Chris die Geduld. Anklagend zeigte sie auf die Bahnhofsuhr.

»Wir müssen zum Zug.«

Biggi nickte. Sie sah Gottfried bedauernd an. »Du hättest dir die Mühe nicht machen sollen. Für die paar Minuten.«

»Keine Mühe, nur Freude. Jeder Augenblick ist es wert.«

Was für ein Gesülze, würde Ingrid Noll sagen. Aber Biggi gefiel es natürlich. Du, sagte sie zu ihm, die liebste Biggi.

»Also – auf Wiedersehen, auf bald.«

Gottfried schüttelte beiden Frauen die Hände, deutete sogar einen Handkuss an. Dann konnten sie endlich in den Zug einsteigen.

»Warum so aufgeregt, wir haben Zeit genug und dazu Platzkarten, uns läuft nichts davon.« Biggi maulte, bis sie im richtigen Waggon gelandet waren. Mit einem Seufzer der Erleichterung setzte sich Chris. Sie sah auf die Uhr. Zehn Minuten bis zur Abfahrt. Da klopfte es ans Fenster. Gottfried winkte Biggi, zur Tür zu kommen, die modernen Zugfenster ließen sich nicht öffnen.

»Du steigst aber nicht noch einmal aus?«, rief ihr Chris nach. Sie zwang sich, nicht hinaus und auch nicht auf die Uhr zu sehen, sondern schlug ihre Zeitung auf. Wieder und wieder las sie die Schlagzeile, ohne dass sie in ihr Bewusstsein drang. Dann war Biggi wieder da, und beinahe gleichzeitig drang aus dem Lautsprecher die melodiöse und zugleich unnahbare

Stimme, die seit Jahrzehnten die Abfahrt der Züge verkündete, die Zugstationen nannte und eine gute Reise wünschte.

»Stell dir vor …« Biggi klang traumverloren. Hatte sie ihren Traummann gefunden, war sie verliebt über beide Ohren in den Gentleman mit den blanken Schuhen? »Er weiß einen Interessenten.«

»Einen Interessenten«, wiederholte Chris verständnislos.

»Ich habe ihm erzählt, dass ich damals, als er mich ansprach, den Zettel mit dem Namen und der Nummer verloren habe.«

Jetzt kapierte Chris. »Du redest vom Geschäft.«

»Er war mit mir dort und hat sich alles genau angesehen. Er kennt sich gut aus, er war Hausverwalter«, erzählte Biggi begeistert. »Er ist ein ausgebildeter Jurist, aber in Pension.«

»Und jetzt will er sich ein Geschäft kaufen?«

»Doch nicht er!« Biggi musterte Chris. »Was ist, bist du sauer?«

Chris ärgerte sich über sich, war sie eifersüchtig auf Biggi? Sie beugte sich vor und nahm die Hand ihrer Freundin. »Natürlich nicht. Ich bin nur genervt, immer bei einer Abreise. Aber jetzt freue ich mich auf Venedig.«

Biggi drückte ihre Hand. »Ich auch.« Und dann, nach einer Pause: »Wir haben immer zusammengehalten. Da waren Männer und Arbeit und Kinderhüten und Schule. Du warst immer meine Freundin, da wird sich auch nichts daran ändern. Von meiner Seite nicht.«

Chris schluckte. »Von meiner auch nicht.« Sie schämte sich.

*Ich ging mit Elisa durch die Stadt, und sie ließ sich von mir führen, staunend und begeistert wie alle Fremden. Doch mein Venedig teilte sie nicht. »Zu viel Wasser, zu viel Schmutz, zu viel verkommene Häuser«, sagte sie. Mein kleiner Palazzo war sehenswert, doch leben würde sie so nicht wollen. »Wo ist der Komfort? Erinnerst du dich an unsere Wohnung in Manhattan, mit dem Blick über den Hudson River? Das könntest du dir heute auch leisten, du bist eine reiche Frau.« Sie war eine Amerikanerin geworden, sie sprach von Geld, als ob es das Einzige wäre, was zählte. Ich war eine arme Frau, ich hatte das Wertvollste verloren, was ich besaß. Und mein Trost war nur die Erinnerung daran. Doch das verstand Elisa nicht, wollte sie nicht verstehen.*

*»Blick nach vorne, du bist jung, du kannst neu anfangen. Komm zurück nach Hause, bitte.« Joseph Roth war nur ein alter versoffener Träumer, in seiner Pariser Bruchbude nicht heimisch geworden, kein Wunder. Dagegen New York!*

*»Give me your wretched, your poor, your huddled masses yearning to breathe free«, zitierte sie das Gedicht von Emma Lazarus am Fuß der Freiheitsstatue. »Weißt du nicht mehr, Pauline? Wir haben dort eine Heimat gefunden, als wir hoffnungslos waren, unsere Eltern verloren hatten. Das war unser Glück!«*

*Unser Wiedersehen war so schön gewesen. Und doch, bald schlich sich ein gespannter Ton in unsere Gespräche. Ich gab danach auf, sie zu überzeugen. Aber nicht Elisa. Sie wollte nicht auf mich verzichten. Zwei Wochen später reiste sie ab, gekränkt wie bei unserem letzten Abschied. Sie schrieb mir lange nicht, und dann, es war mehr als ein Jahr vergangen, kam ihre Verlobungsanzeige mit Curt, einem deutschen Emigranten. Sein Foto, blond mit blauen Augen, sah aus wie Hitlers Traum vom Herrenmenschen. Er war ein orthodoxer Jude, sie hatte ihn in der Synagoge unserer Stiefeltern kennengelernt. Sie lud mich zu ihrer Hochzeit. Ich schrieb ihr einen liebevollen Brief und schenkte ihr einen Luster aus rosa Murano-Glas mit vergoldeten Armen, eines der Prunkstücke der Firma Agassian, aber ich kam nicht. Ich wusste, dass ich nicht bleiben würde, und fürchtete Elisas Bitten und Tränen. Es war ein Bruch, den wir nie kitteten. Ich bekam die Geburtsanzeigen ihrer Kinder, zuerst Marc und dann Linda, benannt nach Curts Mutter Heidelinde. Zu Weihnachten schickte sie immer eine Karte und Fotos der jungen Familie. Sie sah wohl und glücklich aus als Ehefrau und Mutter. Marc ähnelte ihr, und Linda glich ihrem Vater Curt. Eine Idylle.*

U

Der Zug kam am Morgen in der Station Santa Lucia an. Chris und Biggi hatten trotz der wenig komfortablen Liegewagenbetten beide die ganze Nacht durchgeschlafen. Fröstelnd in den Wattenebeln über dem Kanal zogen sie ihre Trolleys bis zu einer kleinen Bar nahe der Piazzale Roma und frühstückten. Chris holte ihr Handy hervor. »Ich versuche es noch einmal.« Es läutete und läutete, bis sich nach zehn Mal Adeles Stimme meldete. »Hier ist die Mailbox von Adele Lorenz. Bitte hinterlassen Sie …« Chris drückte auf den Off-Knopf.

»Und?«, fragte Biggi.

»Bitte hinterlassen Sie Ihre Nachricht, aber rechnen Sie nicht damit, dass ich sie mir anhöre.«

Biggi, die gerade in ihr Croissant biss, zwinkerte verblüfft. »Echt jetzt?«

Chris lachte. »Natürlich nicht. Du glaubst auch jeden Unsinn.«

Biggi spülte mit einem Schluck Cappuccino nach. Sie verzichtete auf eine Antwort, doch Chris sah ihr an, dass sie sich ärgerte. Wenn sie Chris von Zeit zu Zeit mitteilte, wie grob ihre Kommentare waren, brach sofort Gruftstimmung aus. Chris konnte es nicht leiden, kritisiert zu werden, und Biggi vertrug keinen Spott.

»Apropos Gruft«, sagte sie.

»Wie?«

»Paulines Grab. Die armenische Familiengruft.«

»Apropos?«, wiederholte Biggi. »Das bedeutet … was?«

Chris legte ihre Hand auf Biggis Unterarm. »Sei nicht böse, ich will dich nicht ärgern. Manchmal juckt's mich halt.«

Biggi zog ihren Arm zurück, aber sie sah besänftigt drein. »Du wolltest was über Paulines Grab sagen.«

Chris schüttelte den Kopf. »Nein, über die Armenier. Im Zug hast du vorgeschlagen, wir sollen in irgendeine Kirche gehen, Santa Sowieso.«

»Chiesa di Santa Croce, das ist die armenische Kirche in Venedig. Einmal im Monat ist eine öffentliche Messe.«

»Und du meinst, das bringt uns weiter?«, fragte Chris skeptisch.

Biggi nickte vage. Nach ihrem verträumten Blick vermutete Chris, dass sie in Erinnerungen an den schönen Garlen schwelgte, der eines Tages mit einem kurzen Abschiedswort aus ihrem Leben verschwunden war. Chris verstand nicht, warum sie den Treulosen nicht einfach aus ihrem Gedächtnis gestrichen hatte, doch das war nicht Biggis Charakter. Sie hatte alle Arten von Lovern gehabt und hegte nur gegen ihren Ex-Mann einen gewissen Groll, nichts gegen die unversöhnliche Abneigung, die Chris gegen den ihren behalten hatte. Biggi war auch heute noch bereit, sich auf eine neue Beziehung einzulassen, Chris hatte das Buch der Liebe für immer geschlossen.

»Wie es der Zufall will, ist morgen Vormittag eine Messe. Wir gehen hin und schauen uns um.«

»Und danach treffen wir uns mit der Dilly bei der Vaporetto-Station, geht sich das alles aus?«, fragte Chris. Eine Messe in fremder Sprache und unverständlichem Ritus war sicher elendig langweilig.

»Venedigs armenische Gemeinde ist klein. Vielleicht fällt uns irgendetwas auf. Oder hast du einen besseren Vorschlag?«

Sie war drauf und dran, schon wieder einzuschnappen, deshalb nickte Chris rasch. »Du hast recht. Und wer weiß, vielleicht ist es sogar interessant.« Sie zog die Stirn kraus und wackelte mit der Nase, ihr altes Schulclown-Gesicht, das immer Wirkung zeigte, auch jetzt. Biggi musste lachen.

Sie zahlten und stiegen ins Vaporetto. Diesmal kannten sie den Weg. In der Pension erwartete man sie schon. Leider hatte es nur zwei Einzelzimmer gegeben, und Adele war anderswo abgestiegen. Wo, wussten sie nicht. Adele hatte versprochen, ihnen eine SMS zu schicken, aber bisher warteten sie vergeblich.

»Vielleicht ist sie ohne zu buchen geflogen und sucht sich hier spontan etwas. Da Geld für die Dame keine Rolle spielt ...«

Der freundliche Andrea erwartete sie an der kleinen Rezeption, erkannte sie und kam mit breitem Lächeln auf sie zu. »Ciao, Signore!«, rief er. Gleich wurde Chris' Laune besser. Wenn sie auch Adeles Hotel nicht kannten, Adele wusste, wo sie waren und würde sich melden.

Ա

*Ein einziges Mal unterbrach Elisa das alljährliche Ritual. Es war ein kurzer Brief, wenige Sätze, die nur ein schreckliches Faktum mitteilten, den Tod der kleinen Linda. Sie war an einer seltenen, wenig erforschten Krankheit gestorben. Ich sah Marc heranwachsen in den Bildern, die Elisa mir schickte. Er war ein mittelmäßiger Schüler, aber ein großartiger Sportler, und schließlich schaffte er doch das College und dachte sogar an ein Universitätsstudium. Er wurde früh Vater eines Sohnes, den er Marlon nannte. Ich wusste nichts von ihrem Leben, auch die Grußkarten zu den Feiertagen waren, als das Internet aufkam, allmählich ausgeblieben. Nur einmal kam ein Brief meines Großneffen mit der Post. Anders als seine Großeltern und seine Eltern interessierte er sich für Europa. Eines Tages, schrieb Marlon, würde er mich besuchen kommen.*

# 16.

Adele erwachte erst, als die Leute schon ihre Handgepäcksstücke aus den Fächern heruntergezerrt hatten und dicht gedrängt auf den Ausstieg warteten. Gewöhnlich gehörte sie auch zu diesen Ungeduldigen, was Joseph immer bespöttelt hatte. Denn man gewann keine Sekunde Zeit, sondern stand nur unbequem im engen Mittelgang des Flugzeuges. Joseph, er war weiterhin in ihren Gedanken, obwohl es doch offensichtlich war, dass sie in einer Sackgasse gelandet waren. Sie hatte die Bildnachricht, die er ihr geschickt hatte, noch nicht angesehen und holte es jetzt nach. Das Foto war am Strand von Nizza aufgenommen worden. Adele im Bikini trug auf dem rechten Arm einen Gips. Joseph, hinter ihr stehend und über ihre Schulter gebeugt, drückte sein Gesicht an ihre Wange. Beide strahlten in die Kamera. Jung und scheinbar unbeschwert. Unglaublich, wie sie sich damals in der Sonne geröstet hatten. Braun wie Brot! Adele war nach dem Studium in verschiedene Zahnarztpraxen als Vertretung gegangen, zuletzt bei ihrer schwangeren Kollegin Agotha. Margareta hatte sie wiederholt gewarnt, sich sportlich zu betätigen: »Sport ist Mord, wenn man von seinen Händen lebt!« Adele war beim Federballspielen so unglücklich gestürzt, dass sie sich den Arm gebrochen hatte. Gerade zu der Zeit, als sie darüber nachdachte, eine eigene Ordination zu eröffnen. Da war das Angebot ihrer Mutter gekommen, bei ihr einzusteigen. Adele hatte die Antwort aufgeschoben und war mit Joseph auf Urlaub nach Nizza gefahren. Joseph warnte sie, sich von Margareta abhängig zu machen. Sie sollte im Gegenteil Distanz suchen und sich nicht weiter von ihrer Mutter dominieren lassen. Mehr als dreißig Jahre waren seitdem vergangen. Und er scannte ein altes Foto und schickte es ihr mitten in der Nacht? Um ihr die Fehler und Fehlentscheidungen der Vergangenheit unter die Nase zu reiben? Aber war denn alles schlecht gewesen? Und wenn, warum hatte er so lange zugewartet? Zum ersten Mal, seit sie sich getrennt hatten, dachte sie, dass es vielleicht wirklich besser so war.

Als die Warteschlange in Bewegung kam, schraubte Adele sich mühsam aus ihrem Sitz in die Höhe. Sie war benommen vor Müdigkeit. Und doch fühlte sie sich irgendwie erleichtert und konnte nicht einmal sagen, warum. Draußen war die Welt in helles, wattiges Grau getaucht, der Himmel über dem Nebel unsichtbar. Ein feuchter, beinahe warmer Wind traf ihre Stirn. Es roch nach dem Wasser der Lagune. Sie liebte den Geruch von Venedig. Ohne lange nachzudenken, nahm sie ein Wassertaxi. Für einen nebligen Morgen war auf dem Canal Grande erstaunlich viel Verkehr. Sie begegneten dem Schiff, das den Müll von den Uferplätzen abholte, dem Gemüseschiff, der Polizei mit Signalhorn und Lichthupe, heimkehrenden Fischerbooten und sogar einer Gondel mit einem japanischen Hochzeitspaar, das sich unter einer prächtigen rotgoldenen Decke aneinanderkuschelte. Die Vaporetti waren unterwegs wie immer, rasant, trotzdem man kaum einen Meter weit sah. Auch Adeles Taxi scherte sich nicht viel um den Nebel, in kaum zwanzig Minuten hatten sie ihr Ziel in San Polo erreicht. Adele wies den Fahrer an, in den schmalen Nebenkanal hinter Paulines Haus einzufädeln. Er hielt vor dem niedrigen Tor zum Platz. Sie spähte zu den Fenstern hinauf. Die Läden waren geschlossen. Adele wurde das Herz schwer. Wenn sich nun alles, was sie sich mit Chris und Biggi überlegt hatte, als müßige Spinnerei erwies? Nein, die Karte aus San Lazzaro war keine Einbildung. Sie bezahlte die ungeheure Rechnung für die Fahrt, ohne zu murren. Es war schließlich ihr Fehler gewesen, dass sie nicht beim Einsteigen gefragt hatte. Der Fahrer schien selbst verdutzt, dass sie keinen Versuch machte zu feilschen. Er hob ihr Gepäck mit Schwung aus dem Boot, half ihr über die rutschigen Stufen und brauste los, bevor sie auch nur »Ciao« – oder wie Ephraim Kishon einst über die raffgierigen venezianischen Gondolieri geschrieben hatte, dreimal »Shylock« – sagen konnte.

Der Platz mit dem Brunnen in der Mitte lag in märchenhafter Stille. Aber in Clarissas Werkstatt brannte ein Licht, und während Adele hinging, öffnete sich die Tür, und der kleine Giacomo schaute heraus, kletterte die zwei Eingangsstufen hinunter und lief zum Brunnen.

»Hoppla, junger Mann, nicht so schnell!« Adele stellte sich ihm in den Weg. Er blieb stehen und sah zweifelnd zu ihr hoch. Sicherheitshalber steckte er den Daumen in den Mund.

»Giacomo, *brinconcello! Dove sei*?« Clarissa hatte ihn schon erspäht. Dann erst erkannte sie Adele.

Giacomo lief zu seiner Mutter, schlüpfte an ihr vorbei und war schon im Geschäft verschwunden, während Adele langsam auf Clarissa zuging.

Clarissa küsste sie auf beide Wangen. »Wie schön, Cara, dich so bald wiederzusehen. Ich habe geglaubt, du bist längst wieder in Wien?«

Sie führte Adele in die Werkstatt und bot ihr Tee an. »Un tè con cardamomo, an so einem nassen, unfreundlichen Tag bringt er Licht in unser Herz.«

Adele erzählte ihr, was sich in Wien alles zugetragen hatte. Zuletzt holte sie die Ansichtskarte hervor.

»Das armenische Kloster …« Clarissa betrachtete die Karte nachdenklich. »Die Familie Agassian gehört zu den ältesten armenischen Familien Venedigs.«

»Das wusste ich überhaupt nicht«, sagte Adele. »Auch meine Mutter erinnert sich nicht daran. Obwohl sie bei der Hochzeit war, niemand hat das mit einem Wort angesprochen. Und ich weiß auch nicht, welche Bedeutung es jetzt haben soll. Der Likör der Mönche weckt Tote auf – soll das eine Botschaft für mich sein?«

Clarissa sah Adele an. »Du weißt, auch Antonella ist Armenierin.«

Adele schwenkte die Karte. »Ja eben, Antonella! Wo ist sie? Hat sie diese Karte geschrieben? Paulines Schrift ist es sicher nicht.«

Clarissa schüttelte bedauernd den Kopf. »Ich habe Antonella zum letzten Mal beim Begräbnis gesehen. Ich kenne ihre Adresse nicht, sonst wäre ich schon früher zu ihr gegangen. Aber sie ist nie lange ausgeblieben, sie wird von selbst zu mir kommen.«

Das konnte Adele nicht abwarten. »Sie hat Pauline im Haus gefunden. Was dann? Kam ein Arzt? Die Rettung? Wer hat den Tod festgestellt?«

Clarissa wusste keine Antwort darauf.

»Wer ist ihr Hausarzt gewesen? Den musst du doch kennen.« Adele musterte sie skeptisch. »Warum antwortest du mir nicht?«

»Ich …« Clarissa schien überlegen zu müssen.

»Ja?«

»Ich … ja, ich kenne den Hausarzt«, sagte Clarissa zögernd. »Dottore Vallezza. Er ist ein Kunde, Pauline hat ihn zu mir geschickt. Ich habe seine Adresse und Telefonnummer. Warte mal kurz.« Sie kramte in einer Lade bei der Kassa und kehrte mit einer Visitenkarte zurück. »Du hast Glück, heute hat er Ordination. Ich rufe gleich an und sage ihm, dass du vorbeikommst.«

Doktor Vallezzas Arztpraxis war in der Nähe, auf der anderen Seite des Touristenpfads, der auch an diesem unwirtlichen Tag voller Leben war. Die Kirche San Silvestro schlug halb zehn, als Adele ankam. Das Wartezimmer war voller Leute, doch da Clarissa dem Arzt den Grund ihres Besuches am Telefon angekündigt hatte, wurde sie sofort aufgerufen. Er war ein rundlicher, freundlicher Mann mit lockigem ergrautem Haarkranz rund um sein kahles Haupt. »Dottoressa!«, begrüßte er sie. »Piacere!« Er sprach ein wenig Deutsch und ganz gut Englisch.

»Frau Agassian war eine Patientin der ersten Stunde. Ich lernte sie kennen, als sie gerade Witwe geworden war. Ein Freund von Lauro schickte mich zu ihr, er machte sich Sorgen, weil sie so gut wie nie ihr Haus verließ. Sie empfing mich, doch nur, um mir zu sagen, dass sie keine Hilfe benötige, und wenn doch, dann würde sie den Weg zu mir finden. Sie kam später, um sich für ihre Unfreundlichkeit zu entschuldigen. Ich blieb ihr Arzt bis heute. Sie war allerdings nie krank, bis auf die Arthrose nur Alterswehwehchen, die unausweichlich mit der Zeit daherkommen, sonst fehlt ihr nichts. Im Prinzip ist sie auch mit ihrem methusalemischen Alter noch eine gesunde Frau.«

Adele hörte ihm zu und ließ ihre Blicke durch die Ordination wandern. Der Doktor musste etwa im gleichen Alter sein wie sie, seine Ausstattung war wie ihre ein wenig altmodisch und ohne den Hightech-Glanz der Arztpraxen von heute. Clarissas Tee hatte sie eher entspannt als aufgemuntert, und so brauchte sie einen Moment, um zu verstehen, was der Doktor zu ihr sagte. »Gesunde Frau? Aber sie ist gestorben, Dottore.«

Er stutzte und verstummte. »Signora Paulina morta?«, erkundigte er sich zur Sicherheit auf Italienisch. »Ma, no, impossibile!«

Adele erzählte ihm das wenige, das sie wusste. Der Arzt holte Paulines Kartei und griff zum Telefon. Er führte mehrere kurze Gespräche hintereinander, so schnell, dass Adele nicht ein Wort verstand. Dann legte er auf, nahm seine Brille ab und warf sie auf den Schreibtisch.

»Incredibile!« Er rieb seine Augen.

Adele wartete ungeduldig. Das Herz schlug ihr bis zum Hals.

Er stand auf und ging vor seinem Schreibtisch auf und ab. »Das ist ein starkes Stück, selbst für Venedig. Ich weiß nicht, was ich sagen soll.«

»Dottore! Was ist los?«

Er blieb vor ihr stehen. »Es gibt keine Leiche. Es gibt keinen Totenschein. Es gibt kein Begräbnis.«

Adele stand auf. Sie sahen sich in die Augen. Kein Begräbnis? Aber sie war auf dem Friedhof gewesen. Die Gruft der Agassians war offen gestanden, zwei Männer hatten die Urne hingetragen. Da waren die Blumen gewesen, trauernde Menschen, die weinende Antonella, Clarissa. Was hatte sie gesehen?

Der Arzt hob bedauernd die Arme. »Es tut mir leid. Ich habe keine Erklärung dafür. Aber eines ist sicher: Niemand hat den Tod von Pauline Agassian offiziell festgestellt. Und sie ist nicht auf dem Friedhof San Michele begraben worden.«

Beinahe im Laufschritt kehrte Adele auf den Campiello del Sol zurück. In Clarissas Ladentür hing ein Schild mit einem bedauernden Lächeln: »Oggi chiuso.« War Clarissa ebenso zum Narren gehalten worden wie sie, fragte sich Adele. Aber welchen Sinn hatte dieser vorgetäuschte Tod? Sie überlegte, ob sie in der Pizzeria einen Kaffee trinken sollte. Nein, besser, sie ging gleich ins Hotel und wurde ihr Gepäck los. Es war Zeit, dass sie sich bei Chris und Biggi meldete. Die würden Augen machen über diese Neuigkeiten.

U

*Elia Agassian überlebte seinen Sohn um neun Jahre. Einmal im Monat erhielt ich eine Akontozahlung von den Einnahmen der Fabrik, einmal im Jahr die Gewinnabrechnung. Lauro hatte zuerst ein Viertel, nach dem Tod seines Bruders Davide die Hälfte der Fabrik besessen, und ich hatte seinen Anteil, ebenso wie den Palazzo und das Haus, in dem sich das Atelier befand, von ihm geerbt. In den neun Jahren bis zum Tod des Vaters gab es nicht den geringsten Kontakt zwischen uns. Ich erfuhr manches durch seinen Buchhalter, der mich, wenn es etwas Finanzielles zu besprechen gab, anrief. So wusste ich, dass Agassian mehr oder weniger in der Fabrik lebte, niemanden traf, niemals ausging, ein völlig zurückgezogenes Leben führte. Sein Tod kam für alle völlig unvorbereitet, niemand hatte geahnt, wie schlecht es um seine Gesundheit bestellt gewesen war. Er war von der Frau, die am Morgen vor Arbeitsbeginn die Büros aufräumte, gefunden worden, über seinem Schreibtisch zusammengesunken, als würde er noch immer die Auftragszahlen in den Geschäftsbüchern studieren. Er hatte mich abgelehnt und seines Sohnes nicht würdig erachtet, in unserem letzten Gespräch hatte er mir sogar für Lauros Tod die Verantwortung gegeben. Doch ich war ihm nicht böse deshalb. Der Schmerz um seinen Verlust hatte ihn ungerecht gemacht. Neun Jahre hatten wir ein ganz ähnliches Leben geführt, dachte ich, seltsam berührt. Wir hatten beide denselben Menschen geliebt und verloren und einander doch nicht trösten können. Ich will nicht sagen, dass ich um ihn trauerte, aber ich erwies ihm die letzte Ehre und stand mit einigen wenigen Getreuen aus der Fabrik an seinem Grab. Zu meiner Überraschung bekam ich einige Wochen darauf einen Brief des Notars, der mich zur Testamentseröffnung einlud. Er hatte seinen Besitz an zwei Erben verteilt. Die Immobilien an den Orden der Mechitaristen auf San Lazzaro, die Fabrik auf Murano an mich. Der Notar übergab mir ein kurzes handschriftliches Papier. »Sehr geehrte Signora Paulina«, schrieb er mit derselben festen, geraden Handschrift, mit der er auch seine Geschäftsbriefe entworfen hatte. »Ich hatte Zeit nachzudenken und weiß, dass ich Lauro zu wenig Verständnis entgegenbrachte. Das, nicht Sie, hat ihn mir entfremdet, und wenn jemand Schuld trägt, dann ich, nicht Sie. Ich habe nicht die Worte gefunden, meinen Fehler einzugestehen. Für Verzeihung ist es zu spät. Wenn Sie dieses Schreiben in Händen halten, werde ich vor einem höheren Richter stehen.« Gruß und Unterschrift fehlten.*

*»Das hat man auf seinem Schreibtisch gefunden«, sagte der Notar. »Offenbar war es das Letzte, was er schrieb, bevor er starb.«*

*Ich fragte nach der Todesursache.*

*»Herzversagen«, erwiderte der Notar.*

*Und wann hatte er dieses Testament verfasst?*

*Der Notar blätterte in seinem Akt. Er nannte das Datum. Elia Agassian hatte sein Testament einen Monat nach Lauros Begräbnis notariell beglaubigen lassen.*

# 17.

Lorenz hatte zu wenig und schlecht geschlafen. Die attraktive und zugleich abweisende Zahnärztin war durch seine Träume gespukt. Kaum saß er an seinem Schreibtisch, ging die Tür auf, und Karo, die am Vortag Journaldienst gehabt hatte, schaute herein. »Ich muss los, aber lies dir das gleich durch. Der Selbstmord scheint zu wackeln.« Sie schwenkte ein Papier. »Abbie Marrow, telefonische Anzeige, aber keine Einvernahme.«

Lorenz nickte.

Karo ließ ihren Blick über Lorenz' leicht ramponierte Erscheinung wandern.

»Wieder mal in den Kleidern geschlafen, schöner Mann?« Sie schien mehr sagen zu wollen, doch Lorenz gab ihr keine Gelegenheit dazu.

»Die amerikanische Studentin. Ich hab's schon gestern am Abend gelesen und versucht, sie zu erreichen.«

»Sie ist nicht erschienen, um die Anzeige zu unterschreiben. Hast du mit ihr gesprochen?«

»Noch nicht.« Er rührte seinen Löskaffee um. »Ich erledige das.«

Karo winkte ihm zu und ging. Lorenz trank einen Schluck und verzog das Gesicht. Abbie Marrow wohnte in der Wasagasse. Die *Galerie Rosen* befand sich auf der Ringstraße, und Lorenz machte den kleinen Umweg, um dort vorbeizugehen. Wie am Vortag war die Galerie geschlossen. Aber sollten die Räumlichkeiten nicht wenigstens beleuchtet sein, damit man die ausgestellten Bilder sehen konnte, fragte sich Lorenz, doch andererseits, was verstand er davon? Er spähte durch die Auslage und versuchte, etwas auszunehmen. Den TV-Beitrag der Eröffnung hatte er sich mehrmals angesehen, er wusste ungefähr, wo die beiden Lardinis ausgestellt gewesen waren. Dort entdeckte er sie nicht mehr, doch in dem wenigen Licht, das von draußen in die Galerie fiel, konnte er nicht sicher sein. Er ging weiter in die Wasagasse. Ganz in der Nähe, am Donaukanal, hatte er einmal gewohnt, in seiner jungen, ungestümen Ehe mit Martina, die, kaum geschlossen, schon wieder zu Ende war. Aber lange genug, um zu kapieren, dass sich für ihn der Polizeidienst mit einem Eheleben nicht vereinen ließ. Eine Weile musste er suchen, bis er die Wohnung der Amerikanerin ausgemacht hatte, an der Tür gab es nur Tops mit Nummern, keine Namen. Sie war zu Hause und öffnete ihm sofort.

»Woher kennen Sie Marlon Waterman? Wie haben Sie ihn kennengelernt?«, befragte er sie.

Abbies Deutsch war gut, sie studierte Germanistik und Geschichte im letzten Studienjahr, eigentlich wollte sie in Wien bleiben. Sie stammte aus Columbus, Ohio, einem öden Nest. War es nicht die Hauptstadt Ohios, warf Lorenz ein, und Abbie zuckte die Achseln, ja, aber trotzdem.

Ungefragt stellte sie ihm eine Kaffeetasse hin. Es war schon wieder ein Löskaffee, er schmeckte so schrecklich wie der erste des Tages, aber er trank ihn. Sie erzählte ihm, dass Marlon bei der Ausstellung durch ihren Akzent auf sie aufmerksam geworden war.

»Ich habe den Kellner, der Getränke herumreichte, um Orangenjuice gebeten. Er hat mich gehört und gesagt, dass er auch Amerikaner ist.«

Nach der Ausstellung waren sie noch etwas trinken gegangen, und bei einem Schilcher-Frizzante im *Café Stein* hatte er sein Anliegen vorgebracht:

»Er wollte nicht in sein Hotel zurück, weil ihm jemand nachspionierte. Er war sicher, dass er es sich nicht einbildete.«

»Und Sie haben ihm geglaubt?«

»Ja. Warum nicht?«

»Und dann?«

»Er hat mich nach Hause begleitet, es war schon spät, er ist über Nacht geblieben«, erwiderte Abbie.

Sie wickelte sich eine Haarsträhne um den Finger, es sah aus wie Verlegenheit, doch sie dachte nur nach.

»Er war irgendwie nervös. Am Morgen fragte er mich, ob ich sein Gepäck aus dem Hotel holen würde. Er wollte dort nicht mehr hingehen.«

»Ist Ihnen das nicht seltsam vorgekommen?«

Wieder zuckte Abbie die Achseln und widmete sich ihrem Haar. Es war dunkelbraun und glatt und schwer. Sie sah ihn an.

»Nein«, sagte sie bloß.

Sie hatte Marlons Wunsch entsprochen. Das Hotel war auf der Mariahilfer Straße, niemand fragte sie etwas, sie holte seinen Rucksack und seine Laptoptasche, ließ die elektronische Schlüsselkarte im Zimmer und ging wieder. Marlon wartete im Taxi, sie fuhren in die Wasagasse zurück, und er brachte das Gepäck in ihre Wohnung.

»Warum das? Waren Sie denn …«, Lorenz suchte nach einem passenden Wort, »… ein Paar geworden?«

Zum ersten Mal lächelte Abbie. »Oh me oh my, no!«, sagte sie mit einem beinahe schelmischen Blick auf ihn. »Was denken Sie denn, ich kenne ihn doch nicht.« Dann wurde sie wieder ernst. »Kannte ihn nicht. Er ist tot. Er ist es doch, oder?«

Sie führte Lorenz ins Schlafzimmer, wo in einer Ecke beim Fenster Marlons Gepäck stand. Lorenz schaltete den Laptop ein. Er ließ sich ohne Passwort hochfahren. Die letzte Mail, die er geschrieben hatte, war unter dem Betreff ›Zwei Bilder aus dem Besitz von Pauline Agassian‹ an die *Galerie Rosen* gerichtet. Er forderte darin die von seiner verstorbenen Tante geliehenen zwei Gemälde von Franco Lardini zurück. Rosen hatte sofort darauf geantwortet und ihm eine Einladung für die Eröffnung der Ausstellung geschickt. Die Mail war mit dem Tag der Vernissage datiert. Nicht einmal 48 Stunden später war seine Leiche im Donaukanal gefunden worden.

»Er ist es«, bestätigte Lorenz.

Abbie Marrow begann zu weinen.

U.

*Ich war kaum dem Mädchenalter entwachsen und schon Witwe. Ich blieb es. Mein Einkommen aus der Fabrik, die ich niemals mehr betrat, war gut, nach Elia Agassians Tod sogar luxuriös. Ich verkaufte nicht, sondern setzte einen Geschäftsführer ein, was sich als wirtschaftlich klug erwies, obwohl ich es nur aus Respekt vor dem jahrhundertealten Familienfleiß der Agassians getan hatte.*

*Ich blieb allein in meinem Palazzo in San Polo. Ich war nicht einsam. Ich lebte in der schönsten Stadt der Welt, umgeben von den großartigsten Bildern und Skulpturen. Es gibt keine bessere Verbindung zu anderen Menschen als die Kunst. Da waren Lauros Freunde, Künstler wie er, und immer wieder Kunstliebhaber, gleichgesinnte Menschen, mit denen ich zusammentreffen und Gespräche führen konnte über Werke, die unsere Herzen bewegten. Niemand kam mir näher als diese oft beinahe Fremden. Durch sie hatte ich eine Verbindung zu Lauro, dem die Kunst alles bedeutet hatte. Nicht nur Venedig, auch das Haus der Agassians war voller Bilder. Nur ein Teil davon hing an den Wänden, viele Werke waren in großen Mappen in der Bibliothek und in diversen Schränken verteilt, wo ich oft nur zufällig auf sie stieß. Lauros Urgroßvater und Großvater waren beide Kunstkenner und mit vielen Malern und Kunsthändlern in der Stadt befreundet gewesen. Sie hatten nach ihrem persönlichen Geschmack und ihren Vorlieben Bilder gekauft, nicht als Wertanlage. Niemandem war es je eingefallen, diese Sammlung zu archivieren.*

*Bald nach Elia Agassians Tod stand eine junge Frau vor der Tür. Sie hieß Teresa und hatte früher in der Fabrik gearbeitet. Sie wollte ab jetzt für mich sorgen. Ich sagte Ja, und sie trat ein und blieb. Antonella war ihre Enkelin. In dieser Zeit dachte ich das erste Mal wieder an Lauros Atelier. Ich sah aus dem Fenster, da hing das Boot, wo es immer gewesen war. Lauro hatte mir beigebracht, es zu steuern, wie lange war das inzwischen her? Plötzlich bekam ich Lust darauf. Mein erster Weg damals führte mich zu Lauros Atelier. Ich fand das Bild, das erste abstrakte Gemälde, das er gemalt hatte, auf der Staffelei. Ich zwang mich, nahe hinzugehen, die Palette mit den eingetrockneten Farben, die Pinsel, das Fläschchen mit dem Ölverdünner zu berühren. Seine Bilder standen mit der Vorderseite zur Wand gerichtet. Ich hob eines nach dem anderen auf die Staffelei und sah sie mir lange an. Wenn wir nun einen Sohn oder eine Tochter gehabt hätten, ich hätte das Atelier als sein Vermächtnis für sein Kind bewahrt. Doch ich war allein. Diese Bilder waren Ausdruck von Lauros Gestaltungswillen, er war auf dem Weg gewesen, ein Suchender, noch kein fertiger Künstler. Ich wusste nicht, was ich mit dem Atelier anfangen sollte. Was hätte Lauro sich wohl gewünscht? Ich hörte ihn lachen über meine sorgenvollen Gedanken. Ich fasste keinen Entschluss an jenem Nachmittag, doch später tat ich es. Ich schrieb ein Stipendium für mittellose Kunststudenten aus, damit verbunden war die kostenlose Nutzung des Ateliers für eine bestimmte Zeit.*

*Beim Aufräumen fand ich eine Mappe, die sich von den anderen, die im Palazzo die Schränke füllten, unterschied. Sie enthielt teils geschäftliche Korrespondenz, teils private Briefe mit befreundeten Künstlern und reichte über einen weiten Zeitraum zurück, einige bis in die Gründungszeit der Firma Agassian im 18. Jahrhundert. Immer wieder blätterte ich unschlüssig in diesem Konvolut von Briefen. Möglicherweise wären sie für das* Museo Correr *von Interesse, dachte ich. Das Stadtmuseum von Venedig auf dem Markusplatz mit seiner riesigen Sammlung von Handschriften, Büchern und Bildern war bis heute immer noch nicht vollständig katalogisiert, weil im Laufe der Zeit immer wieder alte Familien ihre privaten Bestände dem Museum vermacht hatten oder aus irgendwelchen Gründen ihre Bibliotheken verkaufen mussten, schneller, als das Museum sie aufarbeiten konnte. Doch konnte ich mich nicht entschließen, das Familienarchiv der Agassians ungeordnet herzugeben. Einmal stieß ich unter anderen Papieren auf eine kleine Zeichnung. Sie trug keine Signatur und kein Datum, aber sie musste viel älter sein als der Brief, dem sie beilag. Es war ein Geschäftsschreiben. Der Auftrag lautete auf zwölf Kronleuchter für das Schloss von Amboise an der Loire. Dieser Auftrag musste zur vollsten Zufriedenheit ausgeführt worden sein, denn am Ende der ersten Seite hieß es: »Zum Dank dieses kleine Bild mit einer besonderen Geschichte.« Der Rest des Briefes war verlorengegangen, ich fand ihn, auch als ich systematisch zu suchen begann, nicht wieder. Die Zeichnung zeigte einen jungen Mann im Halbprofil, sehr fein und charakter-*

*voll mit Bleistift skizziert. Er trug die Kleidung der Renaissancezeit, und das war vermutlich auch die Entstehungszeit der Zeichnung. Sie wirkte wie der Entwurf zu einem größeren Vorhaben. Immer, wenn ich sie ansah, hatte ich das Gefühl, das Bild schon früher einmal gesehen zu haben. Wer hatte es wohl gemalt?*

# 18.

Als Adele erwachte, wunderte sie sich über das Licht. Sie war in Venedig, fiel ihr ein, sie hatte in dem kleinen Hotel nahe vom Markusplatz eingecheckt und sich in ihrem hübschen, mit barockem Kitsch ausgestatteten Zimmer über den Blick auf einen schmalen Nebenkanal gefreut. Kurz wollte sie sich auf dem Bett ausstrecken und den Rücken ausruhen, der sich anfühlte, als hätte sie einen schweren Rucksack durch die Stadt geschleppt. Dann musste sie eingeschlafen sein. Wie spät war es gewesen? Halb drei Uhr am Nachmittag, oder noch später. Warum schien dann das Licht so hell ins Zimmer, dass sie blinzeln musste, als sie auf die Uhr sah? Diese teure Uhr, ein Geschenk von Pauline, fiel ihr nun ein, musste über Nacht den Geist aufgegeben haben, denn es konnte doch nicht neun Uhr abends sein, da wäre es draußen dunkel. Sie tappte auf dem Nachttisch nach dem Handy und fand es. Ungläubig sah sie die digitale Anzeige von 9:00 auf 9:01 springen, dann wurde das Display dunkel. Oje, sie hatte das Telefon nicht aufgeladen. Mit einem Satz war Adele auf den Beinen. Frühstück musste sein. Zuletzt hatte sie vorgestern etwas zu sich genommen, ihr Magen knurrte erbärmlich. Ihr Gepäck stand da, wie sie es beim Ankommen abgestellt hatte. Sie hatte in ihren Kleidern geschlafen. Trotzdem fühlte sie sich so ausgeruht wie schon lange nicht. Wozu sollte sie überhaupt noch auspacken, nur um einen Tag später wieder einzupacken? Sie holte nur heraus, was sie zum Umziehen brauchte, ging ins Bad und wollte schon zum Frühstück, als ihr Blick auf ihr Smartphone fiel. Sie hatte die SMS noch nicht geschrieben. Der Akku war fast leer. Sie kramte eine Weile in ihren Sachen herum, bis ihr einfiel, wo sich das Ladekabel befand. In Wien. Verdammt, sie hatte vergessen, es mitzunehmen. Zwei Telefonnummern konnte Adele auswendig, die ihrer Mutter, aber die rief sie nun sicher nicht an. Und die von Joseph. Den auch nicht.

»Kommt Zeit, kommt Rat«, sagte Adele halblaut. »Ich brauche jetzt ein Frühstück.« Ein Espresso und zwei Tramezzini in einer Bar in der Nähe. Oder sogar drei?

Sie ging an der Rezeption vorbei, dic einer barocken Kirchenkanzel ähnelte. Die Rezeptionistin lächelte ihr zu. Wie hieß bloß diese kleine Pension, wo Chris und Biggi wohnten? Das fiel ihr nicht ein, aber sie nahm sich vor, nach dem Frühstück vorbeizugehen. Irgendwo in der Nähe von Paulines Palazzo war es gewesen, sie fand bestimmt wieder hin. Hinter ihr läutete das Telefon. »Pronto«, meldete sich die Rezeptionistin. Adele trat ins Freie. Vom Canale della Giudecca kam das gewichtige Tuten eines großen Schiffes. Sie seufzte zufrieden.

Chris schluckte den letzten Zipfel ihres Blätterteigkipferls und spülte mit einem großen Schluck Cappuccino nach. Biggi kontrollierte zum dritten Mal, ob sie vielleicht einen Anruf überhört hatte. Wie konnte es sein, dass Adele sich nicht meldete? Sie waren alle Möglichkeiten durchgegangen und zu keinem Schluss gekommen. Hatte sie doch etwas in Wien aufgehalten?

Chris seufzte. »Es bleibt nichts anders übrig, wir müssen in Wien anrufen.«

»Sie wird sich aufregen«, sagte Biggi. »Ruf zuerst in der Ordination an, vielleicht hebt die Assistentin ab.«

Chris nickte. Doch schon nach dem ersten Läuten war Margareta dran.

»Hallo, Adele, bist du das?« Ihre Stimme zitterte.

»Da ist Chris, Adeles Schulfreundin. Was ist denn los?«

»Jemand hat angerufen und nach Adele gefragt, eine Frau, eine Unbekannte. Und Mirza, diese dumme Person, hat ihr das Hotel gesagt.«

Chris' Herz begann laut zu klopfen. Adele war also in Venedig. »Sie wollte das Hotel wissen, wozu denn das?«

Das wusste Margareta nicht. »Und dann hat noch die Polizei angerufen, stellen Sie sich vor, sogar drei Mal! Aber der Polizist hat mir nicht verraten, worum es sich handelt. Sie soll ihn zurückrufen.«

Chris kramte einen Stift hervor und schrieb die Nummer auf die Serviette. »Ich kümmere mich darum. Bitte machen Sie sich keine Sorgen, es wird sich alles aufklären.«

»*Hotel Principale*, dort ist sie abgestiegen«, erfuhr sie noch, dann war das Gespräch zu Ende.

»Biggi, du rufst im Hotel an, und ich versuche, diesen Polizisten zu erreichen.«

Biggi nickte mit großen erschrockenen Augen.

Wie Margareta war auch Lorenz sofort am Apparat.

»Sie sind in Venedig – mit ihr?«, fragte er. Er klang ernst, aber keineswegs dramatisch. »Sie müssen ihr ausreden, dass sie auf eigene Faust etwas unternimmt. Bitte richten Sie ihr das dringlich aus. Mehr kann ich dazu am Telefon nicht sagen. Aber sie wird verstehen, was ich damit meine.« Er seufzte. »Bitte verständigen Sie mich so schnell wie möglich.«

Chris blieb wie erstarrt sitzen. Eine Frau, die sich nach Adele erkundigte. Das hieß, jemand interessierte sich für ihre Venedig-Reise. Und der Polizist warnte sie vor weiteren Nachforschungen. Konnte es sein, dass sie in Gefahr war, dass jemand sie verfolgte?

Biggi, die im Foyer telefoniert hatte, kehrte an den Tisch zurück. »Was ist los?«

»Hast du sie erreicht?«, fragte Chris zurück.

Biggi schüttelte den Kopf. »Sie hat das Hotel schon verlassen.«

Chris stand auf. »Wir müssen sofort hin, vielleicht finden wir sie.« Sie erzählte von dem Gespräch mit dem Polizisten und seiner Warnung.

Biggi machte eine skeptische Miene. »Was wissen wir: eine SMS, in der sie schreibt, dass sie jetzt gleich abfliegt und sich dann in Venedig telefonisch melden wird.« Sie nahm ihr Handy und las die Nachricht vor: »Wenn ihr nachkommen wollt: Stichwort San Lazzaro. Wir treffen uns an der Station, das Boot geht einmal am Tag, in der Mittagszeit. Details am Telefon.« Sie sah Chris an. »Und nun – kein Handy, keine Nachricht. Aber sie ist da, sie hat im Hotel übernachtet. Ich finde, wir halten uns an ihren Plan.«

»Das heißt?«

»Treffpunkt an der Station. Ich habe Andrea an der Rezeption gerade befragt, das Boot fährt von Zaccaria ab, täglich um 13.30 Uhr.«

Chris zögerte, dann stimmte sie zu. »Du hast recht. Mitten in Venedig an einem Vormittag wird ihr niemand was tun. Wir müssen sie warnen, nach San Lazzaro zu fahren. Dieser Polizist Lorenz hat gesagt, er wartet auf den Rückruf, dann wird er die Sache in die Hand nehmen.«

Biggi sah auf die Uhr. »Gleich 9.30 Uhr. Das trifft sich gut. So haben wir Zeit genug für …«

»Für?«

»Aber nur, wenn wir nicht trödeln, sie ist nicht ganz leicht zu finden.«

»Wer sie?«

»Die Chiesa di Santa Croce. Haben wir uns doch schon ausgemacht.«

»Ach so, diese armenische Kirche. Aber warum sollen wir eigentlich eine Messe besuchen?«

Biggi grinste.

»Wer weiß, vielleicht entdecken wir was.« Sie gab der verdatterten Chris einen freundschaftlichen Schubs. »Na komm, Chris. Wir schauen uns einfach um.«

# 19.

*Ich hoffe, meine Kräfte reichen aus, diese Aufzeichnungen zu Ende zu bringen. Seit dem Unfall, den ich erlitten habe, der aber kein Unfall, sondern ein Anschlag auf mein Leben war, bin ich sehr schwach geworden. Meinen Plan, aus der Geschichte meines Lebens einen Roman zu schreiben, werde ich nicht mehr verwirklichen. Aber die Tatsachen muss ich noch festhalten. Es ist Lauros Erbe und sein Vermächtnis, und ich werde verhindern, dass es eigennützigen Interessen, der Gier nach Geld und Macht zum Opfer fällt.*

*Ich selbst habe die Ereignisse in Gang gesetzt, weil ich einem Menschen vertraute, dem wie mir viel an Kunst lag. Die Malerei, meine große Leidenschaft, der ich einen großen Teil meiner Zeit widmete. Mit den Jahren hatte ich immer wieder Bilder gekauft. Ich erhob nicht den Anspruch, eine Kunstsammlerin zu sein, ich investierte nicht in vielversprechende Kunst, sondern ich wählte die Bilder ganz nach meinem Geschmack aus, manchmal auch, um einen jungen Künstler zu unterstützen. Ein Kunsthistoriker aus Wien interessierte sich für meine Bilder und lobte meine Wahl. Wirklich berühmt war nur ein Maler geworden, der kleine Engländer. Wer hätte das gedacht, als er unsere Hochzeitsbilder malte? Sie fehlten im Werkkatalog, und als er eine große Aus-*

*stellung in Paris hatte, fragte der Kunsthistoriker an, ob ich erlauben würde, sie dort auszustellen. Ich stimmte zu. Als sie zurückkamen, fragte er mich, ob er sie für sein Museum in Wien aufkaufen dürfe. Das kam damals nicht infrage für mich. Sie hingen im Schlafzimmer, und jeden Morgen fiel mein erster Blick auf sie, meine Erinnerung an die Verbindung, die so glücklich und ideal gewesen war.*

*Doch dann rückte die Zeit heran, da ich zu begreifen begann, dass ich mein Haus und alles darin, was mein Leben ausgemacht hatte, bald verlassen musste. Ich wollte mit Greti und Adele darüber sprechen, aber sie schoben den Besuch immer wieder auf. Langsam fing mir die Vorstellung zu gefallen an, dass meine Lardinis in einem Museum hängen würden, wo jeder sie ansehen konnte. Ich schrieb dem Kunsthistoriker und bekam lange keine Antwort.*

*Schließlich meldete er sich doch. Er war nicht länger im Museum angestellt, da er dort keine Perspektive für sich gesehen hatte, erzählte er mir, und dass er in Wien eine Galerie eröffnet hatte. Alles andere wollten wir bei einem persönlichen Treffen erörtern.*

*Ich rief Greti an, doch sie war schlecht gestimmt, die Abhängigkeit von der Pflegerin setzte ihr zu. Ich wollte sie nicht noch trauriger machen, indem ich von meinen Sorgen sprach. Adele versprach zurückzurufen, doch sie war wie meist völlig von ihrer Arbeit okkupiert. Joseph war der Einzige, der Zeit zu haben schien. Wir scherzten ein Weilchen miteinander. Von den Lardinis erzählte ich ihm nicht.*

U

Die Chiesa di Santa Croce war ein kurioser Ort, in einem winzigen Gässchen, nur wenige Minuten vom Markusplatz entfernt. Wenn Biggi nicht wieder einmal ihr Genie in Sachen Orientierung bewiesen hätte, wären sie niemals angekommen. Auf dem schmalbrüstigen, vom Alter geschwärzten Haus wies nur ein unscheinbares handgeschriebenes Schild auf den Kircheneingang hin. Die Tür stand ein kleines Stück offen, dahinter verhinderten schwere braune Vorhänge den Blick ins Innere. Im Vorraum gab es eine merkwürdige kleine Ausstellung, aufgeschlagene Folianten, die bis zur Unleserlichkeit verblasste Handschrift immer wieder von gebräunten, teilweise verbrannten Stellen unterbrochen.

»Ist das alt oder neu?«, fragte Chris.

Biggi studierte die Erläuterung, armenisch und italienisch. »Wenn ich richtig verstehe, war das der armenische Beitrag zur letzten Biennale. Es verweist auf die Vertreibung der Armenier und den Verlust ihrer Geschichte, damals sind unzählige ihrer Schriften zerstört worden.«

»Wahnsinn, wie wenig wir bis heute von ihnen wissen.« Chris betrachtete die dicht beschriebenen Seiten mit anderen Augen.

»Heute wird die *Messe vom wiedergefundenen Kreuz* gefeiert«, las Biggi.

»Das wiedergefundene Kreuz«, wiederholte Chris. »Kennst du die Geschichte davon?«

Biggi antwortete nicht, sondern ging voran zum Kirchenraum. Auch hier gab es keine Tür, sondern nur einen Vorhang am Eingang. Die Kirche war klein, ein Hauptaltar, links und rechts die Seitenaltäre.

Sie waren die Ersten und setzten sich in eine der letzten Bänke.

»Elena von Konstantinopel brach nach Jerusalem auf und fand einen Mann, der sie führte. Elenas Führer zeigte ihr eine Stelle mit drei Kreuzen. Dort begegneten sie einem Begräbniszug, ein junger Mann war verstorben. Plötzlich erwachte der Tote. Das ist der Beweis, dass es das Kreuz von Jesus ist.«

Der Vorhang wurde nun aufgeschoben, und der Reihe nach traten die Gläubigen ein und nahmen ihre Plätze ein. Alle schienen sich zu kennen, lächelten, winkten und begannen halblaute Plaudereien, die mit dem Erscheinen des Priesters verstummten. Er trug ein rotgoldenes Gewand und einen Hut in derselben Farbe. Seine zwei Begleiter, vermutlich die Ministranten, waren ebenfalls in Rot gekleidet, ihre Kleider grün abgesetzt. Ganz schön bunt, fand Chris. Biggi zupfte sie am Arm:

»Ist das nicht Pater Milo?«

»Keine Ahnung. Mit so einem Hut erkenne ich nicht einmal meine eigene Großmutter«, flüsterte Chris zurück.

Sie sah Biggis verstohlenes Grinsen. Nur jetzt nicht herausprusten, sie waren keine Schülerinnen mehr. Die Ministranten ergriffen die Mantelschöße des Priesters, der sich sofort dem Tabernakel zugewendet hatte. Er begann zu singen, die Ministranten schwenkten laut scheppernd ihre Weihrauchkessel und fielen ein. Beinahe die ganze Messe wurde durchgesungen. Zum Teil stimmte die Kirchengemeinde mit ein, ohne Orgel oder ein anderes Instrument, alles a cappella und im Stehen. Die Liturgie war lebhaft, fast theatralisch. Immer wieder hielt der Priester den Gläubigen das Kreuz entgegen. Er sprach die Gebete allein, nur manchmal setzten auch die Ministranten ein, die unaufhörlich ihre Weihrauchkessel weiterschwenkten. Vor der Wandlung zog der Priester seine Pantoffel aus, trank den Wein und zeigte die sehr große Hostie. Es konnte Pater Milo sein oder auch nicht, Chris war nicht sicher. Dann kam die Kommunion, Chris und Biggi, die sich nur am Anfang nach den anderen Besuchern umgeschaut hatten, bekamen nun Gelegenheit, sie genauer zu betrachten. Chris war fast sicher gewesen, auf der anderen Seite Antonella zu erspähen. Nun nahm das Mädchen die Kommunion und wandte ihr danach das Gesicht zu. Mit ihrem dunklen geflochtenen Haar und den schönen schwarzen Augen ähnelte sie Antonella. Von allen Seiten blickten sie diese großen mandelförmigen Augen an, von den gemalten Figuren der Deckenfresken ebenso wie aus Gesichtern der armenischen Kirchenbesucher, die nach dem Empfang der Kommunion auf dem Rückweg zu ihren Sitzbänken die beiden Frauen, die zur Messe gekommen waren, aber nicht zu ihnen gehörten, streng musterten.

Sie waren eine verschworene Gemeinschaft, das spürte Chris deutlich, sie hatten Verfolgung und Diaspora erlebt und zelebrierten ihre Messe ohne Aufwand, ohne aufzufallen, als wären sie noch immer im Untergrund.

»Endlich«, seufzte Biggi auf, als sie wieder im Freien standen. »Das hat ja kein Ende genommen.«

»Es war dein Vorschlag«, antwortete Chris ein wenig schroff. Sie hatte sich gefreut, endlich ohne Adeles Direktiven in einem Ristorante unterwegs einen Berg Spaghetti Bolognese zu verschlingen. »Eine Touristenfalle stört mich nicht. Warum immer dieses abfällige Reden über Touristen, wenn wir selbst welche sind?« Doch nun war es schon nach zwölf Uhr, und sie hatten vielleicht gar nicht mehr Zeit genug, essen zu gehen, bevor sie nach San Lazzaro fuhren.

Biggi setzte sich in Bewegung. Es war kühl, der Wind blies, je näher sie dem Meer kamen, und nur manchmal blitzte die Sonne durch die Wolken und wärmte ein wenig. Sie fanden die Schiffsstation ohne Mühe und stellten fest, dass Andreas Auskunft stimmte, die Fähre ging um 13.30 Uhr.

»Schau, da drüben!« Biggi deutete auf ein kleines Lokal neben dem Aufgang zur nächsten Brücke. »Menu turistico in drei Versionen. Nichts wie hin.«

Beide nahmen die Spaghetti und dazu einen Krug *Rosso di Casa*.

»Prost. Schmeckt gar nicht schlecht«, sagte Biggi. Nach dem ersten Schluck nahm sie ihr Handy. »Ich probiere es noch einmal, bevor das Essen kommt.«

Sie rief im *Hotel Principale* an, doch Adele war nicht zurückgekommen. In Wien meldete sich wieder Margareta. Ihre Stimme zitterte. Sie hatte nichts von Adele gehört. Biggi versprach, ihr Bescheid zu geben, sobald sie mit ihr zusammengetroffen waren. Hier an der Station waren sie verabredet, so hatte Adele in ihrer letzten Nachricht geschrieben, also würde sie auch da sein. Biggi sprach so überzeugend, dass Margareta sich entspannte. Sie verabschiedeten sich.

»Und was macht dich so sicher? Sie hat auch geschrieben, dass sie anruft, sobald sie in Venedig ankommt. Es sind jetzt mehr als vierundzwanzig Stunden vergangen, was hält sie ab?«

Biggi schob ihr Handy auf dem Tisch hin und her. »Hätte ich sie noch mehr ängstigen sollen? Wir werden es bald wissen.« Sie sah auf die Uhr. »In einer Stunde, um genau zu sein.«

Der Kellner brachte die dampfenden Teller. Chris strahlte. »Genauso habe ich es mir gewünscht. Heiß, rot, mit viel Parmesan darüber. Herrlich!«

Sie aßen mit Appetit. Die Nudeln waren nicht schlecht, aber in der *Pizzeria Adamo* neben ihrer Boutique schmeckte das Sugo besser und kostete etwa halb so viel, bemerkte Biggi.

»Aber die Aussicht auf San Giorgio Maggiore ist halt was anderes als die Praterstraße«, meinte Chris.

Sie tranken ihren Rotwein und ließen immer wieder die Blicke über den Kai wandern. Adele sahen sie nicht.

»Was hast du dir von diesem Messebesuch eigentlich erwartet?«, fragte Chris, nachdem sie gezahlt hatten. »Selbst wenn es Antonella gewesen wäre? Was hätten wir dann mehr gewusst als jetzt?«

Sie schlenderten zur Station. Die Tickets hatten sie auf Chris' Drängen schon vorher gekauft, nun hatten sie reichlich Zeit.

»Ich habe mir gedacht, dass es interessant sein könnte. War es doch, oder nicht? Ich weiß noch immer nicht, war das nun unser Pater Milo oder nicht?«

Chris wiegte den Kopf.

»Keine Ahnung. Diese Ähnlichkeit. Als ob sie alle miteinander verwandt wären.« Sie wandte sich Biggi zu. »Hat dein Freund auch so ausgesehen?«

»Der Garlen, hm.« Biggi überlegte. »Ich erinnere mich gar nicht mehr an sein Gesicht. An seine Augen, ja. An seine Stimme. Vor allem erinnere ich mich an das, was er erzählte. Ich hatte nie ein Wort über die Verfolgung der Armenier gehört, und es war ein Schock zu erfahren, dass es in jeder Familie Opfer gab.«

»Deshalb halten sie zusammen, und wer nicht dazugehört, findet auch keinen Zugang. Das habe ich deutlich gespürt.«

Chris dachte an Pauline. Sie hatte einen armenischen Mann geheiratet, aber nach dem, was Adele erzählt hatte, war sie nie von seiner Familie anerkannt worden. Auch sie hatte Verfolgung erlitten und emigrieren müssen. Zählte das nicht bei einem anderen verfolgten Volk?

Fünf Minuten vor Abfahrt fuhr das Schiff in die Station ein. Chris begann, vor Nervosität ihre Hände zu reiben und an ihren Ärmeln zu ziehen.

Biggi ignorierte sie. Sie ging ein Stück weg zur Brücke, um einen besseren Überblick zu haben. Adele war nicht in Sichtweite, und das hieß, sie konnte es nicht mehr rechtzeitig bis zur Abfahrt schaffen. Sie kehrte zu Chris zurück.

»Fahren wir allein?«

Sie sahen sich unschlüssig an. Dann gab sich Chris einen Ruck.

»San Lazzaro ist unser Ziel. Deshalb sind wir hierhergekommen.«

»Du hast recht.«

## 20.

*Der Kunsthistoriker kam schon eine Woche später. Er bot mir an, die Bilder mitzunehmen und schätzen zu lassen. Er wollte den Kaufpreis bezahlen, als privater Käufer, um den italienischen Staat nicht auf den Plan zu rufen. Die Ausfuhr von Kunstwerken war mit verschiedenen Auflagen verbunden, und vielleicht würde es auf offiziellem Weg gar keine Bewilligung dafür geben, Lardinis Werke besaßen großen Marktwert. Doch ich lehnte ab, ich würde die Bilder entweder einem Museum verkaufen oder gar nicht, sagte ich zu ihm.*

*Gut, meinte er, dann würde er sie gern leihweise übernehmen, er plante in seiner Galerie eine Porträt-Ausstellung, die Lardinis würden die Glanzlichter darstellen. Das versprach ich zu überlegen. Er schickte mir noch am selben Tag einen Boten mit einer Projektbeschreibung seiner Ausstellung, die Lardinis waren darin bereits angekündigt. In einem zweiten Papier war ein Vertragsentwurf zu einer Leihgabe der Bilder. Auf einem handschriftlichen Blatt schrieb er mir, er würde mit meinem Einverständnis Kontakt zu Museumsleitern aufnehmen.*

*Es war ein Nachmittag im Herbst, feucht und beinahe schwül, ein dunkelgrauer Nachmittag. Mein Arzt war gekom-*

*men. Nach der Untersuchung sah er mich streng an. Ich konnte die Stufen zum Schlafzimmer nur mehr mit Mühe bewältigen. An manchen Tagen schaffte ich es nicht ohne Antonellas Hilfe. »Es wird Zeit, dass Sie in eine behindertengerechte Wohnung übersiedeln«, mahnte er mich. »Sonst kommt es unweigerlich zu einem Unfall. Die Folgen erlebe ich jeden Tag. Ich hoffe, wenn ich eines Tages gebrechlich bin, werde ich vernünftiger handeln als die meisten meiner Patienten.«*

*Ich kannte seine Rede auswendig. Er hatte recht, mehr gab es darüber nicht zu sagen. Aber als der Arzt gegangen war, nahm ich mich zusammen und rief den Kunsthistoriker an. Worauf sollte ich warten? Irgendwo musste der Abschied beginnen. Er konnte kaum glauben, dass ich so schnell zusagte. Ich unterschrieb den Vertrag am nächsten Tag, er verpackte die Bilder und nahm sie mit.*

*Ich versuche, mich zu erinnern. Wann habe ich das Papier unterzeichnet? Im Herbst? Oder ist noch ein Jahr dazwischen vergangen? Ich hatte ihm vertraut. Die Idee, dass die Bilder von Braut und Bräutigam nach Wien gelangen würden, wo wir gemeinsam nie gewesen waren, kam gerade zur rechten Zeit. Ich musste lernen loszulassen, was ich besaß.*

U.

Seltsam fühlte sich Adele. Als hätte der lange Schlaf sie von ihrem bisherigen Leben getrennt und sie sähe wie durch ein Fenster darauf zurück. In der kleinen Bar löffelte sie langsam den Milchschaum mit den Kakaofleckchen, während sie den gemächlichen Runden der Fische im Aquarium folgte. Sie waren prächtig gefärbt und gemustert, und sie ließ ihre Gedanken mit ihnen gleiten, ziellos, ohne Anstrengung, als würde sie noch immer in ihrem Bett im *Hotel Principale* träumen. Sie tat, was sie in ihrem Leben schon jahrelang nicht gemacht hatte, vielleicht überhaupt nicht mehr seit ihrer Schulzeit, wenn sie mit Margareta bei Pauline zu Besuch gewesen war: Sie ließ sich durch die Gassen treiben. Es gab so viele Souvenirgeschäfte, in jeder Gasse zumindest eines, und in den Schaufenstern waren überall die gleichen Waren zu finden: venezianische Masken und Gläser in allen Formen und Größen. Alles chinesischen Ursprungs, egal was die Echtheitszertifikate behaupteten. Pauline hatte ihr einmal erzählt, dass nicht einmal die Verkäufer einen Unterschied sahen. Man musste schon selbst ein Glasbläser sein, um das Original aus Murano zu erkennen. Dennoch liebte Adele den bunten Glaskitsch. Beim letzten Mal hatte sie einen kleinen gläsernen Baum mit winzigem Weihnachtsschmuck gekauft, den sie jetzt auch wieder entdeckte, er hatte offenbar das ganze Jahr Saison. Sie schlenderte durch San Marco, ohne auf den Weg zu achten, etwas, wovor sie ihre Mutter schon als Kind gewarnt hatte. Auf Venedigs verschlungenen Wegen verlor man nur allzu leicht die Orientierung, auch ein Stadtplan half nicht wirklich weiter, da viele der winzigen Gassen nicht eingezeichnet waren. Immer wieder überquerte sie kleine Kanäle, blieb auf der Brücke stehen und sah ins Wasser. Die Morgensonne, die sie geweckt hatte, war hinter den Wolken verschwunden. Sie hörte eine Kirchenglocke läuten und schreckte auf – sie hatte Chris und Biggi vergessen. Nun war es Mittag, sie hatten ihr Hotel längst verlassen. Blieb noch der Treffpunkt, den sie zum Glück noch in Wien ausgemacht hatten, die Station der Fähre nach San Lazzaro. Eine Frau blieb hinter ihr stehen, Adele spürte ihre Anwesenheit mehr, als sie sie sah, sie roch ein blumiges Parfum, das sie an jemanden erinnerte, und wandte sich um. Doch da war niemand, nur eine Gruppe junger Mädchen, die lachend und plaudernd davongingen. Eines davon war ihr wohl zu nahe gekommen.

Nur mühsam schüttelte Adele die traumhafte Stimmung ab. Sie war längst nicht mehr in San Marco, vermutete sie, und als sie den Rat aller Venedigkenner befolgte und immer weiter Richtung Wasser ging, stellte sie fest, dass sie sich viel weiter entfernt hatte als vermutet. Wenn sie die Schiffsstation noch rechtzeitig erreichen wollte, musste sie ein Boot mieten. Sie suchte das Wasser ab und fand ein Taxiboot in der Nähe. Sie winkte dem Fahrer zu, der sie sofort entdeckte und zu ihr kam.

»Come è il prezzo …« Wie war nur der Name der Vaporettostation? Dabei fiel ihr ein, dass sie genauso gut gleich mit dem Taxi bis San Lazzaro fahren konnte.

»… per San Lazzaro?« Jemand stand hinter Adele, unangenehm nahe, doch sie wollte sich nicht umdrehen.

»Isola di San Lazzaro?«, vergewisserte sich der Mann. Er hob abweisend die Hand. Was meinte er? Nun drehte sich Adele doch um und sah eine Frau mit Parka und Kapuze, die eilig auf ein Boot zuging, das gerade am Ufer anlegte.

»Si«, sagte Adele. »San Lazzaro. È d'accordo?«

Sie stiegen ein.

Das ging in einem anderen Tempo als mit dem Vaporetto. Das Taxiboot schoss über das Wasser. Eine matte Sonne schaute durch die Wolken und tauchte die Lagune in ein sanftes golden und bläulich schimmerndes Licht, von unwirklicher Schönheit wie keine Ansichtskarte Venedigs es zuwege brachte. Alle Ungeduld und Nervosität waren von ihr abgefallen, sie fühlte sich wie einst die junge Adele auf ihrer ersten venezianischen Reise mit Joseph. Und auch das schmerzte nun nicht mehr, wie sie plötzlich erkannte. Es war vergangen und vorbei, aber er würde immer ihr Freund bleiben, sie musste ihn nur gehen lassen. Er hatte nichts anderes getan, als sie gewollt hatte. Über die Folgen zu jammern, war unsinnig. Rechts von ihnen tauchte eine Insel auf und gleich darauf eine zweite. Adele schaute den Fahrer fragend an, doch der schüttelte den Kopf. Er zeigte weiter nach vorne, wo Adele nur Wasser sah. Es dauerte eine Weile, bis sie nahe genug waren, dass sie die Insel ausnehmen konnte, erst nur schemenhafte Umrisse, dann einen Kirchturm, schließlich das Kloster, das mehr oder weniger die ganze Insel umfasste. »Eccò, San Lazzaro«, sagte Adele, und der Fahrer nickte und lächelte. Er fuhr neben die Fährstation und steuerte in den kleinen Hafen für private Boote. Adele sah auf die Uhr. War sie zuerst spät gewesen, hatte sie nun mehr als genug Zeit. Das Vaporetto würde erst in einer Stunde ankommen.

Wie am Vortag kostete das Taxi einen ungeheuren Preis, doch Adele vergaß zu protestieren, denn als sie die Geldbörse aus der Tasche nahm, fiel ihr Blick auf ein Boot, das sie auf den ersten Blick erkannte. Mit zitternden Händen reichte sie dem Fahrer die Geldnoten und wartete nicht ab, dass er ihr an Land half, sondern sprang mit einem entschlossenen Satz ans Ufer. Es war Paulines schwarzes Boot mit dem unverkennbaren goldenen Firmenemblem: U. Und als hätte das nicht genügt, bestätigte sich im nächsten Moment der Verdacht, den sie schon von Anfang an gehegt hatte. Denn das Mädchen, das nun, geschickter als gerade eben Adele, vom Deck des Bootes sprang, war Antonella. Ohne Adele zu bemerken, ging sie Richtung Kloster, und die folgte ihr auf dem Fuß.

U

*Das kleine Porträt des Jünglings, oft hatte ich es betrachtet, nie war ich zu einem Schluss gekommen, woran es mich erinnerte. Ich hatte es niemals hergezeigt und auch nicht rahmen lassen. Es blieb in der Mappe, in der ich es gefunden hatte, zusam-*

men mit den alten Briefen in der Bibliothek des Palazzos, und vielleicht hätte ich darauf vergessen, wäre nicht in der Accademia eine große Ausstellung mit dem Titel »L'Uomo Universale« eröffnet worden. Nach vielen Jahren waren wieder Bilder Leonardo da Vincis in Venedig zu sehen. Ich wusste, für mich war es die letzte Gelegenheit. Ich wünschte mir so sehr, die Werke dieses wunderbaren Künstlers noch einmal im Original betrachten zu können, dass ich mich entschloss, meiner Gebrechlichkeit zum Trotz das Haus zu verlassen. Antonella begleitete und stützte mich, und so schleppte ich mich mühevoll durch die Räume, die ich so oft besucht hatte, die ersten Male mit Lauro, später allein und manchmal mit Freunden. Die Leonardo-Ausstellung war enttäuschend, hauptsächlich wurden Bleistiftzeichnungen und Skizzen gezeigt. Es gab große Tafeln mit Hintergrundinformationen über die Entstehung der Zeichnungen, und das Lesen strengte mich an. Bis plötzlich mein Blick an einem Wort hängen blieb: Amboise. In Amboise an der Loire hatte der alte Leonardo auf Einladung des Schlossherrn eine lange Zeit verbracht, er hatte dort noch späte Werke vollendet und war schließlich nach seinem Tod auf Schloss Clos Lucé in Amboise beerdigt worden. Erstaunlich, trotz meines lebenslangen Interesses für Kunst hatte ich nicht gewusst, wo Leonardo da Vinci gestorben war. Sofort fiel mir der Brief mit den zwölf Kronleuchtern ein, die Lauros Vorfahre für Schloss Amboise angefertigt und geliefert hatte. Das Geschenk, das er zum Dank erhalten hatte, die kleine Zeichnung – war es möglich, dass sie von Leonardo stammte? Ich sah die Ausstellung mit anderen Augen. Es wäre möglich, ja, möglich wäre es.

Ich träumte von einer beschwerlichen weiten Reise mit der Postkutsche. In großen Schachteln verpackt die wertvolle Fracht. Die Straße holprig an einem Fluss entlang, immer *stärker schwankte der Wagen, bis plötzlich ein Rad brach. Das Gefährt stürzte zur Seite, die Pferde scheuten und wieherten angstvoll. Die Schachteln kamen ins Rutschen, ihr Inhalt, klirrende und flirrende Scherbenberge, die sich über die Böschung ergossen, mit einem unwirklichen Leuchten, strahlender als das Sonnenlicht, und dazwischen ich selbst, von splitterndem Glas zerschnitten und blutend, geblendet. Ich erwachte mit klopfendem Herzen. So hatte es sich in der Wirklichkeit nicht zugetragen, die Fracht war wohlbehalten eingelangt, die Kronleuchter hingen in Schloss Amboise vielleicht bis auf den heutigen Tag. Wie schade, dass es mir nicht früher eingefallen war, ich hätte nach Frankreich fahren und selbst Nachforschungen anstellen sollen, was es mit den Briefen auf sich hatte, und vielleicht etwas über die Zeichnung herausfinden können. Dafür war es nun zu spät.*

# 21.

Die Insel San Lazzaro war viel kleiner, als Adele vermutet hatte. Den größten Teil nahm das Mechitaristenkloster mit seinen Gärten ein, rund um die Anlage führte eine hübsche Promenade am Ufer entlang. Das Kloster wirkte mit seiner sorgfältig renovierten roten Fassade freundlich und hell wie ein Ort der Kontemplation und geistigen Erneuerung. Nichts erinnerte an die Leprastation von einst. Adele wusste wenig von der Geschichte der Armenier. Aus Chris' und Biggis Bericht hatte Adele erfahren, dass sich auf San Lazzaro das bedeutendste Zentrum der armenischen Kultur befand, und vermeinte, etwas von der Atmosphäre zu spüren. Die Stille war so vollkommen, dass sie glaubte, in der Ferne die Schiffssignale von den Stationen in der Lagune zu hören. Niemand begegnete ihr. Sie begab sich zum Klostereingang. Bis zum Beginn der Führung war noch genug Zeit. Sie spazierte unter den Arkaden entlang und betrachtete den Garten im Inneren, wo selbst in der kühlen Jahreszeit verschiedene Gewächse blühten. Weiter hinten fand sie ein Treibhaus, doch die Tür war abgeschlossen. Plötzlich hörte sie ihren Namen rufen und wandte sich um. Antonella stand unter den Arkaden und winkte ihr zu.

»Ich muss Ihnen dringend etwas sagen.« Auf einmal konnte sich das Mädchen ganz gut auf Englisch verständigen. Sie führte Adele durch eine schmale Pforte in der Klostermauer in ein steinernes Gelass. »Bitte, verfolgen Sie mich nicht weiter. Es ist gefährlich, jemand hat etwas Böses vor.«

Adele schaute sie forschend an. »Was bedeutet das? Ich will wissen, was mit meiner Tante Pauline geschehen ist. Das Begräbnis war eine Farce. So viel habe ich in Erfahrung gebracht. Sie ist nicht ...«

»Santa Maria, no!« Antonella hob erschrocken die Hände. »Bitte, bitte, sprechen Sie nicht.«

»Das heißt also ...«, Adele atmete tief, »sie lebt?«

Antonella legte mit flehender Geste einen Finger an den Mund.

»Aber es stimmt, sie ist am Leben? Antonella!«

»Ich darf nichts sagen.« Dann nickte sie.

Im nächsten Moment sprang eine Frau hinter dem Mauervorsprung hervor. Das lange schwarze Haar schwang um ihren Kopf. Die Frau von den Fondamente Nuove! Jetzt erkannte Adele sie. Das war Rosens Assistentin. Pia Grunsky.

»So ist das also.« Sie schlug die Tür der Pforte zu. »Pauline ist am Leben. Wo?«

Sie packte Antonella am Arm und schüttelte sie. In der Hand hielt sie einen gläsernen Dolch. Ohne zu zögern, stach sie zu. »Sprich!«

Antonella schrie vor Schmerz auf.

U.

Die Fahrt nach San Lazzaro dauerte fast so lang wie zum Lido. Chris und Biggi standen an die Reling gelehnt. Sie hatten keinen Sitzplatz gefunden. Das Schiff war voller Menschen, und beinahe alle fuhren mit bis zur Endstation. Nach ihrem Aussehen vermutete Chris, dass ausnahmslos Armenier an Bord waren. Einige erkannte sie von der Messe. Sie machte sich Sorgen um Adele. Es passte einfach nicht zu ihr, dass sie ohne ein Wort verschwand. Sie kannte doch die Pension, warum war sie nicht gekommen oder hatte angerufen? Biggi meinte, sie hatte keine Zeit gehabt, sie war doch in Venedig, um etwas über Pauline herauszufinden. Sie hätten die Schuhmacherin aufsuchen sollen, warum fiel ihnen das jetzt erst ein? Wenn eine etwas wusste, dann sie, die sowohl Pauline als auch Adele kannte, es war die einzige Verbindung. Biggi starrte ins Wasser und schwieg, seit sie das Vaporetto bestiegen hatten. Wenn sie auch gelassen erscheinen wollte, Chris wusste, dass auch Biggi beunruhigt war. Endlich kam die Insel in Sicht. Wie anders war die Stimmung bei ihrer Fahrt zum Lido gewesen – überrascht erinnerte sich Chris, dass nicht viel mehr als eine Woche seitdem vergangen war. Das Schiff legte an, und diesmal waren sie die Ersten. Biggi lief voran, damit sie einen Überblick über den Platz bekam, Chris folgte ihr. Sie schauten sich in allen Richtungen um, gingen den Platz ab und folgten schließlich der Gruppe der Ankömmlinge zum Eingang des Klosters. Keine Adele weit und breit.

»Was tun wir jetzt?«

Biggi studierte die mehrsprachige Anschlagtafel, die den Beginn und die Dauer der Führung und die Ticketpreise ankündigte.

»Wir haben drei Stunden Zeit, bis das Schiff zurückgeht. Also viel Auswahl gibt es da eh nicht. Entweder wir machen die Führung oder wir machen sie nicht.«

Chris schaute ihre Freundin an. »Ich bin dafür.«

»Ich auch«, erwiderte Biggi.

Sie reihten sich in der Schlange der Wartenden ein.

Was ich nun brauchte, war eine Expertise. Alles andere war bloße Spekulation. Ich rief den Kunsthistoriker an. Obwohl ich nur eine Andeutung von der möglichen Bedeutung der Zeichnung machte, kam er sofort nach Venedig, schon am nächsten Tag suchte er mich in meinem Haus auf. Lange sah er sich die Zeichnung an. Ich beobachtete ihn, ich spürte, wie seine Spannung stieg, er den Atem anhielt und schluckte. Schließlich gab er sein Urteil ab: »Ich bezweifle, dass es ein Leonardo sein könnte. Sein Werk ist bis ins kleinste Detail dokumentiert.«

Das war nicht seine ehrliche Meinung. Er hielt es sehr wohl für möglich, ich sah es ihm an.

»Es erinnert mich an ein Bild, das ich kenne«, sagte ich. »Aber soviel ich auch grüble, will es mir nicht einfallen.«

Darauf ging er nicht ein. Leonardo da Vinci hatte zu seinen Bildern stets alle möglichen Vorarbeiten, Skizzen und kleine Zeichnungen angefertigt, das war bekannt. Doch ein Porträt dieser Art hatte er nicht gemalt. Oder es war verloren gegangen, in privatem Besitz, stand unerkannt im Archiv eines Museums irgendwo auf der Welt. So argumentierte ich, aber er ließ nichts davon gelten. Die Spannung hing spürbar im Raum.

»Wenn wir erfahren wollen, ob es ein Leonardo sein könnte, muss es als Erstes genau geprüft werden. Dazu sind spezielle Untersuchungen nötig.«

Das lehnte ich ab.

»Warum? Vertrauen Sie mir auf einmal nicht mehr?«

Wie raffiniert, es mir direkt auf den Kopf zuzusagen.

»Lassen Sie mir etwas Zeit, ich muss es mir überlegen.«

Damit musste er sich zufriedengeben.

U

Wie gelähmt sah Adele, dass Pia den langen dünnen Ledergürtel, den sie mehrmals um ihre Taille geschlungen trug, löste und mit einer schnellen geschickten Bewegung um Adeles Hals schlang. Im nächsten Moment war auch Antonella auf die gleiche Weise gefangen. Antonella weinte laut vor Schmerz. Ihr Arm blutete heftig.

»Los!« Pia stieß sie grob voran. »Du zeigst mir jetzt, wo sie ist.« Sie zog die zwei Frauen an der Leine aus dem Verlies und unter den Arkaden den Klostergang entlang. Der Garten war gleich daneben, entdeckte sie denn niemand? Da deutete Antonella nach links zu einem schmalen Nebengang, und sie bogen ab. An seinem Ende hing ein großes Gemälde, ein Bildnis des Heiligen Benedikt. Die Mechitaristen lebten nach seinen Regeln, erinnerte sich Adele an Biggis Erzählung. Er hatte die Augen zum Himmel erhoben, so stark aufwärts verdreht, dass es wie Schielen wirkte. Adele kannte das Bild, sie hatte es schon bei ihrem Rundgang gesehen. Plötzlich wurde ihr klar, dass Antonella Pia in die Irre führte. Sie warf dem Mädchen einen schnellen Blick zu, doch Antonella hielt die Augen niedergeschlagen und erwiderte ihn nicht. Nicht weit von ihnen entfernt ging eine Tür. Pia riss an der Leine und zerrte ihre Opfer in die Tiefe einer Mauernische. Drohend hielt sie ihnen den Glasdolch vors Gesicht. Wenn sie sich nicht still verhielten, würde sie bedenkenlos zustechen, das sah ihr Adele an.

U

Ein merkwürdiges Museum war das. In den ersten Räumen gab es wertvolles altes Porzellan mit orientalisch wirkenden Mustern und schön geschliffene Pokalgläser, gestickte Stoffe, Decken und Pfühle. Waren es Erinnerungsstücke aus der Heimat vor der Vertreibung? Chris hatte von der Bedeutung der Bibliothek mit Tausenden armenischen Handschriften gelesen, doch die waren nicht ausgestellt. Sie verstand die Erklärungen des Mönchs, der die Führung machte, nicht. Biggi wollte sie nicht fragen – falls Biggi zuhörte, sie machte nicht den Eindruck. Sie trotteten mit der Gruppe in die nächsten Räume, wo sich die Gemäldesammlung befand. Biggi, die bis dahin abwesend gewirkt hatte, richtete sich nun auf und schaute sich forschend um. Chris umrundete die aufmerksam lauschende Gruppe und begab sich an das andere Ende des Saals. Ohne sich umzusehen, wusste Chris, dass Biggi ihr folgte. Ein Schild über der Tür verriet, dass sie zum Refektorium führte. Sie sah sich um, niemand beachtete sie. Vorsichtig drückte sie die Klinke hinunter, die Tür war unverschlossen. Hintereinander schlüpften sie schnell hinaus. Der Speisesaal der Mönche war dunkel und leer. Es roch nach Küche und ungelüfteten Männerkleidern. Stumm deutete Biggi nach vorne, dort war die Tür, die wieder in den Klostergang führte, vermutete sie und hatte recht. Sie fanden die Treppen zum Obergeschoss und hasteten hinauf. Von unten war kurz eine aufgeregte Stimme zu hören, gefolgt von einem lang gezogenen Schmerzensschrei. Er hallte nach, wie aus einem unterirdischen Gewölbe kommend, doch so entfernt, dass Chris nicht sicher war, ob es nicht nur in ihren Ohren klang. Nun waren sie atemlos oben angelangt. Endlos lange Korridore erstreckten sich in alle Richtungen. Welche sollten sie wählen?

U

*Zwei Tage später kam er zurück. Ohne Anmeldung stand er plötzlich vor mir im Zimmer. Wer hatte ihm die Tür geöffnet? Antonella war nicht im Haus. Überrascht sah ich die Frau an seiner Seite.*

*»Das ist meine Assistentin. Eine Expertin der italienischen Renaissance, deshalb habe ich sie mitgebracht. Sie wird das Werk ohne Zweifel bestimmen können«, erklärte der Kunsthistoriker, und mit einem Lächeln: »Leonardo ist ihr Spezialgebiet.« Er verlangte, das Bild zu sehen.*

*»Das ist nicht möglich«, sagte ich.*

*Die junge Frau sah schön aus, Schneewittchens Farben, weiß wie Schnee, rot wie Blut, schwarz wie Ebenholz. Aber der Blick, mit dem sie mich maß, hatte etwas Beklemmendes.*

*»Nicht möglich?«, wiederholte sie, es klang wie ein Zischen.*

*»Es ist nicht mehr im Haus.«*

*»Sondern – wo sollte es denn so schnell hingekommen sein? Haben Sie denn noch andere Interessenten?«*

*Er hatte seinen Ton geändert. Wollte er mir drohen?*

*»Das ist nicht Ihre Sache. Ich bitte Sie jetzt zu gehen.«*

*Mein Protest war so schwach und hilflos wie ich selbst. Und doch, selbst da empfand ich noch keine Angst.*

*»Schau dich einmal in der Bibliothek um, Pia. Wahrscheinlich liegt es dort in der Briefmappe wie beim letzten Mal.«*

*Ich schwieg, fassungslos. Sah der Frau mit dem Namen Pia zu, wie sie einer geübten Diebin gleich meine Sachen durchwühlte. Das Bild nicht fand, nicht finden konnte, weil ich die Wahrheit gesprochen hatte. Und schließlich zu mir zurückkehrte, nun gar nicht mehr freundlich. Sie packte die Griffe meines Rollstuhls und begann, mich hin und her zu rütteln.*

*»Wo ist es? Ich frage nur einmal.«*

*Ich schüttelte den Kopf. Mir war, als hörte ich Stimmen in weiter Ferne, wie unter Wasser. Sie riefen mir etwas zu, aber ich konnte die Worte nicht verstehen. Ein ungeheurer Schmerz erfasste mich und zog mich in die Tiefe.*

U

Wie lange gingen sie schon durch die hallenden Korridore? Adele hörte Pias Atem, angespannt, fast keuchend. Sie konnte jeden Moment die Kontrolle verlieren. Doch Antonella blieb unerschütterlich. Sie zeigte nach links, und sie bogen in den Gang ab, den sie, Adele erkannte es auf einen Blick, bereits einmal gegangen waren. In der Ferne sah sie einen blauen Fleck leuchten, das Gewand des Heiligen auf dem Gemälde. Sah Pia nicht, dass Antonella sie in die falsche Richtung führte? Sie kamen an einer reich geschnitzten Flügeltür vorbei. Gedämpft drangen Stimmen dahinter hervor, und Antonella hielt inne. Pia fuhr auf:

»Los, weiter!«

Sie wollte ihre beiden Gefangenen am Gürtel weiterzerren, so heftig, dass Adele strauchelte und das Gleichgewicht verlor, doch Antonella hatte bereits die Türschnalle ergriffen und riss die schwere Tür auf.

»Aiuto! Aiuto!«, gurgelte sie, bevor sie wie Adele stürzte.

Plötzlich waren sie von einer Gruppe Menschen umringt, aufgeregt drängten sie näher, um die auf dem Boden Liegenden besser zu sehen.

Pia hob den spitzen Glasdolch, bereit, auf jeden, der sich ihr in den Weg stellte, einzustechen. Da packte eine kräftige behaarte Hand ihren Arm und schüttelte sie so fest, dass sie ihre Waffe fallen lassen musste. Er zersprang in einem Regen feiner glitzernder Scherben.

U.

*Ich träume. Oder ist es eine Erinnerung? Ich gehe über einen weiten Platz, zwischen der Säule mit dem Löwen und der anderen mit dem Heiligen. Nur die Touristen tummeln sich dort gern, die Venezianer meiden diesen Ort. Mit dem Rücken zur Lagune und dem Gesicht zum* Torre dell'Orologio *wurden die Delinquenten einst hingerichtet, ihr letzter Blick zeigte ihnen die Todesstunde. Erzählt Lauro mir diese Geschichte? Ich spüre seine Nähe. Ich gehe weiter, hier ist das Haus des Advokaten. Ich habe meine Angelegenheiten noch rechtzeitig ordnen können. Die Stimme des Blutes hat in meinem Leben nichts Gutes bedeutet. Meine Familie, das sind Margareta und Adele. Sie werden meinen Besitz bekommen. Was ist mit den Hochzeitsbildern passiert? Der Kunsthistoriker hat sie mitgenommen, obwohl ich sie dem Museum schenken wollte. Wem gehören sie nun? Ich habe nichts unterschrieben, oder doch? Im Reich zwischen Leben und Tod spielt es keine Rolle. Ich möchte Lauro sehen, ich möchte ihn in die Arme nehmen. Ich weiß, er ist hier. Mein Laurin, endlich. Doch ich kann mich nicht aufrichten, ihm nicht folgen.*

U

Chris und Biggi hatten das ganze obere Geschoss umrundet, ohne einem Menschen zu begegnen. Von unten vermeinten sie immer wieder entfernte Schritte zu hören, doch niemand folgte ihnen.

»Wir sind im Trakt der privaten Gemächer«, meinte Chris. »Deshalb ist da untertags niemand.«

»Wieso sagst du Gemächer, haben Mönche nicht gewöhnlich Zellen?«, fragte Biggi.

Sie hatten es bei mehreren Türen versucht, alle waren versperrt.

»Wieso sollten wir hier auf Adele stoßen?« Biggi wurde allmählich ungeduldig.

Chris gab ihr keine Antwort. Sie blieben stehen, an die marmorne Brüstung gelehnt, sinnierten sie vor sich hin. Seit ihre letzte Hoffnung, Adele an der Schiffsstation anzutreffen, sich zerschlagen hatte, waren beide nervös vor Anspannung. Sie konnten sich nicht mehr vormachen, dass nichts passiert war. Adele hatte sich schon in Wien verfolgt gefühlt, dachte Chris. Die Frau, die sie bei Adeles Haus beobachtet hatte, war also kein Zufall gewesen. Aber wenn ihr jemand nach Venedig gefolgt war, dann wohin sonst als nach San Lazzaro? Sie durften jetzt nicht aufgeben.

Plötzlich fiel Chris etwas auf, was sie bis jetzt übersehen hatte. Hinter den Türen, an denen sie vorbeigingen, war es dunkel. Doch nun, gerade vor ihnen, war eine Tür, unter der ein Streifen Sonnenlicht in den halbdunklen Korridor fiel. Biggi setzte sich gleichzeitig mit ihr in Bewegung, sie hatte es auch bemerkt. Sie legte die Hand auf die Türklinke, sie gab nach. Wie angewurzelt blieben sie in der Tür stehen und starrten auf die unerwartete Szenerie. Eine Frau, den Kopf so dick bandagiert, dass man ihre Züge kaum ausnehmen konnte, saß in einen Ruhesessel gebettet. Ein Arm war eingegipst, der andere hielt einen Stift. Bis sie eingeschlafen war, hatte sie in einem Büchlein geschrieben, das von ihrem Sessel auf den Boden gerutscht war und aufgeschlagen dort lag. Als die beiden sich von ihrer Überraschung erholt hatten, kamen sie leise näher. Es war eine alte Frau, sah Chris, und jemand hatte sie verletzt. Was man von ihrem Gesicht sehen konnte, war blau von Blutergüssen. Biggi bückte sich nach dem Buch und stieß einen leisen triumphierenden Laut aus:

»Die Schrift! Erinnerst du dich an den Zettel in Paulines Palazzo? Das ist ihre Handschrift!«

Still standen sie vor der Schlafenden. Sie hatten Pauline gefunden. Pauline lebte.

# 22.

Der Schlaf hielt Adele fest. Nur mühsam kämpfte sie sich ins Bewusstsein zurück. Als Erstes war es nur ein Geruch. Das Meer, ganz nahe. Dann eine scheppernde Melodie, die sie kannte, aber nicht *er*kannte, ein Handyläuten. Nicht meines, dachte sie erleichtert, und schon endete es. Das aufgeregte »Hallo, ja?« war Biggis Stimme. »Ja«, sagte sie und wieder: »Ja. Zum Glück. Pauline lebt. Adele ruft dann zurück, sie kann gerade nicht sprechen.«

»Sie wacht auf!« Die Stimme dicht an ihrer Seite gehörte Chris. »Dilly? Du hast richtig gehört, schau mich an!«

Eine kalte Hand streichelte ihre Wange. Das Parfum, ein angenehmer Duft. Der sie zugleich an etwas anderes erinnerte, ein unangenehmes Gefühl. Sie würde so gerne weiterschlafen, aber Chris hatte recht, sie musste aufwachen, sie musste sicher sein, dass sie nicht träumte. Pauline war am Leben? Sie hatten sie gefunden?

Endlich gelang es ihr, die bleischweren Lider zu heben. Das Zimmer war in grelles Licht getaucht, die Abendsonne schien beim Fenster herein, so hell, dass sie den Kopf zur Seite drehte. Chris saß an ihrem Bettrand und hielt sich die Hand vor den Mund. Biggi lehnte in einem weiß lackierten, unbequem aussehenden Metallgestühl. Es sah aus wie ein gynäkologischer Untersuchungsstuhl.

»Wo bin ich?«, flüsterte Adele.

»In der Krankenstation des Mechitaristenklosters.« Biggi sprang auf und kam näher. »Wie geht es dir, tut es sehr weh?«

Jetzt, wo davon die Rede war, erwachte erst der Schmerz in ihrem Hals, innen wie außen. Adele griff sich an die Kehle und spürte die aufgequollenen Striemen. Das Schlucken fiel ihr schwer, und ihre Stimme krächzte wie nach einer durchzechten Nacht.

»Es fühlt sich an wie ein Albtraum. Ich fange erst an, mich zu erinnern … Antonella, ich habe das Boot gesehen und dann …«

Plötzlich begannen die Tränen zu fließen, sie schluchzte und schluchzte und konnte nicht aufhören. Chris und Biggi versuchten, sie zu trösten. Biggi erklärte:

»Pauline lebt. Antonella hat sie vor dieser Bestie in Menschengestalt gerettet. Sie ist hier gepflegt worden und erholt sich langsam.«

Chris setzte fort: »Antonella ist schon im Krankenhaus. Der Mönch, der die Führung gemacht hat, ist ein diplomierter Krankenpfleger, er hat ihre Wunde versorgt, aber zur Sicherheit nahm sie das Rettungsboot mit.«

»Und Pia Grunsky ist in Haft. Dein Polizist hat bereits ihre Auslieferung beantragt.« Biggi machte eine Pause und grinste. »Der macht sich richtige Sorgen um dich. Da hast du aber irgendwas ausgelassen in deinem Bericht. Oder erinnerst du dich daran auch nicht mehr?«

Adele schüttelte den Kopf. Sie sollten weiter über Pauline erzählen. Doch da gab es im Augenblick nicht mehr zu sagen, versicherten ihr die Freundinnen. Pauline war noch immer sehr erschöpft. Morgen wollten sie wieder zu ihr gehen, vielleicht war es dann möglich, mit ihr zu sprechen.

»Morgen?« Adele sah plötzlich den Terminkalender der Ordination vor sich. Da stand etwas groß in roter Schrift, eine schwierige OP, ein schwieriger Patient, dessen Name ihr nicht einfiel. »Welcher Tag ist heute?«

»Noch immer Sonntag, es war ein langer Tag.« Chris sah auf die Uhr dabei.

»Mein Flug …« Adele sprach nicht weiter. Wie sollte sie Montag um sieben Uhr früh in ein Flugzeug steigen? Sie konnte sich im Moment nicht einmal vorstellen, dass sie aufstand und in ihr Hotel zurückfuhr.

»Wir lassen dich jetzt in Ruhe. Morgen zu Mittag sind wir wieder da.«

»Taxi. Ich zahle«, flüsterte Adele.

»Pst. Schlaf, Dilly.«

Sie hörte nicht mehr, wie sie das Zimmer verließen. Erst viel später, als es schon dunkel war, wachte sie auf und dachte an ihre Arbeit. Wann war sie das letzte Mal frisch und ausgeruht gewesen? Joseph hatte recht, es war verrückt, immer weiter und weiter zu rackern, als ob das Leben unendlich dauern würde. Der junge Zahnarzt fiel ihr ein, den hatte Joseph geschickt, er war der Sohn eines Bekannten. Nett war der gewesen, die Assistentin hatte sich gleich in ihn verguckt. Er wollte gern ein oder zwei Tage in der Woche sie vertreten kommen, um Erfahrungen zu sammeln. Vielleicht könnte er ja später in ihre Ordination einsteigen, hatte er angedeutet. »Aber was mache ich in den zwei Tagen, wenn Sie mich vertreten«, hatte sie ihn gefragt. Als sie es Joseph erzählte, war er stumm gewesen vor Ärger. Was er ihr vorhielt, stimmte, sie hatte nur ihre Arbeit gekannt. Und jetzt lag sie da und wollte nur schlafen, schlafen, schlafen. Wie sah eigentlich ihre Zukunft aus, und warum fragte sie sich das erst jetzt? Sie drehte sich zum Fenster, wo hinter dem dünnen weißen Vorhang die Lichter der Lagune schimmerten. »La vita è bella.« Das war Josephs Antwort gewesen, sein Motto, seine Mahnung, sein Trost für sie. Hätte sie es früher verstanden, wäre er nicht von ihr fortgegangen. Aber es war noch nicht zu spät, sich zu ändern. Noch lebte sie, noch lebten sie alle.

Viel später erwachte sie wieder, da war es schon hell. Das Fenster stand ein Stück offen, der Wind spielte mit dem Vorhang. Bevor sie wieder in den Schlaf zurücksank, hörte sie etwas: ein zartes Geräusch, das nicht der Wind verursachte. Jemand seufzte in ihrer Nähe. Sie drehte sich zur Seite und sah jemanden auf dem unbequemen Metallstuhl sitzen, aber es war nicht Biggi und auch nicht Chris, es war ein Mann. Er sah, dass sie erwacht war, aber er regte sich nicht.

»Wie kommen Sie hierher?«, fragte sie schlaftrunken. Vielleicht gehörte er ja in ihren Schlaf.

»Schlafen Sie weiter«, flüsterte er. »Sie waren so ein tapferes Mädchen, jetzt müssen Sie sich ausruhen.«

Sie mochte die Stimme. Auch sein Lachen hatte ihr gefallen, nachdem er sie bei der ersten Begegnung so geärgert hatte, bei der zweiten hatte er es gutgemacht. Aber jetzt lachte er nicht, er schaute ernst und seufzte noch einmal leise. Sie sinnierte eine Weile über seinen Vornamen. Den Nachnamen teilten sie sich, aber er hatte sich doch sicher vorgestellt. Er könnte Max heißen oder Christian oder Oliver. Sie wollte ihn fragen, aber da kam schon die große dunkle Wolke und hüllte sie ein. Sie träumte.

U.

Biggi und Chris traten gerade aus der Pension, als Lorenz vor ihnen stand. Er stellte sich vor. Biggi war gewöhnlich die Schlagfertigere, aber diesmal kam ihr Chris zuvor. »Österreichische Polizei im Auslandseinsatz? Normalerweise wird das mit Amtshilfeverfahren erledigt. Sie müssen ja ein sehr schlechtes Gewissen haben.«

Zu ihrer Überraschung nickte er.

»Stimmt, ich habe Frau Doktor Lorenz nicht ernst genommen.«

»Es ist ein Wunder, dass ihr nicht mehr passiert ist. Ihr Rechtsanwalt rät, die Republik zu verklagen!«, behauptete Biggi.

»Der Herr Doktor Hellberg hat heute schon angerufen«, erwiderte Lorenz scheinbar ungerührt.

»Also, was geschieht jetzt? Ohne diesen beherzten Mönch hätte es im Kloster ein Blutbad gegeben. Wo ist diese Bestie? Zahnarztassistentin war sie, wissen Sie das, deshalb hat sie sich mit diesem Betäubungsmittel so gut ausgekannt.« Biggi war nun in Fahrt gekommen. Chris stupste sie unauffällig an, und Lorenz, der die Geste bemerkte, lächelte.

»Lassen Sie nur, Ihre Freundin hat recht. Ihr mutiger Einsatz hat mitgeholfen, ein Verbrechen zu klären.«

»Eines? Drei Verbrechen, oder eher vier, wenn man die Veruntreuung der Bilder dazuzählt«, sagte Chris.

Lorenz nickte. »Sehr richtig. Deshalb bin ich hier, ich würde gern alles, was Sie an Informationen zusammengetragen haben, aufzeichnen. Damit wir jetzt keine weitere Zeit verlieren. In Wien werden die Protokolle dann geschrieben und Ihnen zur Unterzeichnung vorgelegt.«

»Und diese Pia Grunsky, wo ist die?«

Befriedigt hörten sie, dass Lorenz selbst die Beamten, die sie nach Wien überstellten, begleiten würde.

»Ihnen vertraue ich Frau Doktor Lorenz an. Sind Sie einverstanden?«

Chris und Biggi bejahten. Sie führten Lorenz zu der Bar,

wo es die besten Tramezzini gab. Wenn sie schon Vater Staat bei der Verbrechensaufklärung halfen, sollte der ihnen auch ein Frühstück zahlen. Lorenz nickte ergeben auch dazu.

Den Vormittag verbrachten sie im Dogenpalast und kamen gerade rechtzeitig, um die Fähre nach San Lazzaro zu nehmen.

»Unglaublich, was in 24 Stunden alles passieren kann«, sagte Chris. »Wenn ich denke, dass ich Angst gehabt habe, der Pensionsschock könnte mich treffen. Der Ruhestand beginnt aufregender als mein Berufsleben je war!«

Biggi lachte vergnügt. »Hättest du gedacht, dass solche detektivischen Fähigkeiten in uns stecken?«

Chris stimmte in das Lachen ein. »Ich weiß übrigens noch gar nicht, wann du Pia Grunskys Vergangenheit als Zahnarztassistentin aufgedeckt hast.«

Biggi winkte ab. »Das war eigentlich nur Zufall. Ich bin einer alten Kundin begegnet, die gerade auf dem Weg zum Zahnarzt war. Sie hat mir erzählt, dass ihr Zahnarzt sich etwas mit seiner Assistentin angefangen hat. Er hat sich scheiden lassen, um sie zu heiraten, aber sie hat nach einem Jahr Ehe Leine gezogen. Als Zahnarztgattin wollte sie nicht mehr in der Ordination mitarbeiten, Assistentin war ihr auf einmal zu minder. Und dann hat sie den Namen des Zahnarztes gesagt. Was glaubst du, wie er heißt.«

»Sag nicht Grunsky!«

Biggi nickte triumphierend. »Und die Ex-Assistentin und inzwischen auch Ex-Gattin ist genau unsere Pia Grunsky.«

»Was noch immer nicht dieses mörderische Potenzial erklärt«, meinte Chris nachdenklich.

»Geldgier. Aber sie war ja nicht allein. Rosen hat sie angestiftet.«

Sie sahen aufs Meer. Die Sonne schien wieder. Von Herbsteinbruch keine Rede. Vor ihnen tauchte San Lazzaro auf. Chris drückte Biggis Arm. Biggi drückte zurück.

Der erste Weg im Kloster führte zu Adele in der Krankenstation. Ihr Bett war leer. »Adele?«, rief Chris in den Waschraum. Dort war niemand. »Das gibt's doch nicht, sie hat einen Verband und soll ruhen! Wo ist sie hin?«

»Ihre Kleider sind im Garderobeschränkchen, aber die Schuhe sind weg«, stellte Biggi fest.

Adele war ausgeflogen.

»Immerhin, es muss ihr also besser gehen. Und weit kann sie nicht sein. Sie wird nicht im Krankenhaushemd zum Flughafen gefahren sein.«

»Und sicher nicht ohne Geld und Ausweis.« Biggi zeigte auf die Handtasche im Nachttischfach.

Chris beruhigte sich wieder, und sie machten sich auf die Suche. Im Obergeschoss, wo sie tags zuvor die Zellen nach einer Spur abgesucht hatten, begegnete ihnen der kräftige Mönch. Bevor Biggi zu einer Erklärung ansetzen konnte, lächelte er ihnen zu und zeigte einladend auf Paulines Tür.

Sie klopften und traten ein. Pauline saß wie beim letzten Mal in ihren Lehnstuhl gebettet und Adele auf dem Boden neben ihr, den Kopf an Paulines Knie gelehnt. Sie hielt ihre Hand und sprach leise und beinahe unverständlich mit der Schlafenden. Beim Anblick ihrer Freundinnen richtete sie sich auf. Ihr Hals trug einen frischen weißen Verband, und sie sah ausgeruht aus.

»Es geht mir gut. Bitte macht euch keine Sorgen, ich habe es im Bett nicht mehr ausgehalten, ich musste Pauline wenigstens einmal mit eigenen Augen sehen. Es ist wie ein Wunder für mich, dass sie noch lebt. Und was wird Margareta erst sagen? Ich habe sie noch nicht angerufen, ich habe kein Telefon, es muss im Hotel liegen.«

»Hast du vergessen: leerer Akku, Ladegerät in Wien?«, sagte Chris.

»Stimmt.« Adele nickte zerknirscht. »Ich glaube, es ist einiges auf der anderen Seite des Schlafs zurückgeblieben.«

»Auch ein gewisser Namensvetter?«, fragte Biggi mit schelmischem Augenzwinkern.

Adele machte ein ratloses Gesicht. »War der wirklich da? In der Nacht? Nein, das habe ich geträumt.«

»In der Nacht? Tststs ...«, setzte Biggi im selben Ton wie vorher fort.

»Blödeln könnt ihr später. Der Lorenz ist jedenfalls ein klasse Polizist. Er hat sich für seine Beschränktheit entschuldigt«, mischte sich Chris ein.

Adele hörte sich interessiert an, was am Vormittag geschehen war.

»Und wo ist er jetzt?«

»Auf dem Weg zurück, mit Pia Grunsky im Gepäck.«

Chris holte aus ihrer Tasche eine Schachtel. »Da, von ihm, mit schönen Grüßen. Damit du mit ihm in Kontakt treten kannst.«

Adele öffnete die Schachtel. Darin lag ihr Handy. Aufgeladen. Mit Ladegerät. Daneben steckte ein kleines Briefchen. »Für Dilly – die besten Wünsche zur Genesung.« Die Unterschrift war unleserlich. Konnte das Richard heißen?

»Was sagst du dazu, ein Mann, der praktisch denkt!«, kommentierte Chris. Es klang beinahe ein wenig eifersüchtig.

Adele seufzte, im gleichen Augenblick regte sich Pauline. Sie berührte mit einer Hand ihren Kopf, zuckte zusammen und stieß einen kleinen Wehlaut aus. Adele erhob sich schnell. Pauline hatte die Augen geöffnet. Als sie Adele erkannte, begann sie zu lächeln.

»Mein liebes Kind«, sagte sie. »Dass wir uns endlich wiedersehen. Wo ist deine Mutter? Ich habe Greti so vermisst.«

# 23.

*Hatte alles so kommen müssen, wie es kam, damit das daraus entstehen konnte, was nun geschah? Ich hatte meinen Laurin gesehen und wollte so gern bei ihm bleiben, es bedeutete mir mehr, als weiterzuleben. Doch das Schicksal hatte anders entschieden. Antonella war zu meiner Rettung erschienen, sie hatte mich in Sicherheit gebracht, und nun war ich hier und spürte die Sonne auf meinem Gesicht und Stimmen, aufgeregte und leise, weibliche und auch manchmal eine männliche, die ruhig und bedächtig klang und wenig Worte machte. Ich hörte ihnen allen nicht zu. Ich schrieb, manchmal, wenn ich die Kraft fand. Antonella besuchte mich, sie war die Einzige, der ich vertraute und mit der ich mich manchmal ein wenig unterhielt. Sie erzählte mir, was passiert war. Erst Tage später kehrte allmählich die Erinnerung wieder. Und nun war Adele gekommen, ich erkannte das schöne weiche Wienerisch, den Sehnsuchtsklang der Heimat. Ich wunderte mich über den Gedanken. Die Heimat hatte ich verloren, und bei der Rückkehr war sie zur Fremde geworden, das Land meiner Kindheit gab es nicht mehr. Aber es gab Greti, die mir mehr bedeutete als Blutsverwandte – Greti und Adele, die meine wahre Familie waren. An das alles dachte ich, während ich den Frauen aus Wien zuhörte, Adele und ihren Freundin-*

*nen. Greti hatte mir ihr goldenes Medaillon geschickt, das ich ihr einst geschenkt hatte. Unsere Porträts als junge Mädchen waren darin. Ich dachte an den Satz von Joseph Roth über die unwiederbringlich verlorene Heimat und dass er vielleicht auf mich doch nicht zutraf.*

U

Chris saß bereits bei Cappuccino und Panino mit Marmelade und las in ihrem Reiseführer, als Biggi zum Frühstück erschien, gefolgt von dem lächelnden, stets gut gelaunten Andrea. Der verschlafene Kellner hatte heute keinen Dienst.

»Buon Giorno, Signora. Un grande Espresso e latte caldo.«

Biggi kostete das hübsch geformte, aber völlig geschmacklose Panino.

»Seit meiner ersten Italienreise habe ich mich gewundert, warum ein Volk mit so grandioser Küche kein gutes Gebäck hervorbringt. Und daran hat sich bis heute nichts geändert.« Sie murrte, strich sich aber dennoch eines und begann mit gutem Appetit zu essen. »Und was bringt der heutige Tag noch?«, fragte sie Chris.

»Ich möchte diese Turmtreppe sehen, die …«, Chris las aus dem Führer, *»la Scala del Bovolo.«*

Biggi nickte. »Ja, die ist sehenswert, ich glaube, das war die erste Wendeltreppe weltweit. Ich war schon vor ewigen Zeiten einmal dort, aber die ist einen zweiten Besuch wert.«

»In dem Palazzo sind auch Bilder von Tintoretto. Und die Kuppel mit einer Aussicht über Venedig muss auch wunderschön sein.« Chris blätterte weiter und wählte die wichtigsten Sehenswürdigkeiten. Sie hatten den ganzen Tag für sich, denn Adele wollte keinen weiteren Krankenbesuch, sondern hatte sich für gesund genug erklärt, um allein im Hotel zu bleiben.

»Mir ist alles recht, nur bitte keine Kirchenbesuche. Für mich ist eine wie die andere«, sagte Biggi, nachdem sie Chris' Vorschlägen eine Weile gelauscht hatte.

Chris schaute sie so ungläubig an, dass Biggi lachen musste.

»Tut mir leid, ich bin ein Banause.«

»Da kann ich leider nicht widersprechen, außer wenn es um armenische Kirchen und Klöster geht«, sagte Chris und schlug im selben Atemzug eine Seite ihres gescheiten Buches auf. »Aber die Chiesa San Sebastiano musst du gesehen haben! Veronese hat sie ausgestattet, er ist auch in der Kirche begraben. Es gibt ein Bild von einer unbekannten Legende aus dem Alten Testament, von einem Mann, den eine gefährliche Schlange getötet hat. Er liegt wie tot ...« Sie zeigte Biggi die Abbildung im Reiseführer. »Du musst zugeben, das ist großartig!«

Biggi schluckte, was ihr auf der Zunge lag. Andrea brachte ungefragt mehr Kaffee für die Damen.

»Grazie, Andrea!«

»Kann ich den Signore noch einen Wunsch erfüllen?« Andrea zwinkerte ihr zu.

Biggi faltete ihren Stadtplan auf und suchte. »Das geht in Ordnung.« Schon wurde ihre Laune besser. Sie hatte die Kirche am Plan gefunden. »Ganz in der Nähe ist die *Osteria da Toni.*«

Chris schüttelte in gespielter Empörung den Kopf. »Wir gehen doch sicher mit Adele am Abend essen.«

»Erinnerst du dich? Spaghetti Bolognese in Vesuvhöhe! Wenn's warm genug ist, können wir im Freien sitzen.«

Chris wollte noch einmal auf Veronese zurückkommen, doch Biggi hatte genug gehört. »Alles klar. Erst die Kirche, dann die Osteria, das ist der Deal.«

Jetzt war es an Chris, diplomatisch zu schweigen. Sie

steckte ihren Reiseführer ein. »Ich geh ins Zimmer. In dreißig Minuten startbereit?«

»Ja, Sir.« Biggi grinste.

U.

Über Adeles Kopf war eine goldverzierte Stuckdecke; so erkannte sie beim ersten Augenaufschlag, dass sie wieder im *Hotel Principale* gelandet war. Biggi und Chris hatten sie hergebracht und dann hin und her diskutiert, ob sie allein in ihrem Zimmer bleiben sollte. Wo sonst?, hatte Adele gedacht. Das Schlucken fiel ihr immer noch schwer, vor allem aber hielt die Müdigkeit sie in festem Griff, kaum schloss sie die Augen, war sie schon eingeschlafen. Nun musste sie wenigstens einmal auf die Uhr sehen. Die seidigen dunkelroten Vorhänge ließen kein Licht herein, sie ahnte mehr, als sie sah, dass es draußen Tag sein musste. Ihre Armbanduhr war nicht, wo sie hingehörte, wahrscheinlich steckte sie in der Handtasche. Aber das Handy lag auf dem Nachttisch. Vier Uhr Nachmittag. Montagnachmittag vermutlich, denn sie konnte doch nicht mehr als vierundzwanzig Stunden verschlafen haben. Sicher war sie sich nicht. »Verpasster Anruf von Joseph«, stand auf dem Display. Während sie das Handy hielt, leuchtete sein Name auf. Das Handy war auf lautlos gestellt, die fürsorglichen Freundinnen hatten nichts vergessen, damit Adele Ruhe fand. Sie nahm den Anruf an.

Joseph klang vorwurfsvoll. »Mitten in der Nacht willst du mich unbedingt sehen, dann reist du ab, und ich höre tagelang nichts mehr von dir. Wenn die Pflegerin deiner Mutter nicht so nett gewesen wäre, mich zu informieren, hätte ich von dir aus blöd sterben können.«

Jetzt erst erinnerte sie sich, dass sie ihm eine SMS hatte schreiben wollen und es vergessen hatte. Er war aufgeregter, als sie ihn kannte. Sie hatte nicht gedacht, dass er sich um sie sorgen könnte, eher hatte sie sich gefreut, dass er vergeblich angerufen hatte, nachdem ihre Bitte um ein Treffen abgelehnt worden war. Ach, Quatsch, dachte sie gleichzeitig, diese öden alten Spielereien, sie hatte keine Lust mehr darauf.

»Es tut mir leid«, sagte sie. »Wirklich, Joseph.«

Darauf blieb er stumm, bis sie fortsetzte. »Ich bin froh, dass du mich anrufst, ich habe mir was überlegt, während ich da in der Krankenstation gelegen bin.«

»Krankenstation?«, wiederholte er. »Ich habe nicht gewusst, dass es so schlimm war.«

Adele ging nicht darauf ein. »Ich habe endlich einmal Zeit zum Nachdenken, dafür ist diese ganze Sache zumindest gut. Ich sehe ein, dass ich nicht mehr weitermachen kann wie bisher.«

Noch immer erwiderte Joseph kein Wort. Sie hörte nur seinen tiefen Atemzug.

»Du hast mir einen jungen Kollegen empfohlen, den Sohn eines Freundes. Ich weiß seinen Namen leider nicht mehr ...«

Joseph räusperte sich. »Emmerich«, sagte er. »Marc Emmerich.«

»Aha, gut. Ich habe ihn ja einmal kennengelernt, er ist ... er scheint sehr kompetent.«

Joseph versprach, ihr seine Telefonnummer zu schicken.

»Danke, ich melde mich später.« Eine Minute später kam Josephs SMS mit den Kontaktdaten. Er hatte keinen Kommentar hinzugefügt.

Adele kletterte aus dem Bett und machte in der winzigen Kitchenette Wasser für einen Kaffee heiß. Das liebte sie an Fünfsternhotels. Man konnte mit einem Apfel und einem Panino vom Frühstücksbuffet den ganzen Tag im Zimmer bleiben. Venedig lag vor der Tür, doch nichts konnte sie verlocken, sich anzuziehen und in den nun einfallenden Abend hinauszugehen. Was war aus ihrer ganzen Unternehmungslust geworden?

»Arbeitskrüppel«, ermahnte sie ihr bleiches Spiegelbild. Sie bereitete sich einen Nescafé zu. Er war eine einzige Verspottung des berühmten italienischen Espressos, aber Adele war von dem Filterkaffee, den Julia in der Ordination zubereitete, Schlimmeres gewohnt. Sie kehrte mit dem Kaffee ins Bett zurück und rief Doktor Emmerich an. Wenn sie es aufschob, tat sie es womöglich nie. Er war sofort am Apparat. Er wusste gleich, wer anrief, und war so freundlich und sympathisch wie damals, als sie zu ihm gesagt hatte: »Was soll ich machen, während Sie mich in meiner Ordination vertreten?« Als sie ihn daran erinnerte, lachte er.

»Ja, mancher Gedanke muss reifen.« Ein wahres Wort.

»Wollen Sie immer noch?«, fragte sie ihn, und er sagte sofort:

»Ja. Sehr gern. Auch mein altes Angebot, die Ordination zu übernehmen, steht.« Hatte Joseph ihn geimpft? In den fünf Minuten, die seit dem Telefonat mit ihm vergangen waren? Unwahrscheinlich. Aber das war noch viel mehr, unglaublich nämlich. Sie erklärte ihm kurz die Umstände, die sie in Venedig festhielten. Wenn er wollte, konnte er jederzeit anfangen. Die Assistentin war erfahren, sie könne ihm alles erklären. Sie würde Joseph bitten, die rechtliche Seite in die Hand zu nehmen.

Die Sonne war noch nicht untergegangen, da hatten sie das Wichtigste vereinbart.

»Auf Wiedersehen, Marc. Wir sind Kollegen, also per Du. Morgen sprechen wir weiter. Und in Wien werden wir dann Nägel mit Köpfen machen, wie der Joseph immer sagt.«

So einfach war das. Man konnte neu anfangen. Es gab keine Tretmühle, in der sie als Sklavin auf Lebenszeit gefangen war. Was würde Margareta dazu sagen? Egal. Es war nicht das Leben ihrer Mutter, sondern ihr eigenes. Ein Gefühl der Erleichterung überflutete sie. Adele ließ die Hand mit dem Telefon auf die Bettdecke sinken. Sie spürte, wie der Schlaf sie unwiderstehlich hinunterzog. Sie kämpfte nicht dagegen an.

Das Telefon läutete einmal, dann war die Verbindung da. Schwere Atemzüge drangen durch die Leitung, dann sagte Margareta: »Hallo? Bist du es, Pauline?«

Pauline musste schlucken. Sie nickte, weil sie nicht sprechen konnte, bis Margareta aufgeregt nachfragte:

»Hallo, hallo, wer ist da?«

»Greti, liebe Greti, ich bin es ja. Wie geht es dir?«, brachte sie hervor.

Nun war es Margareta, die nach Worten rang. »Du bist es. Pauline. Du lebst.« Ihre Stimme zitterte.

»Ja.«

»Ich habe nicht gewusst, was passiert ist, sie wollten es mir nicht sagen, um mich nicht aufzuregen. Aber ich habe es geahnt. Ich konnte mir einfach nicht vorstellen, dass du tot bist.«

Sie war nicht weit davon entfernt gewesen, doch davon würde sie jetzt nicht sprechen. Dafür war später Zeit.

»Wo bist du, meine Liebe?«

»Ich bin im Palazzo. Aber nicht mehr lange, ich habe mich entschieden, ich gehe weg.«

Würde sie ins Kloster zurückgehen, wie Antonella es sich wünschte? Für sie gab es dort immer einen Platz, das hatten ihr die Patres versichert. Pauline hatte nach Lauros Tod eine große Spende für die Nachkommen der Opfer des armenischen Genozids gemacht und später immer wieder Geld gegeben, das den Mechitaristen für wohltätige Zwecke zur Verfügung stand. Sie waren liebevoll und gut gewesen, sie hatten sie gesund gepflegt, und Antonella würde ihr jeden Wunsch von den Augen ablesen, wie sie es immer getan hatte. Aber Pauline wollte ihren Lebensabend nicht im Kloster verbringen.

»Du gehst weg? … Zu deiner Schwester … Du willst nach Amerika?«

Was für ein Gedanke.

»Nein, das werde ich sicher nicht tun.«

Nun verstummten sie beide, den Tränen nahe.

Margareta war es, die das Schweigen schließlich brach.

»Komm zu mir. Ich habe mir immer gewünscht, dass du zurück nach Hause kommst. Ich habe verstanden, dass du nicht vergessen und nicht verzeihen kannst, was sie dir angetan haben. Aber diese Menschen gibt es nicht mehr. Die Nachkommen sind unschuldig daran.« Margareta machte eine Pause. »Wir haben nicht mehr viel Zeit, Pauline.«

Bis zu diesem Moment hatte Pauline nicht gewusst, was sie nun tun würde. Aber jetzt war es klar und unzweifelhaft.

»Ja«, sagte sie. »Ich fahre nach Wien. Es wird meine letzte Reise. Ich komme nach Wien, um zu bleiben.«

# 24.

Albert Rosen residierte in bester Wohnlage, gleich neben dem Loos-Haus auf dem Michaelerplatz. Von seiner Dachterrasse musste man einen wunderschönen Blick auf die Michaelerkuppel und darüber hinaus auf Hofburg und Heldenplatz haben. Lorenz kam nun schon zum dritten Mal vergeblich. Er läutete energisch. Diesmal würde er sich ein Bild vor Ort verschaffen, ob der Galerist nun untergetaucht war oder einfach nicht öffnete. Eine alte Dame, grausilbrig onduliert wie das Pudelhündchen, das an ihrer Seite trippelte, kam aus dem Haus. Lorenz wollte an ihr vorbei, doch sie ließ ihn nicht eintreten.

»Zu wem wollen Sie?«

Lorenz kramte nach seiner Dienstmarke. Das Hündchen schnüffelte an seinem Hosenbein und nieste kräftig.

»Jolly, hast du dich verkühlt?«, rief die Dame vorwurfsvoll. Sie betrachtete Lorenz' Ausweis genau. »Wer hat etwas ausgefressen?«, fragte sie dann in verändertem Ton und sah neugierig zu ihm hoch. »Ist es vielleicht dieser Rosen?«

Lorenz antwortete nicht, aber das genügte ihr.

»Das habe ich mir gleich gedacht, er und seine –« Sie sprach nicht aus, wofür sie Pia Grunsky hielt, aber es gab keinen Zweifel darüber. »Das sind keine ordentlichen Leute. Nur, wo soll man die finden heutzutage? Man muss schon froh sein, wenn man es nicht mit Mietnomaden zu tun hat, die keine Miete zahlen und es aussitzen, bis sie geklagt werden. Der Vermieter schaut durch die Finger. Ja, Herr – Lorenz.« Sie hatte sich tatsächlich seinen Namen eingeprägt, von solchen Zeugen konnte man sonst nur träumen. »Es ist nicht leicht. Wir sind die Kapitalistenschweine in der Öffentlichkeit. Aber wollen Sie ein Hausbesitzer sein?«

Lorenz konnte sich ein schlimmeres Schicksal vorstellen, aber was wusste er schon?

»Und was können Sie sonst über ihn sagen? Außer dass er offenbar die Miete zahlt?«

Die Dame schüttelte ihre Silberlöckchen.

»Wenn einer behauptet, Geld spielt keine Rolle, werde ich misstrauisch. Und akkurat, drei Mieten ist er mir schuldig, und als ich ihm eine Mahnung geschickt habe, ist er gleich patzig geworden. Er lebt auf großem Fuß, wovon, fragt man sich. Anzüge von *Knize*, Geburtstagsparty für zweihundert Gäste im *Schwarzen Kameel*, ein Rolls Royce Oldtimer in der Garage, ein Jahresapartment im *Grand Hotel des Bains*. Woher hat ein Kunsthistoriker so viel Geld?«

Jolly hatte genug von der Unterhaltung. Sie hob eine zierliche Vorderpfote und fiepte in rasch ansteigenden Tönen.

»Ja ja, wir gehen ja schon. – Sie können sich selbst ein Bild machen, Herr Inspektor. Herr Rosen ist zu Hause.« Nun war sie bereit, ihn eintreten zu lassen.

»Sicher?«

»Ich habe ihn ja gerade gehört. Mein Badezimmer grenzt an seines. Vor fünf Minuten war er mit dem Duschen fertig.«

Damit ging sie. Lorenz verzichtete auf den Lift, sondern stieg zu Fuß durch das gepflegte Treppenhaus. Im vierten Stock endete das altehrwürdige Ambiente, hier begann der Dachausbau, den sich die Hausbesitzerin mit Rosen teilte.

Lorenz drückte auf die Klingel. Tief in der Wohnung hörte er ein Klirren, vielleicht hatte Rosen seine Tasse zu energisch hingestellt. Er läutete wieder, diesmal Sturm. »Herr Rosen!«, rief er schließlich. »Polizei! Öffnen Sie, wir wissen, dass Sie zu Hause sind.«

Er hatte den Kollegen unten im Wagen zurückgelassen, nun würde er ihn doch zu Hilfe holen müssen. Doch nach einigen lauten Faustschlägen an die Tür kam endlich eine Reaktion.

»Was soll dieser Krach!«, rief Rosen von drinnen. »Wollen Sie mir die Tür einschlagen? Auch wenn Sie von der Polizei sind, dazu haben Sie –« Er sperrte auf und unterbrach sich beim Anblick des Papiers in Lorenz' Hand.

»Herr Rosen, Sie sind verhaftet.«

»Was ... was halten Sie mir vor?« Er nahm den Haftbefehl entgegen. »Wenn es sich um die Lardini-Gemälde handelt, ich habe erst vor Kurzem erfahren, wie die Besitzverhältnisse nach dem Versterben der großen Sammlerin ...«

»Sparen Sie sich Ihre Lügen«, sagte Lorenz. »Ihr hübsches Vögelein hat gesungen. Da gibt es wenig Spielraum für Interpretation: Mordversuch, schwere Körperverletzung, Diebstahl, Betrug, Dokumentenfälschung.«

Rosen öffnete protestierend den Mund, doch Lorenz brachte ihn zum Schweigen. »Die große Sammlerin ist nicht verstorben, wie Sie sich ausdrücken. Zu Ihrem Glück, sonst würde der Verdacht auf Mord lauten. Zu Ihrem Pech, weil sie sich genau an die Ereignisse erinnert. Frau Agassians Zeugenaussage liegt der Polizei bereits vor.« Er sah Rosen an, der in seidenem Pyjama und eleganten Lederslippers vor ihm stand. »Packen Sie Ihr Schönheitsköfferchen. Ich gebe Ihnen fünf Minuten. Haben Sie einen Anwalt? Sie werden einen brauchen.«

*Ich träumte von Greti, wir waren jung, Schulkinder, und spielten auf der Straße* Himmel und Hölle. *Es war Frühling, der März des Jahres 1938. Ich sah den Kalender im Fenster einer Buchhandlung, eine Frauenhand mit schön gefeilten, polierten Fingernägeln griff in die Auslage und riss das Kalenderblatt des vorigen Tages ab. Eines und dann noch eines, sie machte weiter und weiter, bis sie im September angelangt war. Am 5. September hielt sie inne. Die Auslage war voll abgerissener Zettel, die, von der Zugluft gepackt, herumflogen und schließlich auch den Kalender aufhoben und mittrugen, die schöne Hand zog den Vorhang, der die Auslage vom Geschäft trennte, zur Seite, und der Kalender flog mit den Blättern davon, in das dunkle Innere. Greti wollte mich an der Hand nehmen und wegziehen, aber sie griff ins Leere, ich war nicht mehr da.*

*Ich erwachte, weil mich der kühle Nachtwind schaudern ließ. Ich war allein und wusste nicht, wo ich war. Im Palazzo? Das konnte nicht sein, er war versperrt und versiegelt, ein Verbrechensschauplatz, der von der Polizei untersucht wurde. Aber ich war auch nicht auf San Lazzaro, ich hörte die Glocken des Campanile, die* Nona, *wie Lauro es mich gelehrt hatte. Hatte mich nun, nachdem ich so lange gezögert hatte, das Schicksal belehrt, dass man sich nichts aufheben durfte? War ich tot, bevor ich heimkehren konnte? Da nahm er mich an der Hand. Wer? Ein Unsichtbarer an meiner Seite, der mit mir über die nächtliche Piazza ging, so schnell, dass ich Angst hatte zu stürzen. Wir traten in ein großes Gebäude am Ende des Platzes, die alten Flügeltüren quietschten, als er sie für mich öffnete. Weit vorne in der Tiefe des Hauses sah ich einen erleuchteten Ballsaal, doch der Weg führte nicht dorthin, sondern durch das weitläufige Stiegenhaus in die obere Etage. Hier drang das Licht von unten nur schwach herauf, es reichte kaum, um die hohen, gewaltigen Räume zu erhel-*

*len. Von der Fensterfront kam ein gelblicher Schein, draußen auf der Piazza brannten die Nachtlaternen, und plötzlich erkannte ich weit vor mir den* Palazzo Ducale *und wusste, wo ich gelandet war. Der Unsichtbare an meiner Seite stand nun still. Ich wandte mich um und verstand, warum er mich an diesen Ort geführt hatte.*

Adeles Telefon war immer noch auf lautlos geschaltet. Chris und Biggi hatten ihr deshalb schon Vorhaltungen gemacht, doch Adele war auf den Geschmack gekommen. Nicht immer erreichbar zu sein, gefiel ihr sehr. Am Vormittag war sie zum ersten Mal durch die eleganten Einkaufsstraßen von San Marco spaziert. Die Taschen und Schuhe waren unfassbar teuer, sie gefielen ihr auch nicht so besonders. »Ich bin schließlich keine Touristin«, murmelte sie vor sich hin. Das war auch etwas Neues, ihre Neigung zu Selbstgesprächen. Chris hatte erzählt, dass sie zu Hause immer mit sich selbst sprach, aber versuchte, es in der Öffentlichkeit zu vermeiden, um nicht als wunderliche Alte angesehen zu werden. Adele staunte über sich, dass ihr die Idee gar nichts ausmachte. Sie sah ihr Spiegelbild in einer Auslage und fragte sich, ob sie sich weiter die Haare färben sollte. Für wen wollte sie denn jünger aussehen, als sie war? Warum wollte das überhaupt irgendjemand? Man wurde nicht sechzig, um so zu tun, als wäre man fünfundvierzig. Fünfundvierzig war auch nicht jung, jung, das war relativ, und die Jagd nach der verflossenen Jugend etwas so Lächerliches. Fing sie beim gefärbten Haar an? Wie als Antwort darauf kam ein Anruf. Adele sah zufällig das Display aufleuchten, und als sie Lorenz' Nummer erkannte – wieso hatte sie sich die eigentlich gemerkt? –, steckte sie das Handy wieder ein. Sie war ihm bereits einen

Rückruf schuldig, und eigentlich – schon wieder eigentlich, was hatte das zu bedeuten? – wusste sie nicht, was sie abhielt, mit ihm zu sprechen. Es hatte mit der Erinnerung an seinen Besuch in der Krankenstation zu tun. Sie wusste inzwischen, dass er Richard hieß und Rickie genannt wurde, die immer kommunikative, neugierige und listige Biggi hatte das mühelos aus ihm herausbekommen, bei einer einzigen Begegnung.

Adele sah eine Sonnenbrille von *Romeo Gigli* in der Auslage. Eine umwerfende Brille. Die musste sie sich jetzt aus der Nähe ansehen. Sie ging ins Geschäft. Einmal probiert und gekauft. Die neue Adele überlegte sich nicht mehr, wie alt sie aussah. Ihr Spiegelbild begeisterte sie. Italianità!

Zurück auf der Straße, hatte sie das Gefühl, dass ihr Handy läutete, obwohl sie es nicht hören konnte. Und es stimmte auch nicht, er hatte nicht wieder angerufen. Das war wohl ihr schlechtes Gewissen, weil sie ihn warten ließ, obwohl sie doch eigentlich wissen wollte, was er zu erzählen hatte. Das dritte Mal dieses ominöse Eigentlich, von dem manche behaupteten, wenn man es verwendete, meinte man das Gegenteil von dem, was man sagte. Das würde also bedeuten, sie wusste, warum sie sich seine Telefonnummer gemerkt hatte und was sie abhielt, ihn zurückzurufen. Und auch, dass sie nicht wissen wollte, was er ihr zu sagen hatte. Quatsch, das gab keinen Sinn und überhaupt, was hatte sie davon, sich über ihre Beweggründe auszuhorchen? Hatte sie nicht beschlossen, Schluss zu machen mit der Selbstkontrolle rund um die Uhr? Sie setzte sich in die Hotelbar, von der aus man auf einen kleinen Nebenkanal blickte, wo ab und zu Touristen mit der Gondel vorbeischaukelten. Heute Morgen um acht Uhr war sie tatsächlich von einem geschmetterten »O Sole Mio« geweckt worden, dabei war um die Zeit in den engen Winkeln hinter dem Markusplatz von Sonnenschein nichts zu sehen.

Sie bestellte einen *Caffè con Sambuca*. Der Kümmelgeschmack in dem heißen Getränk erzeugte eine Geschmacksexplosion bis in ihre Stirnhöhlen. Plötzlich war sie wach und gut gelaunt. Sie setzte ihre Sonnenbrille auf und wählte. Diesmal war er es, der nicht abhob. Recht geschieht ihm, jetzt ist der rechte Augenblick verstrichen, dachte sie, da war er schon dran:

»Ich habe schon geglaubt, Sie wollen nichts mehr mit mir zu tun haben.«

»Warum?«, fragte sie unschuldig zurück.

»Na ja, nächtlicher Besuch am Krankenbett, Vordringen in Ihr Hotelzimmer, unerlaubte Anrede mit Kosenamen Dilly. Von früheren Verfehlungen ganz zu schweigen.«

Wie war er eigentlich in ihr Hotelzimmer gekommen? Bis zu dem Moment hatte sie gar nicht darüber nachgedacht.

»Wir teilen uns einen Nachnamen«, sagte er, als hätte er ihren Gedanken gelesen. »Diesen Umstand habe ich an der Rezeption benützt, mich als Ihren Ehemann vorzustellen, und konnte so das unentbehrliche Handy für Sie sichern und aufladen. Das Ladegerät hat mir Ihre Assistentin mitgegeben.«

Ganz schön viel Aufwand für einen vielbeschäftigten Polizisten, der auf dem Weg nach Venedig war, um eine Verbrecherin dingfest zu machen. Aber auch das sprach sie nicht aus. Sie fühlte sich – wie sollte sie es nennen – verwirrt? Aber Adele war nie verwirrt, das kam in ihrem wohlorganisierten Geistesleben nicht vor. Wenn sie etwas nicht verstand, dachte sie nach, bis sie die Lösung wusste, nachfragte oder entschied, dass sie nichts damit anfangen und ebenso gut darauf vergessen konnte.

»Herr Lorenz«, sagte sie, als er mit seiner Erklärung zu Ende war. »Ich will nicht unhöflich erscheinen, ich bedanke mich für die Unterstützung. Aber was ist der Grund Ihres Anrufs? Gibt es etwas Neues in dem Fall?«

Sie hatte ihn getroffen, sie spürte es durch die ganze Entfernung von ihrem lauschigen Fensterplatz in der leeren Bar bis zu seinem Büro in Wien oder wo immer er sich aufhielt. Eine Pause entstand, in der sie nur den fernen Verkehrslärm der Großstadt hörte.

»Rosen ist verhaftet. Ich habe ihm die Aussage von Pia Grunsky vorgelegt, und er wies alle Verantwortung für jegliche Gewalttat zurück, das sei alles auf ihrem Mist gewachsen, gab er an, sie habe ihn von Beginn an zu dem unrechtmäßigen Handeln angestiftet. Frau Agassian wollte die Bilder einem Museum schenken. Grunsky habe sich den Betrug ausgedacht, die Galerie als zukünftiges *Lardini-Museum* zu bezeichnen, um sich so die wertvollen Bilder anzueignen. Und als sie weitere Kunstschätze im Palazzo vermutete, kannte ihre Gier keine Grenzen mehr. Rosen sagt, sie kam in der Absicht, Pauline Agassian zu töten und ihre Kunstsammlung an sich zu bringen.«

Er sprach, wie die Polizeiprotokolle, die bei einer Anzeige aufgenommen wurden, klangen. Lernte man das in der Polizeischule? Die Wirkung des *Sambuca* war verpufft. Adele spürte, wie sie in sich zusammensackte. Sie hatte ihn zurückgewiesen und wusste kein Wort, das die Situation entspannte.

Noch einmal entstand eine Pause, dann plötzlich sagte Lorenz:

»Hören Sie mir überhaupt zu, Frau Doktor Lorenz?«

»Natürlich, sehr gespannt sogar. Ich kann es nicht fassen …«

»Ja?«

»Gibt es denn in Paulines Haus solche Werte, die einen Mord rechtfertigen?«

Das hatte er sich auch gefragt. Das konnte nur Pauline beantworten, in ihrer Aussage hatte sie nur über die Entstehungsgeschichte der beiden Porträts erzählt. Es gab viele Bilder von Freunden in ihrem Palazzo, doch nur Lardini war berühmt geworden.

»Glauben Sie, sie hat etwas verschwiegen?«

Er überlegte. »Fragen Sie sie doch. Und dann melden Sie sich wieder bei mir, ja? Ich kann hier ohnedies nur abwarten, wie Rosen und Grunsky nach jedem Verhör mit gegenseitig immer neuen Beschuldigungen auffahren.«

Adele suchte nach einem lockeren Schlusswort, das ihre Unfreundlichkeit von vorher neutralisierte. Auch er wartete, das spürte sie, doch vergebens. Es fiel ihr einfach nichts ein, was sie sagen konnte. Nachher saß sie da, schaute aus dem Fenster ins Wasser und dachte an nichts, bis der Kellner zu ihrem Tisch kam. Sie wollte nichts mehr trinken.

# 25.

»Einen Tag müsst ihr euch noch Zeit nehmen«, erklärte Pauline den drei Freundinnen. Beinahe eine Woche war vergangen, und sie waren noch immer in Venedig. Pauline hatte sich erstaunlich schnell erholt und in der Mittagssonne sogar ein wenig Farbe bekommen, während Antonella immer noch blass und verschreckt wirkte, als könnte Pia Grunsky jeden Moment hinter einer Ecke hervorspringen, und Adele ihrem Schlafbedürfnis hemmungslos nachgab und halbe Tage in ihrem Hotelzimmer vertrödelte. Pauline war einmal zu ihr gekommen, auch sie hatte einen Entschluss gefasst, auch sie zog einen Schlussstrich unter ihr bisheriges Leben. Adele hatte zugehört und Paulines Hand festgehalten.

»Bist du sicher?«, hatte sie zuletzt gefragt.

»Sicherheit hat man doch nie, aber soll man deshalb aufgeben, bevor man alles versucht hat?« Sie drückte genau aus, was auch Adele empfand.

Chris nahm die Neuigkeiten nicht so gelassen auf.

»Du verkaufst deine Ordi?«, fragte sie, zweifelnd, ob sie richtig verstanden hatte. »Aber du hast doch immer gesagt …?«

»Das war, bevor mich eine Mordlustige an ihrem Gürtel wie ihren Hund spazieren geführt hat. Ich habe lang gebraucht, aber jetzt habe ich es wenigstens kapiert. Ich will noch was anderes im Leben.«

Als sie Joseph am Telefon gesagt hatte, dass sie nun einen Vertreter hatte, war er ganz ruhig und ernst geworden.

»Schade, dass dir das erst so spät einfällt. Vor einem Jahr wäre ich an die Decke gesprungen vor Freude. Aber ...«

»Ich weiß!« Adele hatte ihm das Wort abgeschnitten. »Ich habe euch gesehen. Ich freue mich für dich, Joseph. Ja, ehrlich.«

War sie nun wirklich ehrlich, oder wollte sie sich nicht eingestehen, dass es ihr leidtat, ihn verloren zu haben? Das wusste sie selbst nicht so genau. Seine Erleichterung gab ihr einen kleinen Stich, doch das ging rasch vorüber. Beim Vertrag mit ihrem Nachfolger würde er ihr selbstverständlich behilflich sein. Und wenn es noch andere juristische Fragen gab:

»Jederzeit, Adele, du kannst immer auf mich zählen.«

Den Gedanken an Richard Lorenz vermied sie. Sie hatte ihn nicht zurückgerufen, weil es nichts zu sagen gab. Pauline hatte zwar viele Bilder, aber es war keine so wertvolle Kunstsammlung, damit gab es das Motiv, das er sich vorstellte, nicht.

Und wenn seine Dilly-Anspielung und das Auftreten als Ehemann in ihrem Hotel eine Art Annäherungsversuch bedeuten sollten, musste er sich schon etwas anderes ausdenken, damit konnte sie nichts anfangen. Ungerecht, du bist so ungerecht, flüsterte eine Stimme in ihrem Kopf, doch die ignorierte sie.

Sie hörte zu, wie Chris ihre Venedig-Eindrücke beschrieb und dass Biggi die beste Stadtführerin der Welt war, nur leider bei Kirchenbesichtigungen streikte. Bei der Chiesa San Sebastiano hatte sie eine Ausnahme machen müssen.

»Nicht nur bei dieser, das waren mindestens, keine Ahnung, ich habe zu zählen aufgehört.«

»Stimmt nicht, du hast doch immer draußen gewartet.« Chris konnte sehr überzeugend sein, wenn sie wollte. Doch Biggi wusste damit umzugehen, nicht umsonst waren sie ein halbes Jahrhundert Freundinnen.

Wenn Adele ihnen zusah, verspürte sie eine gewisse Trauer. So eine Vertrautheit kannte sie nicht, weder mit einer Freundin noch mit einem Mann. Sie hatte sich nie genug Zeit genommen dafür. War es nun zu spät oder würden sie die ausgelaugte Arbeitsbiene als Dritte in ihrem Bunde aufnehmen?

Erwarte dir nicht zu viel, warnte sich Adele selbst. Aber die neu erwachte Adele widersprach, warum nicht, ich werde die Zeit nicht nachholen können, doch es gibt eine Zukunft, wenn ich daran nicht glaube, kann ich gleich weitermachen wie bisher, bis ich in die Grube falle.

Paulines Wunsch, noch einen Tag zu verlängern, stimmten sie gern zu. Sie hatte noch etwas Wichtiges mit ihnen vor. Was es war?

»Eine Überraschung.« Mehr verriet sie nicht.

U

Nach den vielen sonnigen Tagen sah Venedig nun wieder aus, wie es zur Jahreszeit passte, dunkel, feucht, nebelig.

»Eine ergraute Schönheit wie wir auch«, sagte Adele, während sie in Paulines Boot durch die Lagune fuhren.

»Wer ist hier grau?«, lächelte Pauline. »Nicht einmal ich, nachdem mir Antonella den Friseur auf die Insel bestellt hat.«

Biggi spähte durch den Nebel. »Das ist San Michele!«

Pauline nickte.

»Das ist Ihre Überraschung? Ein zweites Begräbnis zu Lebzeiten?« Kaum hatte Chris die Frage ausgesprochen, schämte sie sich. Wie konnte sie mit einer betagten Frau solche Witze machen? Adele und Biggi schauten sie dementsprechend vorwurfsvoll an. Nur Pauline lachte aus vollem Hals.

»Sehr gut! Der Wiener Schmäh, das ist so ziemlich das Einzige, was ich immer vermisst habe.«

»Aber was wollen wir wirklich auf dem Friedhof?«, fragte Biggi.

Das Boot legte an, und Pauline blieb die Antwort schuldig. Antonella sprang an Land und half ihnen der Reihe nach aus dem Boot. Dann klappte sie den Rollstuhl für Pauline auf.

Beim Eingang des Friedhofs verschwand Antonella im Verwaltungsgebäude und kam nach kurzer Zeit mit zwei Männern in der schon bekannten Tracht der Totengräber wieder heraus. Pauline war aufgeregt, Adele sah es an ihrem schnell gehenden Atem, den im Schoß geballten Fäusten. Was hatte sie vor? Sie hörte rasche Schritte hinter sich und wandte sich um. Es war Clarissa! Atemlos schloss sie sich der kleinen Gruppe an.

»Verzeihst du mir?«, fragte sie. »Ich konnte dir nicht die Wahrheit sagen, ich hatte es Antonella und den Mönchen, die Pauline in Sicherheit brachten, versprochen.«

Adele dachte daran, wie viel Schmerz die Todesnachricht ihr und Margareta bereitet hatten, aber es war keine Zeit für Vorwürfe. Sie machte nur eine halbherzig entschuldigende Geste. Das genügte Clarissa. Sie bedankte sich.

»Tut mir leid, ich kann nicht bleiben, ich wollte es dir aber unbedingt persönlich sagen.« Sie verabschiedete sich und kehrte um.

Antonella schob den Rollstuhl durch die Gräberreihen. Einige Gräber erkannte Adele und sah an Biggis und Chris' Blicken, dass es ihnen ebenso erging. Sie kamen bei der Gruft der Agassians an, wo die zwei Männer vortraten. Die steinerne Bodenplatte war beiseite gehoben. Sie stiegen in das Innere und holten die Urne, die sie vor wenigen Wochen hier bestattet hatten, ans Licht.

Chris und Biggi sahen einander an. Also deshalb hatte Pauline sich so amüsiert. Chris' Bemerkung war gar nicht so weit von der Wahrheit entfernt!

»Öffne sie!«, forderte Pauline Adele auf.

Adele tat, was Pauline wünschte. Wie froh sie war, dass nicht Paulines Asche darin war. Vor den aufmerksamen Blicken der anderen holte sie einen sorgfältig in ein Tuch eingeschlagenen kleiner Gegenstand ans Licht. »Gib es mir.« Paulines Augen funkelten in freudiger Erwartung.

Sie zog das Tuch weg. Es war ein Bild, mit Bleistift gezeichnet, die sorgfältig ausgeführte Skizze zu einem Porträt. Ein junger Mann im Halbprofil, der den Betrachter aufmerksam ansah. Sein Haar war lang und lockig, er trug eine hohe Mütze, ein gefälteltes Hemd mit einem Überwurf. Er stand vor dem Hintergrund einer Stadt am Ufer eines Flusses, dahinter eine hügelige Landschaft.

Adele, Biggi und Chris umringten Pauline, die begann:

»Ich habe mich immer wieder gefragt, woran es mich erinnert«, sagte sie. »Aber seltsam ist es mit dem Geist. Er arbeitet weiter, auch wenn man ruht, in meinem Fall haben die Ohnmacht und lange Krankheit bewirkt, dass es mir schließlich doch eingefallen ist. Ich habe dieses Bild schon einmal gesehen, das Bild nämlich, das nach dieser kleinen Skizze entstanden ist. Im *Museo Correr* hängt ein Gemälde, das Leonardo zugeschrieben wird. Bisher wusste man es nicht genau, das wird sich ändern. Du musst es dir ansehen, Adele. Derselbe Maler hat diese Zeichnung gemacht. In Amboise, nicht lange vor seinem Tod.«

Ein ergriffenes Schweigen folgte. Bis Chris nicht länger widerstehen konnte und die Stille durchbrach:

»Und wer bitte hatte die Idee, das Bild in der Urne zu bestatten? Wenn Pia Grunsky das erfährt, reißt sie sich wie Rumpelstilzchen in der Mitte auseinander!«

Pauline schmunzelte. »Das war Pater Milo.«

# EPILOG

Das Wetter war nicht berauschend, aber der Blick von der Hotelterrasse über San Marco machte das mehr als wett. In ihrer permanenten Verschlafenheit hatte Adele sie erst am letzten Morgen entdeckt und nun die Freundinnen auf einen Abschiedstrunk eingeladen. Sie hatte auch Pauline gefragt, doch die fühlte sich nach dem Friedhofsbesuch zu erschöpft und ließ sich von Antonella in ihr Refugium auf San Lazzaro zurückbringen. Leicht fröstelnd standen sie an der Balustrade und schauten auf die Lichter der Lagune.

»Wo ist eigentlich das wiederauferstandene Kunstwerk?«, fragte Chris.

Adele hatte überlegt, es im Hotelsafe zu deponieren, und sich dagegen entschieden. Lieber keine schlafenden Hunde wecken. Der letzte da Vinci, der auf dem Kunstmarkt angeboten worden war, hatte dem Auktionshaus den größten Gewinn in der Geschichte des Kunsthandels beschert.

»Obwohl nicht einmal sicher ist, dass es wirklich von ihm stammt«, sagte Chris.

»Aber das weiß man ja von diesem auch noch nicht«, meinte Adele. »Und warum sollte ich es überhaupt verkaufen? Das wäre nicht in Paulines Sinn.«

Vom nahen Campanile begann die letzte Glocke des Tages zu läuten, die *Nona*.

»Auch nicht, wenn man dir dafür 450 Millionen Dollar bieten würde?«

»Es ist eine Skizze, kein Ölschinken wie der *Salvator Mundi*.«

»Puh, was ihr alles wisst!«, staunte Biggi. »Ich muss ehrlich sagen, ich habe bis jetzt noch immer nicht ganz verstanden, worum es geht: Die Zeichnung war die Anerkennung für die zwölf klasse Murano-Luster, die Lauro Agassians Vorfahr in dieses französische Schloss gebracht hat. Und dieser fiese Galerist nebst noch fieserer Assistentin, nachdem sie sich schon die wertvollen Lardini-Hochzeitsbilder unter den Nagel gerissen haben, wollten die Zeichnung unbedingt bekommen, schreckten vor nichts, selbst vor Mord nicht zurück. Das heißt, sie muss wertvoll sein. Aber, warum bitte, von Leonardo da Vinci, und was bedeutet dazu noch der Hinweis auf das Dingsbums-Museum? Correo oder wie? Ich verstehe leider nur Bahnhof.«

Chris holte ihr Handy hervor. »Schau, das haben wir bei unserem illegalen Besuch im Palazzo gefunden.« Sie zeigte ihr das Foto eines Zettels mit Paulines Handschrift und las laut: »Die Spur führt nach Ambrosia. – Wir haben es nicht genau entziffern können. Richtig heißt es –«

»Amboise!«, rief Biggi. »Und …« Sie schaute fragend in die Runde. »Das bedeutet nun was?«

»Leonardo da Vinci wurde vom französischen König auf sein Schloss an der Loire eingeladen, um dort zu malen und seine anatomischen Studien weiter zu betreiben. Er verbrachte dort zwei Jahre, bis zu seinem Tod. Das Schloss befindet sich …«

»In Amboise! Danke für die Nachhilfe. Jetzt habe ich es verstanden. Und das Bild, das aussieht wie Paulines Skizze, hängt in Venedig im Museum und könnte ein Leonardo da Vinci sein.«

»Im *Museo Correr* auf dem Markusplatz«, setzte Adele fort. »Morgen früh vor der Abfahrt schauen wir es uns an«, sagte Adele.

Pauline hatte eine Luxuslimousine mit Chauffeur gemietet, in der sie alle miteinander nach Wien reisen würden.

Biggi hob ihr Glas. »Auf die Schulbildung. Manchmal zeigt sich halt doch, dass mir da ein paar Jährchen abgehen.«

Chris stieß mit ihr an. »Auf den Verstand. Davon besitzt du umso mehr.«

In diesem Moment läutete das Telefon in Biggis Handtasche. Sie nahm es und zog sich auf die andere Seite der Terrasse zurück. Sie hörten ihre mit einem Mal viel höhere Stimme und ihr fröhliches Lachen.

»Wie sie flöten kann.« Adele hielt die Flasche in die Höhe. »Noch ein Schlückchen?«

Sie sah, dass Chris versuchte mitzulauschen. Sie nagte an ihrem Wangenfleisch und befühlte das Loch in ihrem Zahn.

»Was gibt's? Hoffentlich keine Zahnschmerzen?«

Chris schüttelte den Kopf. »Ich versuche gerade, mich nicht als die übergebliebene alte Jungfer anzusehen, die ich nun mal bin.« Sie nahm eine Zigarette, betrachtete sie, ohne sie anzuzünden, und steckte sie wieder ein.

»Na hallo, was ist das auf einmal?« Adele kam zu ihr und strich ihr über die Wange. »Chris hat den Blues?«

»Biggi ist dabei, sich in einen alten Chevalier zu verlieben, und du hast einen gut aussehenden Polizisten in petto, der dir Schirm und Schutz anbietet.«

Adele lachte auf. »Das beste Mundwerk hast jedenfalls du, das steht fest.«

Chris musste unwillkürlich mitlachen.

»Nein, du verstehst mich falsch. Ich bin froh!

Ich stehe hier auf einer Luxus-Dachterrasse und genieße einen der schönsten Ausblicke, die man sich vorstellen kann. Ich habe genau, was ich will: keine Familie, die mich nervt, keine Anverwandten mit Verpflichtungen. Eine Affäre mit so einem betagten Lover ist das Letzte, was ich mir wünsche. Nein, das Vorletzte.«

In Adeles Manteltasche summte ihr Handy, aber sie hob nicht ab, um die Stimmung nicht zu verderben. Falls es Lorenz war, konnte sie ihn später zurückrufen. Wenn er noch einmal Dilly sagte, würde sie ihn Rickie nennen. Sie spürte, wie sie bei dem Gedanken rot wurde. Biggi hatte ihr Gespräch beendet und kehrte zu ihnen zurück. Im Schein der Laterne glänzten ihre Augen, und sie hatte rosa Wangen bekommen.

Chris' letzten Satz hatte sie noch aufgeschnappt. »Was ist das Vorletzte?«

»Das wiederhole ich lieber nicht.« Chris zwinkerte Adele zu. »Das Letzte wäre ein junger Lover. Aber den finde ich eh nicht.« Sie kicherte in ihren Prosecco. »Ich halte mich an Adeles neues Credo.«

Beide Freundinnen schauten sie erwartungsvoll an. »La vita *è* bella!«

Sie hoben ihre Gläser. In der Ferne ertönte das Tuten eines großen Dampfers, der die Lagune verließ.

U

*Die riesigen Flügeltüren öffneten sich, und wir befanden uns in einem Saal von gewaltiger Größe mit bemalter Kassettendecke, gestaltet mit solcher Vielfalt, dass man sie nicht auf einen Blick ermessen konnte. Aber dieses Mal träumte ich nicht. Wir waren in der Gemäldegalerie des Museums angekommen. Ich sah das Bild des Jünglings, schon von ferne erkannte ich die Komposition und wusste, ich hatte mich nicht getäuscht. Seine Kopfbedeckung war rot wie sein Überwurf, das gefältelte Hemd darunter blau. Helles Haar quoll unter der Mütze hervor, hell auch sein Auge, das mir aufmerksam entgegensah über die fünfhundert Jahre seiner Entstehung hinweg. Der Fluss im Hintergrund, die Stadt, die Hügel, sie glichen der Ideallandschaft, vor der Leonardo die Mona Lisa gemalt hatte. War es ein Porträt seines Geliebten Salai? Oder hatte er sich selbst dargestellt? Alles nur Spekulation. Gewiss war nur eines: Die Skizze, die ich in der alten Briefmappe gefunden hatte, gehörte zu dem Bild, vor dem wir standen. Ich griff nach Adeles Hand und hielt sie fest.*

ENDE